U0562468

名家散文典藏

彩插版

雨果散文精选

（法）雨果　著

周瑛　译

长江出版传媒　长江文艺出版社

图书在版编目（ＣＩＰ）数据

雨果散文精选 / （法）雨果著；周瑛译. -- 武汉：
长江文艺出版社，2017.12
（名家散文典藏：彩插版）
ISBN 978-7-5354-9892-2

Ⅰ. ①雨… Ⅱ. ①雨… ②周… Ⅲ. ①散文集－法国
－近代 Ⅳ. ①I565.64

中国版本图书馆 CIP 数据核字(2017)第 191579 号

责任编辑：高田宏　　　　　　　　　责任校对：陈　琪
封面设计：龙　梅　　　　　　　　　责任印制：邱　莉　　胡丽平

长江出版传媒　长江文艺出版社

出版：
地址：武汉市雄楚大街 268 号　　　　邮编：430070
发行：长江文艺出版社
电话：027—87679360
http://www.cjlap.com
印刷：咸宁市国宾印务有限公司

开本：640 毫米×970 毫米　　1/16　印张：14.25　插页：8 页
版次：2017 年 12 月第 1 版　　　　2017 年 12 月第 1 次印刷
字数：159 千字

定价：28.00 元

版权所有，盗版必究（举报电话：027—87679308　　87679310）
（图书出现印装问题，本社负责调换）

名家散文典藏

雨果

散文精选

目录

◆ 散文卷 ◆

目录

◆ 演 讲 词 ◆

散

文

卷

从巴黎到拉费泰苏茹瓦尔

　　我的朋友，正如我信上写给您的那样，我于前天上午大约十一点钟离开了巴黎。我从莫城公路出了巴黎城，在我的左边是圣德尼、蒙莫朗西，而在那些山丘的尽头，则是 S.P. 葡萄坡。当时，我满怀柔情蜜意向大家告别，我的目光一直锁定在平原尽头那小小的隐约可见的城市灯光处，直到一个拐弯突然将我的视野完全切断。

　　您知道我的爱好，就是花上几天光景，毫无疲惫，不带行李的旅行。独自一人，带上我童年时期的老朋友——维吉尔和塔西陀[①]，坐在轻便的马车上。您瞧瞧，从这里就可以看出我的旅行装备了。

　　我选择了夏龙大道，因为几年前我已经走过苏瓦松大道了。正因为那些破坏者的行为，这条路如今已经变得平淡无奇。南特伊·勒奥杜安已经失去了在弗朗索瓦一世时期所建造的城堡。维勒尔·科特莱把瓦洛瓦公爵那美丽的庄园变成了一个行乞的场所。这里，几乎和所有地方一样，那些雕塑、绘画、文艺复兴时期的所有思想、十六世纪的所有优雅，都极不体面地消失在刮刀和石灰浆之下。达玛尔丹铲

---

①　即 Virgile 和 Tacitus。前者是古罗马诗人（公元前 70 年—前 19 年），后者是古罗马史学家（公元 55 年—120 年）。

平了他的巨大塔楼，从塔顶远眺，本来是可以清楚地看到九法里以外的蒙马特尔高地，其垂直的大裂缝衍生了一条我从未弄清楚过的谚语："这就如开怀大笑的达玛尔丹城堡一样。"当年，漠城的主教与尚贝里伯爵发生争执，他曾经带领七名手下在这个古老的城堡中避难。而如今，达玛尔丹就像一个失去老伴的鳏夫，它再也不能衍生出谚语，只能产生以下的文学记载，这是我从那里经过时，不知道从哪本展开在客栈前台的小小地方志上逐字逐句地抄下来的：

"达玛尔丹（塞纳·马恩省），山丘上的小城。盛产花边。旅馆：圣·安娜。名胜：堂区教堂、大市场、一千六百居民。"

由于那个被叫做驿车"司机"的专横家伙给我们吃晚饭的时间太短，我无法证实它有多大的可信度，以至于连达玛尔丹的一千六百多居民都算在了所有的名胜范畴内。

就这样，我选择了经过漠城的道路。

从克莱伊到漠城，一路晴空万里，在这条世界上最美的路上，我的马车轮子却出了故障。您知道，我是属于无论怎样都要"继续赶路"的人，马车既然抛弃了我，那我也就只好放弃它。正好此时有一辆小小的驿车经过，是前往杜萨尔的车。车上只有一个空位，于是我坐了上去。就这样，在我的马车抛锚后，过了十分钟，我得以"继续赶路"，栖身在驿车的顶层，坐在一个驼背和一名宪兵之间。

现在，我来到了拉费泰苏茹瓦尔，一座美丽的小城。我十分乐意第四次来到这里，又重新看到小城里的三座桥，迷人的岛屿，位于河中央的古老磨坊，一座拱桥将它与陆地相连，还有路易十三时期的漂亮阁楼，据说它曾经属于圣·西蒙公爵，而如今却沦落到了一个杂货商之手，完全改变了原有的模样。

如果圣·西蒙公爵确实曾经拥有过这座古老的住宅，那么我怀疑位于拉菲尔德·维达姆的那座他的出生地庄园是否有一番更显示其领主地位和尊严的面貌，比起位于拉费泰苏茹瓦尔的这座迷人且庄重的小城堡，更能体现他身为伯爵和贵族的高贵面貌。

现在正是旅游的最好时节。田野上到处是劳作者，他们刚刚完成收割。随处可见大堆的麦垛，那堆了一半的麦垛就像在叙利亚见过的已开封的金字塔。割下的小麦堆在山丘坡地上，宛如斑马的背部花纹。

您知道，我的朋友，我在旅途中所寻觅的并非大事件，而是一些思想和感受。正因如此，只要事物能带给我新鲜感就足矣。此外，我特别容易满足。只要有树，有草，有空气，眼前有道，身后有路，那么对于我来说，一切都好。如果是平原地带，我喜欢那宽广的视野。如果是山林地形，我钟爱那难以预料的风景，而且，在每个山顶上都有一处这样的风景。就在刚才，我看到了一个迷人的山谷。在它的左右两侧，仿佛演奏着美丽的土地随想曲。高大的山丘被农作物分割成许多的方地，看上去十分有趣。这儿，那儿，到处可见成群的低矮茅草屋，屋顶仿佛连着地面。在山谷的深处，映入眼帘的是一条宛如长长绿带的小河，上面有一座锈迹斑斑且遭受严重虫蛀的古老石桥，将大路的两端连接起来。当我身处那里的时候，一个运货的马车夫正在过桥。这是一个身型庞大的德国马车夫，衣服鼓胀胀的，束紧了腰带，显得邋里邋遢。就好像是大肚子的卡刚都亚①被一辆由八匹马牵引着的四轮车拉着。

在我的前方，随着对面山丘的起伏，道路在阳光的照耀下蜿蜒伸展，路上，成排的树影宛如一把巨型的缺了几根齿的黑色梳子。

是的，这些树，这一把令您也许觉得好笑的树影梳子，这个马车夫，这条白色的道路，这座古老的石桥，这些低矮的茅草屋，这一切都使我感到愉悦，它们仿佛都在朝着我笑。一个这样的山谷，加上头顶的天空，让我感到满足。我是车中唯一观看并且享受这一风景的人，其他的乘客都在恐怖地打着呵欠。

---

① 即文艺复兴时期法国作家拉伯雷《巨人传》中的主人公——巨人 Gargantua。

　　换驿马时，一切在我看来都十分有趣。我们停在客栈的门前，随着铁器的碰撞声，马儿来到我们面前。大路上有一只白母鸡，乱草丛中有一只黑母鸡，角落里躺着一个钉齿耙或者一个废车轮，沙堆上几个脏兮兮的小孩子正在玩耍。在我的头顶上，卡尔五世、约瑟夫二世或者拿破仑的肖像被悬挂在一块陈旧的 T 字型铁支架上，用来作为招牌，这些伟大的帝王们如今只能用来为旅馆招揽客人了。而旅馆的屋内充斥着发号施令的声音；门口，马倌和厨娘正在打情骂俏，仆人在爱惜着涮锅水；而我，利用我的高位——马车的顶层，正倾听着驼背和宪兵的谈话，或者欣赏着那些美丽小巧的虞美人花，它们在一座旧屋顶上形成了一片绿洲。

　　再说，我的宪兵和驼背都是哲人，"一点都不傲气"，他们充满人情味地互相交谈着，宪兵不鄙视驼背，驼背也不轻视宪兵。驼背对宪兵说，他在茹瓦尔，即古老的朱庇特殿付了六百法郎的捐税，此外他还有一个父亲在巴黎也付了九百镑的税，因此，驼背对政府感到相当气愤的就是每次经过漠城和拉菲尔德之间的马恩桥时，他都要缴税。宪兵不缴任何的税，但他天真地讲述着自己的故事。1814 年，在蒙米拉伊，他像一头雄狮般地战斗着，那时他还是一个新兵。1830 年，七月革命的那些日子里，他感到害怕而逃跑了，那时他成为了宪兵。这件事情使驼背感到惊讶，我却一点都不诧异。新兵时，他才二十岁，一无所有，因而非常勇敢。当宪兵时，他已经有了妻儿，他补充说他还有一匹马，于是，他变得懦弱了。同一个人，却经历着不同的生活。生活就像是一道菜，只能靠调料来烹饪。没有什么能比苦刑犯更令人无所畏惧了。在这个世界上，人们珍视的不是他的皮肉，而是他的服饰。那些赤身裸体一无所有的人无需珍视任何东西。

　　我们也得承认，两个时代是完全不同的。空气里的一切影响着这个士兵，就如同影响着所有的人。流行着的思想可以让他冷漠，同样可以令他热血沸腾。1830 年，革命之风盛行。他感到那些思想的强大力量就像事物力量的灵魂一样，打垮击败了他。然后，没有什么比这些更令人悲伤、更令人难以忍受了：为那些奇怪的命令而战，为那些闪现在混乱的大脑中的阴影而战，为某一个梦想而战，为某一种疯狂而战，兄弟与兄弟相残，士兵和工人相斗，法国人与巴黎人相战！1814年，情况与此相反，那个新兵是在打击外国人，打击敌人，是为了明确而单纯的目的而战，为他自己，为所有的人，为他的父亲、母亲和姐妹，为他刚刚放下的犁铧，为冒着袅袅炊烟的屋顶，为他鞋钉下的土地，为正在流血但充满活力的祖国而战。1830年，他不知道为何而战。1814年，他不但知道，而且理解；不但理解，他还参与，他能感受到；他不但感受到了，他还因为参与而亲眼见证了。

在漠城，有三样事物让我非常感兴趣：首先是在入城口的右侧，有一个与一座被拆毁的古老教堂相连的文艺复兴时期的漂亮小门；接着是一个大教堂；还有就是教堂后面的一个方石堆砌的漂亮老屋，半设防样式，侧面有城墙掩护。那里有一个院子。尽管我发现有一个老妇人在里面编织毛衣，我还是勇敢地走进院内。老妇人也不管我，任由我参观。在那里，我很想研究一下那个非常漂亮的外部楼梯，楼梯是石质踏板，木质构架，一直通往那座古屋，支撑在两个扁圆拱上，拱廊上有篮柄式的遮雨棚。我没有时间把它画下来，对此我感到十分遗憾。这是我第一次见到这种类型的楼梯。在我看来，它好像属于十五世纪。

大教堂是一座始建于十四世纪，延续修建至十五世纪的贵族教堂。人们刚刚以令人发指的方式对其进行了翻修。此外，这座教堂还没有完工。建筑师之前设计的两座塔楼还只修了一座。另一座，只是略为加工，它的残干隐匿在石砌板岩下面。中间和右侧的门建于十四世纪，左侧的门属于十五世纪。三扇门都极为美观，尽管上面的石头已被日光和雨水所侵蚀。

我很想看清楚上面的浮雕。左门的三角楣上，展现的是圣·让·巴蒂斯特的故事；可是，直射在门面上的阳光使我的眼睛无法看得更远。教堂内部的构造十分精美，镂花三叶形大尖顶的祭祀室具有极佳的效果。在半圆形后殿，只剩下了一块非常漂亮的彩绘大玻璃窗，这使人们对于那些缺失的事物感到更为遗憾。此时，在祭祀室的门口，摆放着两个十分精致的十五世纪时的细木祭坛，但人们却用油漆将它胡乱地漆成木头的颜色。这是当地人的品味。在祭祀室的左边，一个带有楣窗的扁圆门旁，我看到了一尊漂亮的大理石雕像，是一个跪着的十六世纪军人雕像，上面既没有纹章，也没有铭文。我未能猜出这座雕像的名字来。您什么都知道，或许您能猜出来。在另一侧，也有一座雕像。这一座上刻有铭文，幸亏有铭文，因为您自己无论如何也不会猜到这块颜色黯淡、质地坚硬的大理石代表的竟然是贝尼涅·博絮埃 Bénigne Bossuet（1627 年—1704 年）：法国高级神职人员，神学家，作家。那严肃的面孔。至于这位博絮埃，我担心就是他损坏了大彩绘玻璃。我曾经见过他的主教宝座，是路易十四时代风格的相当漂亮的细木板座，上面还有华盖。由于时间不够，我那时没有去参观他那位于主教府中的著名工作室。

　　一件奇怪的事情，那就是漠城比巴黎还先拥有剧院，一座真正的演出大厅，始建于 1547 年。据当地图书馆的资料记载，它是由古老的马戏场演变成了带顶棚的剧场，由现代的剧院变成了"它的周围有许多锁着门的包厢，这些包厢用来租给漠城居民"的演出厅。人们曾在那里上演神秘剧。一个叫做帕斯拉鲁斯的人曾扮演过魔鬼，并由此保留了这一绰号。1562 年，他将城市交给了胡格诺派，一年之后，天主教徒对他执行了绞刑，一部分理由是他交出了城市，更大的原因是他的名字叫做"魔鬼"。如今，巴黎已有二十家剧院，香槟市却还只有一家。人们说香槟市为此大肆吹嘘，就好像漠城夸耀自己有别于巴黎一样。

　　此外，这个地区充满了路易十四时代的杰出人物。在这里，有圣·西蒙公爵；在漠城，有博絮埃；在拉菲尔德-米隆，有拉辛；在蒂埃里城堡，有拉·封丹。这一切，光耀方圆十二法里。大庄园主与大主教为邻，悲剧与寓言并肩。

从教堂出来，我发现阳光有些朦胧，于是我便仔细地观看了正门。中门的大三角楣是最让人感到好奇的。下边框上展现的是让娜——美男子菲利浦的妻子，教堂就是在她死后，用她所捐的钱修建起来的。这位法国王后，手上托着教堂，来到了天堂的门口。圣·彼得为她打开了双扉门。在王后的身后，站着美男子菲利浦国王，脸上有一种我说不上来的可怜羞怯的神情。王后被雕塑得相当神化，她用眼睛的余光瞥着这个可怜的家伙，侧肩指着国王，仿佛在对圣·彼得说："嗯！您就让我稍带着他进去吧！"

1839 年 7 月于拉费泰苏茹瓦尔

爱克斯·拉夏贝尔①
——查理大帝之墓

　　爱克斯·拉夏贝尔，对于病人来说，它是各种矿泉水的源头：热的，冷的，含铁的，含硫的；对于游客来说，它是舞宴及音乐会之乡；对于朝圣者来说，它是每七年才得见一次的伟人圣骨的保存地，这里有圣母的长裙，有圣儿耶稣的鲜血，有圣徒让·巴蒂斯特被斩首时用过的台布；对于考古学家、编年史作家来说，它是一座贵族女子修道院，修道院的女院长直接继承了拜占庭帝国皇帝尼赛福尔的儿子——圣徒格里哥利创建的男修院；对于狩猎爱好者来说，它是古老的野猪谷，人们将拉丁词 porcctum（野猪）变成了 Borcctte（野猪谷）；对于工厂主来说，它是羊毛专用洗涤液的来源地；对于商人来说，它是生产呢绒和克什米尔呢绒大衣呢料的地方，是制造缝衣针和饰针的地方；对于那些既不是商人，也不是工厂主、猎人、考古学家、朝圣者、游客或者病人的人来说，爱克斯·拉夏贝尔就是查理大帝之城。

　　的确，查理大帝出生在这里，也长眠在这里。他出生在这里的法兰克王半罗马式的古老宫殿中，今天，这座宫殿只残留下位于市政厅

---

① 即德国的城市——亚琛。

里的格拉努斯塔楼了。查理大帝也安葬在这里，一座他生前亲自建造的教堂中。这座教堂是他在他的妻子法斯特拉死后两年，即公元796年建成的。804年，教皇里奥三世曾主持了献堂仪式。根据传说，当时有两个马爱斯特什已经去世并且埋葬了的主教，从他们的坟墓中走出来，以便使参加仪式的主教总人数达到三百六十五人，而这代表了一年里的三百六十五天。

这座教堂历史悠久，充满传奇，它所在的城市也因此得名。近千年来，也发生了许多的改变。

刚到爱克斯，我便去了拉夏贝尔大教堂。

如果从正面走向教堂，它的面貌是这样呈现在眼前的：

教堂的正门属于路易十五时代的风格，用灰蓝色的花岗岩制成，那些青铜门则属于八世纪的风格。正门沿着加洛林王朝的城墙而建，城墙上面是一层罗曼式半圆拱腹。在这些拱门饰的上方，是一层漂亮的精雕细刻而成的哥特式建筑，从中可以看到一个十四世纪朴实无华的尖拱。教堂的顶饰由板岩房顶砖砌成，是近二十年来的东西，相当难看。教堂正门的右侧，有一块花岗岩石座，上面放置着一个大大的罗马青铜松果；教堂的另一侧也有一块石座，上面有一个青铜母狼塑像，也属于古代罗马风格。这匹母狼侧身注视着路人，微张着嘴巴，紧咬着牙关。

（对不起，我的朋友，请允许我在这里画上括号。这个松果是有含义的，那匹母狼也一样。或者是公狼吧？因为我实在无法清楚地分辨这头青铜兽的性别。关于这里的含义，当地年迈的纺纱工仍然在讲述这样一个故事：

从前，应该说很久很久以前，爱克斯·拉夏贝尔的人们想建造一座教堂。他们筹集了资金，然后开始动工。挖地基、筑城墙、搭构架，半年时间里，拉锯声、锤子的敲击声、斧头砍木的声音震耳欲聋，十分喧闹。但是六个月后，资金告罄。人们求助于朝圣者们，并在教堂的门口放了一个锡盆。但是募集到的只是一些小钱和一些铜币。该怎么办呢？议员们聚集在一起，寻找办法，讨论情况，出谋划策。工人们拒绝开工，被搁置下来的教堂的新基石上已经爬满了野草、荆棘、常春藤以及从废墟里长出来的野生植物。难道任由教堂荒废在那里吗？伟大的市镇议会陷入了僵局。

正当议会商议的时候，进来了一个不知道什么角色的人，是一个外来人，大家都不认识他，他身材高大，气色很好。

"你们好，议员们。问题出在哪里啊？瞧你们一个个神情沮丧的。是你们的教堂在牵动着你们的心吧？你们不知道怎么把它修建完成吧？听说你们缺钱，是吗？"

"路人，走开吧，真是见鬼。我们需要的可是一百万金币呢！"议员们说道。

"这里有。"绅士说。然后，他打开窗户，指着市政厅广场上的一辆四轮运货车给议员们看。这辆车套着十头牛，由二十个武装到牙齿的非洲黑人看护着。

其中的一个议员随着这位绅士一起下去，从满载的货车上随机拿起一个袋子，然后两人又走上去。他们当着议员们的面清空了这个袋子：袋子里果然装满了金币。

议员们都傻乎乎地瞪圆了双眼，问这个陌生人：

"您是谁，大人？"

"我亲爱的居民们，我就是一个有钱人。你们还想要什么呢？我住在黑森林里，就在维尔德西湖附近，离海登斯达德废墟不远的那座异教徒城里。我拥有金矿、银矿，一到晚上，我就用手搅动着一堆堆光彩夺目的红宝石。但我的嗜好太单调了，我很烦恼，我是一个忧郁的人，我打发时间的办法，就是每天到湖边去看清澈的水面下螺蛳和蝌蚪戏水，看岩石间生长的水旱双生植物。就说到这里，别再提问题了，也不要多说废话。我掏腰包，你们好好用就是。这里是我的一百万金币，你们想不想要啊？"

"当然要。"议员们说，"我们将把我们的教堂建造完成。"

"那好吧！拿去吧，但是有一个条件。"

"什么条件，大人？"

"完成你们的大教堂，市民们。把这些铜子儿都拿去。作为交换，在教堂献堂日大钟和排钟齐鸣的时刻，你们要把第一个进入教堂，即第一个迈过门槛的那个灵魂给我，无论是什么样的灵魂。"

"您是魔鬼！"议员们尖叫起来。

"你们才是傻瓜。"乌利昂回答道。

议员们感到惊恐万分，他们祈祷上帝，划着十字。但是，乌利昂其实是一个好心的魔鬼，他笑得前仰后合，同时将崭新的金币晃得叮当响。议员们定下神来，开始和魔鬼协商。魔鬼得到灵魂，正因如此，他才是魔鬼。"不管怎么样，"魔鬼说道，"在这笔交易中，吃亏的可是我。你们将得到百万金币和你们的教堂，而我呢，我得到的只是一个灵魂而已。而且，请问是什么样的灵魂呢？第一个进来的，一个完全偶然的灵魂。是某个假装笃信宗教，假装虔诚，第一个步入教堂的虚伪的家伙。我的市民朋友们，你们的教堂有个好的开始，我喜欢设计图样。我想，你们的建筑一定很漂亮。我很开心看到你们的建筑师喜欢蒙彼利埃式的突角拱，而不是角落下的那种。我不讨厌这种长长的圆形穹隅拱顶，但我更喜欢同样长长的倾斜的穹棱肋。我同意在这里修一个圆形门，但我不知道穿墙石的厚度到底规划好了没有。市民们，你们的建筑师叫什么名字？告诉他，我认为……如果把停建的教堂晾在一旁，那该多遗憾啊。应该将这个教堂完工。来吧，同伴们，百万金币是你们的，那个灵魂是我的，就这么说定啦？"

绅士乌利昂就这么说着。议员们想：无论如何，我们应该高兴啊，他只是满足于一个灵魂而已。如果他再打量一会儿，他恐怕会把全城的灵魂都拿去的。

交易最终达成，百万金币入了库，乌利昂化作一缕蓝色的火焰从天花板的活门处消失了，就像他来的时候一样。两年后，教堂建好了。

用不着说，所有的议员们都发誓不把这件事告诉任何人，但理所当然，每个人都在当天晚上就把这件事告诉了自己的妻子。这是一条法则。这条法则并非议员们制定，但他们却都遵守着。多亏了议员们的妻子，全城都知道了议会的秘密，以至于教堂建好之后，没有一个人想进去。

一个新的难题，丝毫不逊色于第一个难题。教堂建好了，但没有人愿意迈入；教堂完工了，但里面空无一人。然而，一个空荡荡的教堂又有什么用呢？召集议会，但是什么办法也没有想到。人们请来了东格尔大主教，他没有办法。人们请来了教务会的议事司铎，他们也一筹莫展。人们又找来了修道院的教士们。其中一个教士说："大人们，应该承认，难住你们的只是小事一桩而已。你们欠乌利昂的是第一个从教堂大门进入的灵魂。但他并没有规定是什么类型的灵魂。我告诉你们，乌利昂就是个笨蛋。大人们，今天上午，在经过长时间的围猎之后，我们在波尔赛特山谷活捉了一匹狼。让它进入教堂就是。乌利昂应该对此感到满意。这只是一匹狼的灵魂，但恰恰就是他所说的'无论是什么样的灵魂'。"

"太好了！"议员们欢呼起来，"这才是一个充满智慧的教士。"

第二天天一亮，教堂的钟声就响起来了。"怎么？"市民们说："难道今天是教堂的献堂日！可是谁敢第一个进去呢？肯定不会是我，不是我，不会是我，绝不会是我。"于是，市民们成群结队地涌向教堂。议院和教务会的人都站在教堂正门前。突然，有人弄来了一匹关在笼中的狼，随着给出的一个信号，笼门和教堂的门同时被打开了。受到人群的惊吓，狼看到空荡荡的教堂，马上冲了进去。乌利昂正在那里等待着，他大张着嘴巴，惬意地闭着眼睛。当他感觉到自己吞下了一匹狼时，您可以想象到他是何等的愤怒。他发出一声骇人的怒吼，如暴风雨一般咆哮着，在教堂的穹拱下狂飞了一通。然后，他终于气得发疯般地飞出了教堂。出去时，他还恶狠狠地朝大青铜门上踢了一脚，铜门上立即从上到下裂开了一条缝隙。——人们至今还能指出这条缝隙的位置来。

那些年老的纺纱工还补充说，正是出于这个原因，人们在教堂大门的左侧放置了一座狼的铜像，而在右侧放置了一个松果，代表被乌利昂愚蠢地吞吃掉的那可怜的灵魂。

不讲传说故事了，我们重新回到教堂上来。不过，我应该告诉您，我曾经在门上试图找到那条被魔鬼脚后跟踹出来的著名裂缝，结果还是没有找到它。）

因此，当人们从正大门进入拉夏贝尔教堂时，便可看到在这座建筑上混合重叠了各种各样的建筑风格：罗马式、罗曼式、哥特式、洛可可式以及现代风格，但它们既没有相似之处，又没有内在联系，也没有顺序可依。因此，看上去毫无雄伟壮观可言。

但如果我们从后面的圆室走入教堂，那就是另一种效果了。十四世纪的半圆形后殿尽显其大胆独创和美丽壮观——屋顶上的顶角，做工精致的栏杆，变化多姿的檐槽排水口，颜色深暗的石块，透明玻璃的巨型尖拱……在尖拱的下方，还可以隐约看见一座三层小楼藏匿于墙垛之间。

然而，从这边看，虽然教堂的外观如此雄伟壮观，却还是有点混杂不太协调。在半圆形后殿与正门之间，有一个类似洞的空间，整个教堂的线条都向这里倾注，里面隐藏着一个拜占庭式的三角楣圆屋顶，仅仅用一座漂亮的十四世纪雕刻而成的小桥同教堂的正面连接在一起。这个圆屋顶就是由奥托三世在十世纪让人在查理大帝的陵墓上方修建而成的。

镶饰的正门，隐匿的圆屋顶，中断的扁圆形后殿，这便是爱克斯·拉夏贝尔大教堂。1353 年，建筑师想要把被诺曼底人在 882 年损坏的查理大帝教堂和 1236 年焚毁的奥托三世圆顶教堂连接在那神奇的主教堂上。于是，便建了一系列较低的小教堂与中心的主教堂地基连在一起，在大门附近形成了一个个关节将其包裹着。其中，有两个小教堂至今还存在，非常壮观，它们是在 1366 年火灾之前已经建好的。不过，这个伟大的建筑计划就停在那一刻了。这是一件很奇怪的事情：十五和十六世纪，这个教堂没有任何的变化，十八和十九世纪却遭到了破坏。

　　然而，应该说，从总体上来看，爱克斯教堂还是很高大，很宏伟的。凝神注视了一阵儿后，会发现从这座超乎寻常的建筑背后，透露出一种特有的庄严神圣。它尚未完工，就如同查理大帝的事业未竟一样；它被赋予了各种建筑风格，就好像查理大帝的帝国是由讲各种语言的民族组成的一样。

　　对于从外部来欣赏教堂的思想者来说，在这个伟大的人物与宏大的墓穴之间，毕竟存在着一种奇妙而又深刻的和谐。

　　我迫不及待地进入教堂。

　　跨过拱门，将那些古代的铜门留在身后，为了和柱顶的下楣相称，这些铜门都被做成了方形，中间装饰有狮头像。马上映入眼帘的是一座三层的白色圆亭，上面有灯光照明，亭子里到处都透露出各种各样的带有菊苣装饰图案、洛可可风格建筑的神奇与俏丽。接着，将目光移向地面，借助从白色玻璃窗透入的微弱光线，我发现在圆亭地面的正中央有一大块黑色的大理石板，它已经被游客踩得陈旧不堪，上面镶嵌着铜制字母：

**　　伟大的查理**

　　这个洛可可式教堂围绕着加洛林王朝的伟大姓氏，竟然散发出一种名妓的优雅，没有什么比这更令人震撼、更显得冒犯的了。

　　如爱神般的天使，如翎饰般的棕榈枝、花环、饰带结，这就是位于奥托三世的圆顶之下，查理大帝陵墓之上的蓬巴杜夫人式的风格和品味。

在这个异乎寻常的教堂里，唯一能与这里的伟人及这一块圣地相匹配的，就是一盏巨型的带有四十八个喷嘴的圆形吊灯。吊灯直径约为十二法尺，是十二世纪时巴尔博鲁斯送给查理大帝的。这盏灯用铜和镀金银制成，外形就如同一顶皇冠。它由一根长度为九十法尺的铁链吊在拱穹上，位于黑色大理石板的正上方。

黑色石板长约九法尺，宽为七法尺。

显然，查理大帝在同一位置上遗留下来的东西中，还有另一个纪念性建筑物。黑色石板的四周包裹着细细的铜丝，边缘是白色的大理石，没有任何东西可以表明它是古代的东西。至于"伟大的查理"那几个铜字，历史也不会超过一百年。

查理大帝已经不再躺在这块石板下。1166年，费里德里克·巴尔博鲁斯让人掘开了大帝的坟，尽管他送给查理大帝的皇冠形吊灯是那么的美丽夺目，但这都不能与他所犯下的渎圣罪相抵。教堂收取了大帝的骨骼，像圣徒一样，把他的骨架分拆开来，每块骨头都成为一件圣物。在旁边的圣器室里，一个堂区助理司铎向游客们展示了查理大帝的手臂，我花了三法郎七十五生丁这一固定价钱，得以看到它。这令人敬仰的手臂曾经掌控过世界，在其风干起皱的皮肤上，人们在十二世纪时用几文钱雇佣了一个司书，让他写下了这样的文字："圣查理大帝之臂"。看完手臂，我又看了颅骨。这颅骨中曾经装着整个新欧洲的蓝图，而现在，一个教堂执事正用手指敲打着让人观看。

这些骸骨都装在一个柜子里。

这是一个被漆成灰色带有金边的木制柜子，柜顶上装饰有几个我刚刚提到的"如同爱神一样的天使"，这便是今天的查理之墓了，历经十来个世纪，他的形象在我们的心中仍然光彩夺目。在他离世后，他的姓氏已经被赋予了双重不朽的两个词：sanctus,magnus，即神圣和伟大。这乃是天地所能赋予人类头顶上最有尊严的两个修饰词！

　　还有一件让人惊奇的事情，便是圣骨里的颅骨和手臂的体积都很大。的确，查理大帝是罕见的身材十分高大的伟人之一。矮子丕平的儿子无论是身体还是智慧，都堪称伟人。他的身高是他的脚长的七倍，他的脚长已成为了度量单位。这位皇帝的脚，即查理大帝的脚，刚刚被我们用平淡无奇的"米"取代了"法尺"①。就这样，一下子将历史、诗歌和语言都牺牲给了今天称作"十进制"的东西，我不知道这是一种什么样的发明，人类六千年来从未使用过。

　　打开柜子就会让人产生一种昏眩，因为里面装满了闪闪发光的金银器。柜子的扇叶门里面布满了金底的绘画。在这些画里，我注意到了八幅极为漂亮的壁板，很显然都出自阿贝尔·丢勒之手。除了颅骨和手臂之外，柜子里还有：查理大帝的号角，这是一只巨大的象牙，粗的那头很奇怪地被雕镂和挖空了；查理大帝的十字架，这可是一件宝贝，中间镶进一块耶稣受难时用过的真正的十字架，查理大帝躺在棺材里时还戴在脖子上；一个迷人的文艺复兴时期的圣体显供台，是卡尔五世赠送的，但在上个世纪，有人往上面添加了一些毫无欣赏价值的装饰，因而被大大破坏了；十四块雕刻有拜占庭风格塑像的金片，它们曾用于装饰查理大帝的大理石座椅；一个由菲利浦二世赠送的圣体显供台，它是按照米兰圆屋顶教堂翻版复制的；一根耶稣受鞭刑时绑过他的绳子；一块浸满了胆汁的海绵，它曾经用来给钉在十字架上受苦的耶稣送水解渴；最后，还有圣母玛利亚的针织腰带，以及耶稣的皮质腰带。这根像小学生的鞭子一样弯弯扭扭被卷成一团的小小皮带，曾经被三个皇帝所拥有。君士坦丁曾将这根皮带放置在他的印玺之上，我曾经看到过这个印玺现在还保存在那里。然后，这根皮带落入到哈鲁恩·哈西德之手，后者又把它送给了查理大帝。

————————

　　① 法语中的"脚"和"法尺"为同一个词——pied。

所有这些令人敬仰的物品都装在那些金光闪闪的哥特式和拜占庭式的圣物盒中。这些圣物盒都是用整块金子打造的微型教堂、尖顶钟楼和主教大教堂，并且还用蓝宝石、绿宝石以及钻石取代了教堂彩绘玻璃的位置。

　　柜子的两层隔板上堆积着不计其数的珍宝，在所有珍宝中间，有两个圣人遗骸盒，仿佛两座堆满了金银珠宝的高山，价值连城，美不胜收。第一个，即年代久远的那一个，属于拜占庭风格，盒子的周围是一些壁龛，龛里坐着头戴皇冠的十六位帝王；盒子里面装着查理大帝的其余骸骨，从不打开。第二个盒子是十二世纪的，是弗里德里克·巴尔博鲁斯赠给教堂的，里面装的是著名的圣骨，每七年开启一次。我在信的开头已经对您说过。仅仅 1496 年那一次开启圣盒就吸引了十四万二千名朝圣者，他们在十五天内为教堂带来了八万金弗洛林的捐款。

　　这个圣骨盒只有一把钥匙。这把钥匙被一分为二，一半由教务会保管，另一半由城里的法官掌管。有时候，也会破例打开盒子，但是只为那些帝王们。普鲁士现在的国王，当他还只是皇储的时候，曾经要求打开盒子，但是被拒绝了。

　　在大柜的旁边，还有一个小柜子。我看到了查理大帝的那顶镀金银日耳曼皇冠原型的复制品。这个加洛林王朝的日耳曼皇冠上面，镶着一个十字架，还嵌着宝石及浮雕玉石，形状仅为一个饰有花叶的圆圈，正好绕着头部一周，还有一个连接面部到颈部的半圆，稍稍有点弯曲。其实这是模仿了威尼斯王的角状皇冠。十个世纪以前，查理大帝作为德国皇帝、法国皇帝和意大利伦巴第皇帝时，曾经戴过三顶皇冠。第一顶德皇皇冠现在保存在维也纳；第二顶法皇皇冠在兰斯；第三顶是铁制的，现在米兰①。

---

　　① 在米兰附近的蒙扎（Monza）。——原注

　　走出圣器室，教堂执事把我托付给一个教堂侍卫。他在我前面走着，带着我在教堂里绕来绕去，还时不时地为我打开一些灰暗的柜子，在柜门后面会突然出现一些豪华的物品。

　　就这样，那外表看上去像是村野之物的讲道台从近乎橙棕色的丑陋木质外壳中跳脱出来，在您看来，那仿佛就是一座闪闪发光的红宝石塔楼。这个讲道台是一个十一世纪神奇的镂刻金银制品，是亨利二世赠给教堂的。一个身穿金护胸甲的神父正在以上帝的名义布道，他的护胸甲上镶嵌着一个深深挖空的拜占庭象牙，一个带茶托的天然水晶杯和一个长九法寸的绛玛瑙，形状很是奇怪。护胸甲前片的图案是查理大帝正用手臂托起爱克斯教堂。

　　这个讲道台被安置在祭坛的角上，而祭坛则位于1353年修建的那奇妙的半圆形后殿之上。所有的彩绘大玻璃都荡然无存。尖拱从上至下都是白色的。教堂的创建人奥托三世那豪华的坟墓已经于1794年被毁坏，如今取而代之的是祭坛入口处的一块用以标记原地点的扁平石头。在那令人赞叹的十四世纪拱穹附近，是约瑟芬皇后赠予的管风琴，它昭示了1804年那种恶俗的风格。拱顶、柱头、小圆柱、雕像，整个祭坛都被粉刷一新。

　　在荣光不再的半圆形后殿的中央，有一个奥托三世的青铜雄鹰雕像。它张着嘴巴，眼神含愠，半舒展着双翅，呈惊愕而微微发抖状，现在它被用作斜面经桌，愤怒地托着素歌的歌谱。可知道，就是它，曾将整个地球踩在脚下。

　　然而，人们还是应该对这只神鹰怀有敬意的。当拿破仑前来参观教堂时，人们在奥托的雄鹰爪下抓着的地球上增加了闪电，至今我还看见它固定在这只帝国之球的两侧。

　　在好奇者的要求下，教堂侍卫打开了这个雷电的按钮。

　　好像出于某种悲伤而具有讽刺意味的预感，十世纪的雕塑家们为了辟邪，在雄鹰的背部雕刻了一个展翅的青铜人面蝙蝠，它的上面现在正放着唱诗班的歌谱。

在祭坛的右边，密封着安托瓦·贝尔多莱的心脏，他是爱克斯·拉夏贝尔大教堂的第一个也是最后一个主教。因为这个教堂从来就只有过一位唯一的主教，是由拿破仑任命的。他的墓志铭上写着："阿基斯格拉人的第一个主教。"现在，如同以前一样，教堂由教务会管理，教务会的主管是一个有着会长名义的长老。

在教堂的一个阴暗的大厅里，教堂侍卫又为我打开了一个柜子。这里就是查理大帝的石棺，是一个漂亮的白色大理石制成的罗马棺材。在棺材的前棺面板上，用最出色的凿子雕刻出了普罗塞尔皮娜被掳走的故事。我长久地凝视着这幅已有两千年历史的浮雕。在构图的一端，是四匹狂奔的骏马，它们是来自地狱的神马，正由迈尔库尔驾驶着。它们拉着一辆马车正冲向柱脚下半张开的深渊，车上坐着普罗塞尔皮娜，她被冥王普鲁托抓着，在那里绝望地呼叫，挣扎、扭动着。粗壮的神之手压在半裸的年轻女孩的喉咙上，女孩身体向后仰着，头发蓬乱，她的头碰到了米内瓦的右脸颊，后者戴着面具，看不到任何表情。普鲁托掳走了普罗塞尔皮娜，而出谋划策的米内瓦正在普罗塞尔皮娜的耳边低语着。微笑的爱神坐着车上，就在普鲁托的两条巨腿之间。在普罗塞尔皮娜的身后，用最大胆的线条和最优美的形态，描绘了一群半裸的仙女正在同复仇三女神搏斗。普罗塞尔皮娜的伙伴们竭尽全力想勒住由两条插翅喷火龙套拉的车子。这是一辆跟在后面的随行车。一个仙女勇敢地抓住了龙的翅膀，龙发出了痛苦的惨叫。这幅浮雕简直就是一首诗。整个雕刻强劲有力，生机勃勃，线条突出，富丽堂皇，又稍带夸张，既像是罗马异教徒的作品，又像是出自鲁本斯之手。

据说，这个棺材在成为查理大帝的圣棺之前，曾经是奥古斯特的圣棺。

最后，通过另一个楼梯，虽然它又窄又暗，但六个世纪以来，有多少国王，多少皇帝，多少杰出的人物都曾经从这走过。导游由此把我带到了一个长廊，它就是园亭的第二层，人们称之为大礼拜堂。

在这里，导游将一个木制框架拿开了一半，要知道只有帝王们来参观时才会全部拿开。在框架的下面，我看到了查理大帝的石头座椅。这把椅子矮矮的，很宽，圆形靠背。由四块光面大理石板组成，上面没有雕刻，用铁方子组合在一起，座位上是一块橡木板，上面铺着一块红色金丝绒的坐垫。椅子被高高地安放在六级石阶上，其中两级是花岗岩质地，四级为白色大理石质地。

椅子上曾贴有十四块拜占庭式的金片，这我刚才曾提到过。通过四级的白色大理石阶梯，来到了石台上面，查理大帝就曾经端坐在这个墓穴的座椅上，他头戴皇冠，一只手托着地球，另一只手握着权杖，腰上斜挎着一把日耳曼宝剑，肩上披着皇帝的大氅，胸前挂着耶稣的十字架，双脚伸向奥古斯特的石棺。从 814 年一直到 1166 年，他的亡灵曾经以这样的姿势在这个宝座上坐了 352 年。

1166 年，弗里德里克·巴尔博鲁斯想为自己的加冕找一把椅子，于是进入了这个墓穴。任何传说都不能保留这座建筑的外形，而现在属于正门的两扇青铜圣门就曾是墓穴的大门。巴尔博鲁斯自身也是一位杰出的王子及勇敢的骑士。当一个加冕的人和另一个同样也加冕的尸体面对面时，这该是一个多么奇怪和可怕的时刻啊。一个，有着帝国陛下的威严，另一个，有着亡灵的庄重。战士战胜了亡灵，活人掠夺了死者。教堂保存了骨骸，巴尔博鲁斯拿走了大理石座椅。就是这把查理大帝曾经坐过的椅子，被用来作为宝座，在四个世纪中，帝王们坐在上面，显示着其伟大的尊贵。

的确，包括巴尔博鲁斯在内的三十六位皇帝都在爱克斯·拉夏贝尔的大礼拜堂里祝圣加冕。最后一位是费迪南，在他之前是卡尔五世。后来，德国皇帝的加冕都是在法兰克福进行的。

我简直不能从这把如此简朴、如此伟大的座椅旁移开。我看着那四级大理石台阶，曾经有三十六位恺撒帝王在这里踩出印记，他们一个个目睹了自己的名声光耀万丈，又一个个眼见其光芒黯淡熄灭。不计其数的想法和记忆浮现在我的脑海中。我记得，弗里德里克·巴尔博鲁斯这个闯入墓穴的掠夺者，在年迈时还想要参加第二次或是第三次的十字军东征。一天，他来到一条美丽的河边，这条河便是西德鲁斯河，他感觉到热，便突发奇想，企图在河中洗个澡。这个亵渎了查理大帝的人可能忘记了亚历山大。他跳入河中，冰冷的河水把他冻住了。年轻的亚历山大曾经差点淹死在河中，而年迈的巴尔博鲁斯就这样死在了河里①。

我毫不怀疑，有朝一日，某个国王或某位皇帝出于一种虔诚而神圣的想法，会将被圣器室管理者放置在柜中的查理大帝请出来，重新把他安放在他的墓穴中。人们会以宗教形式把这位伟人的现存所有骸骨结合在一起。人们将把一切都归还给他：他的拜占庭地下墓穴，他的青铜门，他的罗马石棺，还有他那高高放置于石台之上，并装饰有十四块金片的大理石座椅。人们将把加洛林王朝的皇冠重新戴在他的颅骨上，将帝国之球重新放到他的手臂上，将金丝绒质地的大氅重新披在他的骨架上。青铜雄鹰将骄傲地重回到原来的位置——这个世界主宰者的脚下。人们将把所有装满金银珠宝和名贵钻石的圣人遗骸盒摆放在石台周围，作为他最后的皇家居室的家具和银箱。还有，——既然教堂想让人们欣赏到死神给予圣徒们的各种临终神态——那就得在厚厚的墙上凿出一个窄窄的小窗户，安上交叉的铁窗栏，在墓穴的拱顶上吊一盏灯，在灯光下，跪着的游客会在任何人的脚都不再接触得到的四级白色台阶的上面，看到一个帝王的幽灵，额头上戴着皇冠，

---

① 历史学家们讲诉了各种各样的故事，其他的编年史作家们说，在渡过水流湍急的西德鲁斯河或西洛卡德鲁斯河时，杰出的弗里德里克二世皇帝在江中被撒拉逊人的箭射中，淹死在了河里。传奇故事中又说，他并没有淹死，而是消失了。一些人说他是被牧人救了上来，另一些人说他是被神灵救了起来，并奇迹般地从叙利亚回到了德国。莱茵河畔的传说是说他后来在著名的凯泽斯劳滕山洞里为了赎罪而苦修。而在符腾堡地区的传说中，他是在基福泽的岩洞里苦行修炼。——原注

手中握着球体，正坐在那饰有金片的大理石座椅上，在黑暗中隐隐发出光亮，这将是查理大帝。

这对于任何一个敢将目光望向地下墓穴的人来说，都将是一次伟大的幽灵显圣，而每个人都将从这个墓穴带走伟大的思想。人们从地球的尽头赶来这里，所有流派的思想家都将汇集于此。丕平的儿子——查理，确实是能够全面地看待人类的完人之一。历史方面，他是一个像奥古斯特和赛索斯特般的伟人；传说方面，他是罗兰般的勇士，梅兰般的魔法师；宗教方面，他是像热罗姆和皮埃尔一样的圣人；哲学方面，他是人格化的文明本身，是每隔千年才出现的巨人，他穿越深渊、内战、野蛮和革命，他时而叫做恺撒，时而叫做查理大帝，时而又叫做拿破仑。

1804 年，当波拿巴成为拿破仑之时，他参观了爱克斯·拉夏贝尔大教堂。陪伴着他的约瑟芬一时心血来潮，坐在了大理石座椅上。出于敬仰而穿着大军礼服的皇帝任由她这么做。他一言不发，脱下帽子，然后一动不动地站立在查理大帝的座椅前。

我顺带想起一件值得注意的事情。814 年，查理大帝去世。一千年以后，在 1814 年几乎同一时刻，拿破仑倒下了。

就在这命中注定的同一年，1814 年，盟国的君主们都前来拜访查理大帝的亡灵。俄国的亚历山大像拿破仑一样，穿着军礼服。普鲁士的腓特烈·吉约姆身穿军大衣，头戴军便帽；奥地利的弗朗索瓦穿着礼服，戴着圆帽。普鲁士国王走上两级大理石台阶，让教务会的长老给他解释德国皇帝们加冕时的细节。另两位皇帝则都保持沉默。

今天，拿破仑、约瑟芬、亚历山大、腓特烈·吉约姆以及弗朗索瓦都已经离开人世。

我的向导，一直在给我讲述所有细节，他曾经是一个参加过奥斯特里茨战役和耶拿战役的法国老兵。随后，他来到爱克斯·拉夏贝尔，并由于 1815 年的议会特赦而入了普鲁士籍。现在，在宗教仪式上，他身披肩带，手持战戟，站在教务会堂前。我欣赏上帝总在最微小的事物面前显圣。这个向过客介绍查理大帝的人，心中充满了拿破仑。也许他自己都未曾察觉，也因此，在他的话语中，有一种我说不上来的庄严。当他向我讲述他经历过的战役，他的老战友，他过去的上校时，眼中饱含着泪水。他就用这样的语调让我听到了苏尔特将军、格兰多尔热将军，以及雨果将军，而他根本不知道我对这个姓氏是多么的感兴趣。他认出我是一个法国人，而我永远不会忘记他在离开我时，怀着朴实与深情，十分庄重地对我说："先生，您可以对别人说，您在爱克斯·拉夏贝尔看见了一个第三十六瑞士军团的士兵。"

在另一个时刻，他还对我说过："先生，就如您所看到的我那样，我属于三个国家：出于偶然，我成为了普鲁士人；职业需要，我是一个瑞士人；但我的心里，我可是法国人。"

其他我还得承认的是，在参观过程中，他对教会事务中军事方面的无知让我多次发笑，尤其是在祭坛里，他指着神职祷告席庄重地对我说："这里是 chamoines 的位置，您难道没想过，这应该写成 chats-moines 吗？"①

离开教堂时，我是如此地沉浸在刚才的想法里，以至于差点没看到教堂不远处的另一面壁，然而它是那么漂亮，属于十四世纪，上面装饰着七个神情高傲的皇帝雕像。如今这扇门通往一个不知道叫什么的脏地方。正在这时，发生了一件很开心的事情。两个像我一样的游客从教堂里出来，可能我的那位老兵向导刚刚也为他们导游了几分钟。他们发出一阵阵大笑，我转过身去，认出了这两位游客，其中年长的那位曾于当天上午在我前面，在帝宫簿上写下了他的名字：德·阿……伯爵先生。这是阿图瓦最古老、最高贵的姓氏之一。他们大声地交谈着。

---

① 这里的单词本来应该是 chanoines（议事司铎），首先向导把这个词错认为是 chamoines，然后他玩了一个同音异意的文字游戏，把 chamoines 拆成了 chats-moines（猫教士），以示幽默。

　　"就是这些姓氏！"他们说道，"这应该是大革命才能产生出来的
姓氏，拉苏波上尉！格兰多尔热上校！这都是打哪儿来的啊？"显然，
这是我那可怜的老伙计——教堂侍卫像对我一样，也对他们讲过的上
尉和上校的姓氏。我情不自禁地回答他们："从哪儿来的？我来告诉你
们，先生们。格兰多尔热上校是洛尔日元帅的远房堂孙，圣·西蒙公
爵的岳父；至于拉苏波上尉，我猜测他同布永公爵，一位德国选帝侯
的叔父有点亲戚关系。"

　　过了一会儿，我来到了迫不及待想要到达的市政厅广场上。

　　就像教堂一样，爱克斯的市政厅是一座由五六个其他建筑组成的
大厦。它的正门显得很暗，上面的窗户又长又窄，间隔很近，属于卡
尔五世时代。在正门的两边，矗立着两座警钟楼，一座低、圆、宽、扁，
另一座高大、挺拔、呈四边形。第二个警钟楼是十四世纪的漂亮建筑。
第一座警钟楼则是著名的格拉努斯塔楼，现在人们已经很难将它认出，
因为在它的顶上安装上了一个扭曲变形的奇怪钟楼。这个更小的钟楼
重叠在另一座钟楼之上，看上去就像是用巨型头帕制成的金字塔，这
些头帕形状各不相同，尺寸各异，呈尖角状互相重叠在一起，尺寸递减。
在正门的下方，有一个宽阔的楼梯向前伸展，就如同枫丹白露的白马
庭院楼梯。正门对面，广场的中心，有一座文艺复兴时期的大理石喷
泉，它仅仅在十八世纪时被稍加改动和重修了一下。它的上端是一个
很大的青铜底托，上面托着全副武装、头戴皇冠的查理大帝的青铜雕像。
在喷泉的左右两端，还有两个小一点的喷泉，它们的顶上有两只凶猛
可怕的黑色雄鹰，身体半侧着，朝向庄重、安静的皇帝。

　　也许查理大帝就诞生在这里，在这块地方，在这座罗马式的塔楼里。

　　喷泉，市政厅的正面，警钟楼，整体上是那么高贵、忧郁和肃穆。
查理大帝还完完全全地活在那里。他将这座建筑物的不和谐全部概括
在自身的强大统一当中。格拉努斯塔楼令人回想起罗马——他的前辈；
正门和喷泉使人回忆起卡尔五世——他的继承者中最伟大的一个。更

别提警钟楼的东方外形，会让您隐约想到他的朋友——神奇的伊斯兰国家领袖哈鲁恩·阿勒·哈西德。

夜幕将至，我花了整整一天的时间在这些伟大而严肃的回忆上，好像我的身上已经沾满了十个世纪的灰尘。我感到自己需要走出这座城市，去呼吸，去看看田野、树木和鸟儿。这种想法带我走出了爱克斯·拉夏贝尔城，在清爽的绿荫小道上，我沿着古老的城墙一直闲逛到天黑。爱克斯·拉夏贝尔城现在还有护城墙，沃帮几乎从未路过这里。只有那些地下通道，它们从市政厅低矮的房屋和教堂的地下墓穴通往波尔赛特修道院，甚至直达林堡，如今已经被填平而消失了。

当夜幕降临时，我坐在草坪坡地上。爱克斯·拉夏贝尔犹如置身于山谷中的优美喷泉承水盘，整个展现在我的面前。渐渐地，晚间的薄雾笼罩了古老街道那些锯齿状的屋顶，抹去了两座警钟楼的轮廓。警钟楼和城市的其他钟楼混杂在一起，让人隐约回想起那颇具亚洲风格的莫斯科克里姆林宫的样子。全城中只剩下两个物体还可以依稀分辨出来：市政厅和大教堂。于是，这一整天以来，我的全部激情、全部思想以及全部见闻都一起重新涌入我的脑海中。这座光辉而具有象征意义的城市，在我的眼里，在我的心中都改变了模样。我还能辨认的两座建筑物中的第一个，对于我来说，已不再仅仅是一个孩子的诞生地；第二个，也不再仅仅是一个亡灵的栖息所。不时地，我深深地陷入沉思，我仿佛看见了我们尊称为查理大帝的这位巨人的幽灵，正从位于这伟大摇篮与这伟大墓穴之间的淡白色的地平线上冉冉升起。

1839 年 8 月 6 日于爱克斯·拉夏贝尔

科隆

亲爱的朋友，我在生自己的气。我像一个野蛮人一样穿过了科隆。我在那里刚刚停留了四十八小时而已。我本来打算在那里待半个月的，可是在经过了几乎一周的雨雾天气后，当如此明媚的阳光洒耀在莱茵河上，我一定要利用这难得的好天气去领略莱茵河的风景，去感受莱茵河带来的欢愉。于是我今天早上乘坐"科克里尔"号汽船离开了科隆。就这样，我告别了阿格尔巴的家乡，我既没有欣赏到圣玛丽·卡皮托里大教堂的古老油画，又没有观赏到圣热雷昂大教堂地下室的地面镶嵌画，还有：圣皮埃尔大教堂的耶稣受难画，这是鲁本斯专门为他曾受过洗礼的这座古老的半罗马式教堂所画的；圣于尔絮勒隐修院的一万一千名修女的骸骨；殉教者阿尔比努斯不腐的圣体；圣库尼贝尔的银质棺材；米诺利特教堂的邓斯·斯科特斯的坟墓；圣旁塔雷翁教堂里奥托二世的妻子泰奥法妮皇后的墓茔；里索尔弗教堂内部砌成拱形的墓穴；圣于尔絮勒隐修院和大教堂里那两间黄金打造的卧室；今天已经变成贸易仓库的帝国议会大厅和已变成小麦卖场的古老的军火库。这一切，我都没有看到。真是太荒谬了，可事实就是如此。

我到底在科隆参观了什么？大教堂和市政厅，再没有别的了。身处科隆这么美丽的城市，所见实在是太少了。不过这的确是两座少有的美妙建筑。

夕阳西下，我到达科隆。我立即向大教堂的方向走去。我的旅行袋由一个称职的搬运工背着，他身穿一件有着橘黄色衣领的蓝色制服。在这里，他们是为普鲁士王工作的（我向您保证，这是一份赚钱的极好的差事。游客们都交了很多的税，税收由国王和搬运工平分）。这里，我要提到一个有用的细节：在离开搬运工之前，我吩咐他把我的行李送去多伊茨的一家旅馆，而不是科隆的旅馆，这大大出乎他的意料。多伊茨是莱茵河对岸的一座城市，由一座浮桥与科隆相连。我的理由是：我要在同一个旅馆住上好几天，我要尽可能地选择可以从窗口看到更多景色、视野更开阔的地方。然而，从科隆的旅馆窗口看到的是多伊茨，而从多伊茨的窗口看到的才是科隆。正出于这个理由，我选择住在多伊茨，因为我为自己找到了一个无可争辩的理由：与其住在科隆看多伊茨，倒不如住在多伊茨欣赏科隆。

只身一人漫步向前，我寻找着教堂，在每个街角我都期望能看到它。但是我并不熟悉这个复杂的城市，夜色渐浓，我并不喜欢问路，于是我十分随意地长时间地在狭窄的街道上闲逛。

最后，我闯进了一个可以通行车辆的大门，进入一个院子，院子的左边尽头是一个长廊式的地方，突然，我置身于一个幽暗而荒僻的大广场上。

在这里，我看到了美妙的景象。在我的正前方，在暮色苍穹的幻影下，在一大堆人字墙结构的矮房子中间，矗立着一个巨大的黑色物体，顶上有尖塔和小钟楼。再远一点的地方，也就是一弩之距开外，孤零零地矗立着另一个硕大的黑色物体，不如前一个宽，却更高一点，好像一个大大的方形堡垒，四个角上有四座高高的塔楼，顶上显出一个奇怪地倾斜着的不知道是什么东西的架子轮廓，它位于古老城堡主塔的正面，就好像插在盔甲上的一根巨大的羽毛翎。小圆豆状的是教堂半圆形后殿，城堡的主塔，是钟楼的底部，这个半圆形后殿和这个钟楼的底部就构成了科隆大教堂。

　　我原以为斜插在黑色建筑物顶部的那个物体是根黑色的羽毛翎，其实它是一个巨大的象征物——鹤，这是我第二天再去那里时看到的。鹤身上披挂着铅片，从塔顶上对每一个过客诉说着：这个未完工的大教堂将继续建下去，钟楼和教堂中间相距的阔地，总有一天会合二为一，共经风雨；恩格尔贝尔·德贝尔的梦想，在康拉斯·德奥斯特丹的统治时期开始动工建造成教堂，并且在一两个世纪之后将成为世界上最大的教堂；现在，这个不完整的伊利亚特史诗正在期盼荷马的出现。

　　教堂关门了。我走近钟楼，它的规模十分壮观。我之前认为的四个角上的塔楼，原来仅仅是墙垛的突出部分。钟楼还只有一层和二层的尖形拱肋建筑，而已经建成的部分几乎达到了巴黎圣母院塔楼的高度。如果计划中的尖塔一旦耸立在这个巨大的石丘上，斯特拉斯堡将显得微不足道。我怀疑那个本身还未完工的马里恩钟楼，也不会以这样的宏伟气魄坐落在地面上。

　　我曾经在别的地方说过，未完工的建筑是最像废墟的。荆棘、虎耳草、强草、所有喜欢啃噬水泥的草以及喜欢将它们的触角伸进石缝的草，都攀爬上了令人敬仰的大门。人类的建设还没完成，大自然就已经在破坏了。

　　广场上一直都寂静无声，空无一人。我尽可能地走近大门，一扇十五世纪的扎实的铁栅栏在保护着它。我静静地聆听着，无数扎根于破旧房屋屋顶上并茂盛生长的小树林在夜风中喃喃细语。一束光线从邻近的窗户透出来，照亮了拱形曲线下一排精致的坐姿小雕像，那些天使和圣人们，有的正在阅读膝头上展开的大书，有的竖起手指，正在谈话和布道。就这样，有的在学习，有的在授课。对于教堂来说，这奇妙的导言不是别的什么，而是用大理石、青铜和石头建成的圣书。而挂在各处的燕子窝使这个严肃的建筑更加充满魅力。

接着，灯光熄灭了，我看不到别的，除了八十多法尺高的宽大尖形穹隆敞开着怀抱，既没有框架，又没有挡风板，它从中间将塔楼从上至下剖开，使我得以洞悉塔楼内昏暗的五脏六腑。在这个窗户里，还可以看到前面相对的另一扇窗户，由于距离远而显得有点小，也是敞开着，那圆花窗和中立柱就好像是用黑色的笔勾勒出来的，以一种无法形容的清纯显现在明亮而具有金属色泽的暮色中。一个优雅的白色小尖顶穹隆套在一个巨大的黑色尖顶穹隆里，没有什么比这个更显得忧郁和奇特的了。

　　这是我第一次参观科隆大教堂。

　　我还没给你讲过我从亚琛到科隆途中的见闻。没有什么大不了的事情。沿途都是纯朴简单的毕卡底或者都兰风景，绿色或金黄色的平原上，时不时有一棵棵弯弯扭扭的榆树，远处还有一排排的杨树。我并不讨厌这种宁静，但也不会有太多的热情而欢呼雀跃。在村庄里，年迈的农妇像影子一样闪过，她们身上裹着灰色或浅玫瑰色的印第安长披风，风帽一直垂到眼眉上方。年轻的姑娘们穿着短裙，头戴一顶软帽，帽子上缀着金属片和玻璃珠子，软帽下依稀可见她们漂亮的头发被一个宽宽的银箭发卡别在脖子上方。她们快乐地洗刷着房屋的正墙，弯腰时便露出她们的腿弯，就像古代的荷兰画师所绘的那样。至于那些男人们，他们身穿蓝色的工作服，头戴喇叭形的高帽子，就像立宪国的农民。

　　至于道路，因为下过雨变得十分泥泞。我没有碰见什么人，只有片刻的时间，遇到某个年轻的音乐家：金发，身材纤瘦，面色苍白。他正要去参加亚琛或巴斯的舞会。他身上挎着个背包，背上背着一把低音提琴，用绿色的旧布包裹着。他一手拿着棍子，一手拿着短号，身穿蓝色的衣服，花背心，系着白色的领带，下面是一条贴身的裤子，由于道路泥泞，他把裤腿卷到了靴子上面。可怜的小伙子，上半身是去参加舞会的打扮，下半身却弄得像是一个旅行者。我还在路旁的田地里看见一个如此打扮的当地猎人：头戴一顶苹果绿圆帽，帽子上有一个大大的、用褪色锦缎制成的丁香花帽徽，灰色的上衣，大鼻子，带着把猎枪。

半路上，有一个美丽的小城，我不知道它叫什么名字，周围是一片已成废墟的砖墙和塔楼。我在这里极为欣赏四名令人惊奇的旅客。在一个大敞着窗户的小客栈的底层，他们围坐在一张巨大的桌子前，桌上摆满了肉、鱼、酒、馅饼和水果；他们喝酒，切肉，大口地咬，用力地撕，狼吞虎咽；他们的脸红得发紫，一个赛过一个，就好像是四个贪吃嘴馋鬼的活化身。我好像看到了饕餮之神古吕、格鲁东、古安福尔和古里亚夫围坐在食物山前大吃大喝一样。

此外，这里的客栈都非常好。不过，我在亚琛住的那一家除外，那一家（帝王旅馆）只是过得去而已。在那里的房间里，为了暖脚，地板上铺着一块非常华丽的绘制地毯，也许正是有了这块华丽的地毯，旅馆的价格才格外昂贵。

最后要说的是，在亚琛，赝造之风盛行，就好像在比利时一样。在一条通往市政厅的大街上，我看见一家小店的橱窗里并排摆放着我和我杰出的亲爱同胞——拉马丁的画像。普鲁士翻版赝造的肖像好像没有那些可怕的漫画那么丑陋。那些漫画是肖像商和包括我的巴黎出版商在内的书商出售给那些轻信的民众的，他们惊悸地把这当作我真正的模样。这是令人发指的毁谤，我在这里庄严地宣布，我反对这种做法，"我请老天和星球作证"。

此外，我活得就像一个真正的德国人。我吃饭用的是手帕一样大的餐巾，睡觉用的是餐巾一样大的床单。我吃的是樱桃烧野味和李子干烧兔肉，我喝的是莱茵美酒和莫泽尔美酒。就在昨天，一个睿智的法国人在离我几步远的地方吃晚饭，他把莫泽尔酒叫做"小姐"酒①。

---

①法文中"莫泽尔河"的拼写是 la Moselle，"小姐"一词的拼写为 demoiselle。

也是这个法国人，在品尝了一大瓶后，得出了自己的结论：莱茵河水没有莱茵酒水值钱。

在旅馆里，无论是老板、老板娘，还是男侍、女仆们，他们都只讲德语；不过，总有一个侍者讲法语，事实上是一种变了味的法语，因为他总是身处日耳曼的环境；不过这种变味的法语并不是没有魅力的。昨天，我听到上面提到的同一个旅客——我的同伴，指着刚端上来的菜问侍者："这是什么？"侍者严肃地回答道："是狮子狗。"其实是鸽子。①

另外，像我这样一个不懂德语的法国人，如果向这位"第一侍者"——这里的人都这么叫他——咨询的问题超出《游客指南》中事先印好的范畴时，那简直是白费力气。这个侍者简单地用他稍加粉饰的法语回答，其实只要我们稍微深入，就能听出其实是德语，纯粹的德语，低沉的德语。

现在，我第二次来参观科隆大教堂。

我一大早就来到了这里。为了到达这个堪称杰作的教堂，先要经过一个旧屋院落。在那里，穷妇人们将您团团围住。在给她们一些当地的钱币时，我回忆起来，在法国占领之前，科隆的乞丐有一万两千名之多。这些乞丐有一个特权，那就是将他们所占据的固定专属的乞讨位置遗留给他们的后代。这条法律已经废除了。贵族们也垮台了。我们的这个世纪既不尊重乞丐的继承权，也不尊重贵族的爵位继承权。现在，这些叫花子们再也不知道可以将什么东西遗留给他们的后代了。

打发完这些穷妇人，便进入了教堂。

教堂里立柱林立，大小柱子的底部都围着木板栅栏，柱顶抵在错综复杂的扁圆拱穹间，这些拱穹由板条构成，拱度不同，高度各异。教堂里光线不强，所有的拱顶都低低的，人的目光所及不超过四十法尺。

---

① 狮子狗 bichons 和鸽子 pigeons 的发音接近。

左边有四五扇光彩夺目的彩绘玻璃大窗，从木制天花板直到石砌地面上，就好像是缀满了黄玉以及红、绿宝石的大窗帘。右边是一堆梯子、滑轮、缆绳、起重吊杆、绞车和复滑车；从教堂的深处传来素歌，唱经班成员和受俸教士的嗓音低沉，圣诗里美妙的拉丁文绕过拱穹，夹杂着缕缕焚香，还有一架漂亮的管风琴在妙不可言地低吟着。里面仿佛有锯子的嘎吱声，山羊与仙鹤的呻吟声，还有锤子敲击地板发出的震耳欲聋的声音。科隆大教堂的内部就这样呈现在我眼前。

这个哥特式大教堂与木匠工场相结合，宛如一个高贵的修女被粗暴地许配给了泥瓦匠，又如一位贵妇人，被迫耐心地将她那沉静的习惯，她富有尊严而谨慎的生活，她的歌，她的祈祷，她的沉思冥想，与这些工具，这种嘈杂，这些粗俗的对话，这个拙劣公司的工作结合在一起。一开始，这种不恰当的结合使人产生一种奇特的印象，我们希望再也不要看到哥特式教堂的修建；可是，过了一会儿，这种奇特的印象就消失了，我们会想到，必须这样做，这是显而易见的事情。钟楼上的仙鹤具有象征意义。1499 年，人们又重新开始了一度中断的工程。所有这些木匠们的嘈杂、石匠们的喧嚣都是必要的。人们继续建造着科隆大教堂，如果上帝保佑，人们是可以完成这项工程的。如果能够完工，那是再好不过的事情。

这些支撑着木制穹顶的支柱，便是草图上的大殿，有朝一日，它将连接起半圆形后殿和钟楼。

我仔细地查看这些彩绘大玻璃，它们都出自马克西米利安年代，绘画显示了德国文艺复兴时期强劲而美妙的夸张风格。上面画满了国王和骑士，他们表情严肃，身姿优美，翎饰奇特，纹章布边饰透出一种野性，他们戴着夸张的高顶头盔，身佩长剑，一个个武装得像屠夫，胸挺得像弓箭手，头部装饰得像战马。在他们的旁边，是他们的女人，更确切地说，是他们的雌性伴侣，她们跪在彩绘玻璃的角落，侧影就像一头头母狮或母狼。阳光透过这些面孔，他们的瞳孔熠熠发光，栩栩如生。

其中有一块彩绘大玻璃窗再现了圣母家族这一美好的主题，这我已经见过很多次了。画的下面是巨人亚当，穿着皇帝的衣服，仰卧着。从他的腹部长出一棵大树，占据了整面玻璃；树枝上有玛丽亚所有的皇族祖先，弹着竖琴的大卫，正在沉思的所罗门；在树顶部的一个深蓝色的格子中，最后一朵花刚刚绽放，里面可以看见抱着耶稣的圣母。

几步远的地方，我在一根粗柱子上读到了这个伤感而认命的墓志铭：

> 我，埃德蒙伯爵，生前曾举世闻名。惨遭暗杀，长眠于此。圣彼得，我将我的弗里斯姆公爵头衔交给你，请让我在上天占一席之地。这个石堆中安葬着公爵的骨骸。

我抄下了这个墓志铭，它就写在一块竖立的石桌面上，它像是散文，并没有标明是由略显粗糙的六音步诗和五音步诗组成的二行诗体。结尾处顿挫押韵的诗句上有一个数量错误，这使我颇为惊讶，因为中世纪人们已经会写拉丁文的诗歌了。

耳堂左臂才刚刚显出轮廓，它的尽头是一个大礼拜堂。除了几个神工架外，大礼拜堂显得冷漠、丑陋、烦闷、缺乏布置。我急忙返回到教堂里，然而，就在从大礼拜堂出来的时候，有三件东西几乎同时引起了我的注意：在我的左边，有一个迷人的十六世纪的小讲道台，黑橡木质地，构思巧妙，做工精细；再远一点，是祭坛的围栏，是十五世纪精美的铁栅栏，制成了稀有而完整的样式；在我的对面，是一个非常漂亮的圣楼，壁柱粗短，拱廊低矮，属于后文艺复兴时期的风格，我猜想这是为逃难中悲伤的皇后玛丽·德·美迪奇建造的。

在祭坛的入口处，一个典雅的洛可可式柜子里，有一个身上披着闪光片和金属箔的真正的意大利圣母像，她和她怀中的孩子都闪闪发光。在这个戴着手镯和珍珠项链的丰满的圣母像下面，作为明显的反衬，有一个为穷人募捐的大捐款箱，制作于十二世纪，上面缠绕着链条，挂着铁锁，捐款箱的一半嵌在一大块雕刻粗糙的花岗岩里，就好像石砌的路面上有一堆浇铸的泥浆。

　　我抬眼往上看，发现在我头顶上方的尖形拱肋下有一些金色的小棒子，它们的一头吊在三角横架上。在这些棒子的旁边，有这样一段文字："您所看到的这些小棒子的数目是他作为主教在阿格里比恩教堂执教的准确年份。"我喜欢这种严肃的计年方式，它时时刻刻能让主教看到自己已经花费或者是虚度了多少时光。现在，穹拱下悬挂着三根小棒子。

　　主祭室位于著名的半圆形后殿的内部，可以说目前的这个主殿仍然代表着整个科隆大教堂，因为钟楼上还缺尖塔，中殿还没有穹顶，教堂还缺少耳堂。

　　在主祭室里，有大量的宝贝。满是精美细木护壁板的圣器室；满是严谨雕像的偏祭台；各个时期的名画；各种样式的坟墓；有躺在要塞中的花岗岩主教，有躺在由一排神情哀伤的小雕像抬着的床上的试金石主教，有躺在铁网纱下的大理石主教，有躺在地上的青铜主教，有跪在祭坛前的木制主教；有路易十四时期的司法长官正蹲靠其墓，有卧着的十字军远征骑士，他们的狗正靠在他们的钢制脚边友好地抓挠着；有穿着金袍的使徒塑像；有附带扭曲柱的橡木神工架；有高贵的议事司铎神职祷告席；有形状像棺材的哥特式洗礼缸；有刻着小雕像的祭坛装饰屏；有漂亮的彩绘玻璃窗碎片；有十五世纪的天神报喜图，金色打底，天使丰满的翅膀上面为彩色，下面为白色，他正充满爱意地凝视着圣母；有绘着鲁本斯画的地毯；有好像是麦茨·康坦时期的铁栅栏，以及好像是弗朗·弗洛里时期的金色绘制板柜子。

　　应该说明的是，所有的这一切都被无耻地损坏了。如果说有人在外面正建造着科隆大教堂，不知道是哪个家伙却在里面破坏拆除。没有一座坟墓上的小雕像不被剥落或者是缺头断臂，没有一排原本该是金黄色的栅栏不是锈迹斑斑。到处都是尘土、灰烬和垃圾。苍蝇在菲利浦·德·海因斯贝格大主教令人敬仰的脸上飞来飞去。躺在石板上的那座青铜人物雕像，名字叫做康拉德·德·奥斯特丹，他生前能够建造这座大教堂，今天却无力压死那些蜘蛛，他就像小人国里的格列夫，蜘蛛正用难以计数的蛛丝把他和地面连在一起。可叹啊！青铜的臂膀还不如肌肉臂膀有力。

在一个阴暗的角落里，躺卧着一个大胡子老人的雕像，也是残肢断臂，我深信这是米开朗基罗的雕像。这让我想起在亚琛，我曾看到的那些被拿破仑弄来，又被布鲁克弄走的著名的大理石古柱，它们躺在陈旧的隐修院墓地的一个角落里，就像是待劈的树段。这些古柱是拿破仑为了修建卢浮宫弄来的，而布鲁克又把它们放进了公墓的残骸所。

我在世上最常说的一句话，就是：何必呢？ ①

在所有遭到破坏的东西里，我只看到两座坟墓还比较像样，有时还被扫去了墓上的灰尘，这就是邵恩堡两个伯爵的衣冠冢，他们两个好像就是维吉尔曾描述过的一对。两人是亲兄弟，两人都曾当过科隆的主教，两人都葬在同一个主祭室里，两人的十七世纪的坟墓都十分漂亮，两座坟墓相对而置：阿道夫望着安托尼。

科隆大教堂里最令人敬仰的建筑——著名的三王之墓，我到现在都忽略不谈，其实是留着向您详细讲述的。这是一个相当大的色彩缤纷的大理石室，被厚厚的铜栅栏关闭着；它的建筑风格混杂而奇特，它混合了路易十三的俏丽风格和路易十五的凝重风格。这座坟墓位于半圆形后殿最高礼拜堂的主祭坛后面。首先映入眼帘的就是混在主栅栏图形里的三条男式头巾。抬眼望去，可以看到三王朝圣的浮雕；低

---

① 也有翻译为：早知今日，何必当初。

头往下看，可以读到这平庸无奇的两行诗：

　　　　这里安葬着神圣三王的遗体。

　　　　囊括一切，他无别处。

　　在这里，滑稽和严肃的感觉同时闪现在脑海里。就是这里，躺卧着三个充满诗意的国王，他们追随着星辰，自东方而来，无比仰慕一个出生在牛栏中的孩子①，他们跪在那里，仰慕着他。现在该轮到我来仰慕了。我承认在这个世界上没有什么比这个插入福音书中有关一千零一夜的传说更使我着迷的了。靠近坟墓，透过让人烦心的密密麻麻的栅栏，就在一块模糊的玻璃后面，我发现在阴影中有一个奇妙的拜占庭大圣骨盒，整个都是金子打造，上面的珍珠和钻石闪闪发光，颇具阿拉伯之风。绝对像是人们经历了二十个世纪的黑暗，才在宗教那阴郁而严谨的传统故事里，隐约得见具有东方色彩的耀眼的三王故事。

　　在众人景仰的栅栏两边，从大理石上伸出两只金黄色的铜手，每只手上都拿着一个半敞开的钱袋，下方刻着隐晦的带有挑衅色彩的语言："然后，他们打开了钱袋，把礼物送给了孩子。"

　　在墓的对面，有三盏燃烧着的铜制灯，一盏上刻着"加斯帕尔"的名字，另一盏上刻着"墨尔斯奥"，第三盏上刻着"巴尔达扎尔"。这真是天才般的主意，在某种程度上，在墓前摆放的是永远点亮着的三王名字的铜灯。

　　当我正要离开时，不知道是什么尖形物刺穿了我的靴底，我低头一看，是一个铜钉头，它嵌在我踏着的一块黑色大理石板上。在察看这块石头时，我想起来了，玛丽·德·美迪奇曾希望将她的心脏安放在科隆大教堂三王墓前的石板下。我脚下的石板可能正覆盖着这颗心。

------

　　① 指的是耶稣。

以前，在这块石板上，有一个铜片或金色的青铜片，根据德国的习俗，这铜片上带有亡者的徽章和墓志铭，今天，我们仍然可分辨出痕迹来。撕坏了我靴子的钉子正是用来嵌入铜片的。当法国占领科隆时，出于革命的念头，极有可能也是某个投机的锅匠，把这块印有百合花图案的铜片取走了，周围的铜片也遭遇了相同的命运，因为有许多铜钉从四周的石板上冒出，这证实并且揭露了曾经发生过的无数同样的掠夺。就这样，可怜的皇后！她先是看到自己在她的儿子——路易十三的心中淡去，然后又从她一手打造出来的黎塞留的记忆中消失，而现在，她又被人从大地上抹去了。

命运是多么的奇妙啊！这个玛丽·德·美迪奇皇后，这个亨利四世的遗孀，被流放，被抛弃，贫困潦倒，而几年后，她同样贫困的女儿亨利亚特——查理一世的遗孀，又于 1642 年来到科隆，死在伊巴赫，斯泰恩加斯街十号的住所里；而就在同一间房屋里，65 年前，即 1577 年，她的画师鲁本斯诞生于此。

大白天再次来到科隆大教堂，它失去了夜晚赋予物体的那种我称之为"黄昏壮景"的奇幻色彩。在我看来，不得不说的是它失去了一点雄伟崇高的气魄，线条轮廓还是那么美丽，但总显得有点干巴巴的。这可能归因于那些现代的建筑师们狂热地用油灰等重新填合这个大教堂。对于那些古老的教堂，其实不应该有过多的翻新。在整修中，由于想要进行加固，结果失去了线条，那种轮廓的神秘感也随之消失了。此刻，比起那完美的半圆形后殿，我更喜欢还未完工的钟楼。无论如何，尽管某些想将科隆大教堂建成基督建筑之巴特农神庙的雅士们不高兴，但对于我来说，我找不到任何理由来喜欢这个大教堂，反而更喜欢亚眠、兰斯、夏特勒和巴黎的那些圣母院。

我甚至要说，博韦大教堂同样只完成了半圆形后殿，几乎不为人知，也极少被人吹捧，但在我看来，它丝毫不比科隆大教堂逊色，无论是整体还是细部。

　　科隆市政厅位于大教堂附近，也是极美的拼凑式建筑之一，它由各个时期的部件、各种风格的材料组成，我们可以在一些古老的市镇看到这类建筑，这些市镇都是以同样的方式建成，无论是法律，还是风俗习惯。这些建筑和这些市镇的组成方式十分奇特，值得研究。与其说它是建筑，不如说它是堆砌，持续不断的增大，心血来潮的扩展，对邻近地带的蚕食；没有什么是按照常规和事先画好的设计图进行的，一切都是根据不断出现的需要进行建设。

　　科隆市政厅也是如此，它的基部很有可能是某个罗马酒窖，在1250 年左右也只是一个庄严而朴素的尖拱住所，就像柱形房屋一样。后来，人们明白了应该有一个警钟楼，以便敲响警钟，号召人们拿起武器，或是为守夜者而设，于是，在 14 世纪，建起了一座既是资产阶级又是封建主义风格的漂亮塔楼。然后，到了马克西米利安时期，文艺复兴的愉悦气息开始动摇大教堂里阴暗的石头树叶，追求优雅和装饰的品味四处传播，科隆的市政长官们感到有必要为他们的市政厅梳洗打扮一番，于是从意大利请来了某个建筑师，他是米开朗基罗的学生，又从法国请来了某个雕刻家，他是年轻的让·古戎的朋友，而他们在13 世纪建筑物的正面配上了一个成功而美妙的门廊。几年后，他们又觉得应该在书记室旁修建一个散步场所，于是他们又叫人修建了一个迷人的拱廊后院，上面豪华地装饰上了徽章和浮雕。这些我都看到了，但两三年后，将没人看得到，因为人们任凭这里变成废墟。最后，到了卡尔五世时代，他们认识到需要一个大厅来进行拍卖和叫卖，来召集资产阶级，于是，他们在警钟楼和门廊的对面，用砖块和石头建起了一座主体建筑，品位极高，十分协调。今天，13 世纪的大殿，14 世纪的警钟楼，马克西米利安时代的门廊和后院，卡尔五世时代的大厅，由于时间的流逝都已经显得陈旧不堪，它们代表着传统以及对事件的记忆，偶然以最独特、最优美的方式组合在一起，这就构成了科隆市政厅。

顺便提一下，我的朋友，作为艺术品，作为历史的表现形式，它的价值还是稍高于那冰冷、灰白的建筑物。因为这个建筑物显得杂乱无章，它的三个正面堆砌着拱门饰，它的装饰廉价、俗气、单调，一切都只是简单的重复，没有任何闪光点，它的屋顶也不完整，既没有屋脊，又没有烟囱，今天，某些泥瓦匠正用这样的方式，甚至在我们美丽的巴黎城面上，淹没着博卡尔多的迷人杰作。我们真是奇怪的人类，我们任凭特莫伊市政厅被摧毁，却又建起了这种东西！看到那些自以为是、自称是建筑师的人偷偷地将建筑物降低了两三法尺，也就是说他们完全改变了多米尼克·博卡尔多的可爱的尖屋顶，以便能够同他们发明的难看的平屋顶相配套，我们的心里真是难受极了！我们难道将永远是这样的民族吗——欣赏高乃依，却又让安德里厄先生来修改、删除高乃依的风格！——好吧，还是回到科隆的话题来。

　　我登上了警钟楼。天色阴沉，这和建筑物以及我的心情倒是非常协调，从这里，我看到整座可爱的城市就在我的脚下。

　　科隆位于莱茵河之上，就如同鲁昂位于塞纳河上，安特卫普位于埃斯考河上，就像所有依傍在一条天堑般的大河旁的城市那样，它的形状就像是一张绷紧了的弓，河流就是那弓弦。

　　房顶上的石板瓦层层叠叠，顶部尖尖的，就像是折了一下的纸牌，街道狭窄，有着结实对称的人字墙。在房顶上可见城墙和砖石城壕的暗红色曲线，紧压着城市，如同一条系住河流的皮带，下游是图尔姆森塔楼，上游是漂亮的拜恩杜姆塔楼，在其雉堞上，耸立着一尊大理石神父像，正在为莱茵河祈福。从图尔姆森到拜恩杜姆的莱茵河沿岸延伸着一法里长的窗户和建筑。在这长长的线条中间，有一座大浮桥，优雅地拱曲在水流之上，这座桥穿过宽宽的河流，直达对岸，将多伊茨这座白色房屋的小城和科隆的黑色大建筑群连成一片。

　　在科隆高地上，在片片屋顶以及长满鲜花的座座塔楼和复折屋顶中间，矗立着二十七座教堂的各式塔顶，不算科隆大教堂，这其中还有四座庄严的罗曼风格的教堂，它们形式各异，却一个个宏伟瑰丽，不愧为真正的大教堂。北边是圣马丁大教堂，西边是圣热雷昂大教堂，南边是圣阿波特尔大教堂，东边是圣玛丽·卡皮托里大教堂，它们呈圆形矗立着，就好像是半圆形的后殿、塔楼和钟楼合在一起的巨大的纽结。

如果我们仔细观察城市，会发现它真是热闹非凡，生机勃勃——桥上挤满了行人和车辆，河流上帆船密布，沙滩上尽是桅杆。所有的街道都是密密麻麻的人群，所有的路口都在交谈，所有的屋顶都在歌唱。不管是这儿，还是那儿，绿色的树丛温柔地抚摸着黑色的房屋，在单调的石板瓦屋顶和砖石建筑群中，时而可以看到 15 世纪老式旅馆那雕刻着花朵、水果或树叶的长长的屋檐，鸽子欢快地飞来栖息在上面。

这个大城镇，工业使它成为商业闹市，地理位置使它成为军事重地，河流使它成为水边城市，在它的周围，朝着各个方向，平铺延伸着一片广袤富饶的平原，因下沉一直延至荷兰的一边，莱茵河时不时地从中穿过，在东北方向围绕着历史上著名的七座小圆丘，它们由于传统和传说成为奇妙的圣地，人们把它们称为七山脉。

就这样，荷兰及其商业，德国及其诗歌，作为人类思想的两个面貌：实利和理想，矗立在科隆的地平线上，而科隆本身就是一座交易与梦想的城市。

从警钟楼下来，我止步于院子里那文艺复兴时期迷人的门廊前。我刚才把它叫做"凯旋门廊"，其实，我本应该说是"辉煌门廊"，因为这个精美建筑物的第二层是由一系列的小凯旋门组成的拱廊，上面按照年代附着题词：第一个是献给恺撒的，第二个是献给奥古斯特的，第三个是献给科隆的创始人——阿格尔巴① 的，第四个是献给基督教皇君士坦丁的，第五个是献给立法皇帝朱斯第尼安的，第六个是献给

---

① 他的全名是 Colonia Agrippina。

在世的皇帝马克西米利安。在门廊的正面，富有诗意的雕刻家雕出了三幅浮雕，代表着三个驯狮师：米隆·德克多，矮子丕平和达尼埃尔。在两边，是米隆·德克多用身体的力量将狮子掀翻在地，以及达尼埃尔用精神的力量征服了狮子。在达尼埃尔和米隆之间，作为把两人互相连接在一起的自然连线，上面安置的是矮子丕平，他混合了士兵强健的身体力量和精神力量来对付这些凶残的野兽。在纯力量和纯精神之间，勇气胜出。在竞技者和先知之间，英雄胜出。

丕平手持宝剑，左手裹着大衣，伸进狮子的嘴中；狮子张牙舞爪，后脚直立，这种奇妙的姿势在徽章中叫做"雄狮挺立"。丕平英勇地面对着它，与它战斗。达尼埃尔一动不动地站立着，双臂下垂，两眼仰望天空，而狮子正充满爱意地蜷缩在他的脚下，精神不战而胜。至于米隆·德克多，他的双臂困在树上，他奋力挣扎，而狮子却将其吞噬；这是盲目而愚蠢的驯狮法的灭亡，他们曾相信他们的肌肉和拳头能对付一切，然而纯力量被打败了。这三幅浮雕都具有深刻的意义。最后一个则是可怕的结果。我不知道从这忧郁的诗歌中能得出什么样的可怕而宿命的结论，也许雕刻者本人也不知道。这是大自然对人类的报复，植物和动物有着共同的利益，里面的橡树就是来给狮子帮忙的。

不幸的是，拱门饰、浮雕、柱顶盘、拱墩、柱顶盘上楣以及柱子，整个漂亮的拱门廊都被修复了，刮去原来的，重新嵌了灰缝，刷了油漆。整个过程干净利落，干净利落得让人伤心。

正当我要从市政厅出来的时候，一个男人走进了院子，与其说他年岁大，不如说是苍老；与其说他的背有点驼，不如说有失庄重，他外表看起来穷困潦倒，举止中却又透出几分傲气。带我上警钟楼的门房示意我注意他。这个男人是位诗人，他依靠年金在陋室里写一些史诗。他的名字倒是绝对的默默无闻。我的向导对他极其崇拜，他对我说，这个男人写了一些史诗反对拿破仑，反对 1830 年革命，反对浪漫主义，反对法国人，他还有一首美丽的史诗是呼吁科隆现在的建筑师们按照巴黎先贤祠的样子，继续大教堂的修建。暂且接受他写的就是史诗吧。但这个人却是少有的邋遢。在我的一生中还从来没有见过一个这么不修边幅的怪人。我觉得在法国，我们找不到能与之相比较的史诗诗人。

然而，过了一会儿，当我经过一条不知道是什么名字的又窄又暗的街道时，一个眼睛放光的小个子老头突然从一个剃须匠店里跑了出来，喊叫着来到了我的面前："先生！先生！疯狂的法国人！噢！法国人！轰！嘭！嘭！轰！咚！嘭！向全世界宣战！真勇敢！真勇敢！拿破仑，不是吗？向全欧洲宣战！噢！法国人！太勇敢了！先生！刺刀对准所有的普鲁士人！在耶拿战役中打了一个大胜战！厉害的法国人！轰！嘭！嘭！"

我承认这种大放厥词令我觉得很有趣。在这些高贵民族的记忆和期望里，法国是一个伟大的国家。整个莱茵河畔的人们都喜欢我们——我几乎要说是在期待着我们。

夜晚，繁星闪烁，我在河的另一岸漫步，走在与科隆相对的沙滩上。我的面前，看到的是整座城市，不计其数的人字墙房屋和黑色的钟楼在已是黄昏却还有些泛白的天空中印出它们清晰的轮廓。在我的左边，耸立着高大的圣马丁教堂的塔尖，旁边的两个小塔直插云霄，就好像科隆的巨人。大约在我的对面，是昏暗的大教堂的半圆形后殿，上面竖立着上千个小塔尖，就像是一个巨大的刺猬蜷缩在河边，尖顶上的仙鹤好像是它的尾巴，钟塔的下面挂着两盏路灯，如同刺猬闪闪发光的眼睛。黑暗中，我只听见浪花小心翼翼地轻抚着我的双脚，一匹马走过浮桥，在桥板上发出沉闷的脚步声。远处，依稀可辨的铁匠铺里，传来铁锤敲打在铁砧上发出的清脆的声音。而城市里的其他声响都不能穿过莱茵河。几扇玻璃窗在对岸忽隐忽现地闪动着，在铁匠铺下，熊熊燃烧着的大炉子倒映在河面，形成一条长长的光束，就好像是个装满了火的口袋，正向水里倾倒着火焰。

在美丽昏暗的总体景致里，一种忧郁的幻想浮现在我的脑海中。

我心里暗自寻思：日耳曼城已经消亡，阿格里巴的城市也已经消失，圣·恩格贝尔城仍然屹立着，但又能维持多长时间呢？在那里，由圣·伊莲娜建造的古庙已于一千年前倒塌；由大主教阿诺建造的教堂也将倒塌。这座城市被河流侵蚀着。每天，都有某块古老的石头，某段远古的记忆，某个古老的风俗习惯，跟着二十几艘蒸汽船随波而逝。没有哪个城市能够毫发无损地坐落在欧洲大动脉上。虽然比不上最古老的两个大陆城镇特里尔和索勒尔历史悠久，科隆城却曾在迅疾猛烈的思潮影响下经历了三次转型，不断地在沉默者吉约姆的城市和吉约姆·戴尔的山头间起起落落，将来自美因茨的德国思潮和来自斯特拉斯堡的法国思潮带给了科隆。现在，好像要宣布科隆的第四个灾难时代即将来临。正如今天的野蛮人所说的那样，实证主义和功利主义的思潮来到并侵袭了科隆。新鲜事物从各个方面渗入它那古老建筑的迷宫中；新建的街道在这个哥特式建筑群中打开了大大的缺口；在这里，"现代的高雅品位"安家落户；在这里，建起了里伏利式建筑，并且愚蠢地享受着小商贩们的赞扬；一些醉醺醺的拙劣诗人将苏弗洛的先贤祠推荐给康拉德的城市。教士们的坟墓在这个大教堂里变成废墟，这个大教堂在今天还靠着虚荣而不是信仰得以维持。身穿猩红色衣服，头戴金银饰的美丽农妇消失了，一些轻佻的巴黎女郎漫步在河岸；我今天看到罗曼式圣马丁隐修院的最后那些干裂的砖块掉落下来，人们将在这里修建一个托儿托尼咖啡店；一排排白色房屋赋予了玛蒂尔·德黛博这个封建天主教的村镇某种说不清楚的巴蒂诺尔的假象。一辆公共马车从远古的浮桥上经过，花六个苏就可以从阿格里比那到达图伊第姆。噢，感叹啊！古老的城市远去了！

1839 年 8 月 11 日于莱茵河畔安德纳赫

关于瓦尔拉弗博物馆

　　除了教堂、市政厅以及伊巴赫故居之外，我还参观了位于科隆附近的史莱斯·科腾地下引水渠遗址。在古罗马时期，它从科隆一直通往特里尔，今天人们在33座村庄里依然能发现它的痕迹。就在科隆，我参观了瓦尔拉弗博物馆。我是多么想详尽地向您描述这里的一切，不过还是决定算了。无论如何，您只需知道，由于德胡博森男爵的掠夺，我没有看见古罗马人的战车、著名的埃及木乃伊以及1400年于科隆铸造的长4古尺的轻型长炮。但是，我却在这里看到了一具相当漂亮的罗马石棺以及贝尔纳·德加伦主教的甲胄。他们还向我展示了一副巨大的护胸甲，据传帝国将军让·德维尔曾经拥有过它。不过我找了半天也没能找到他那把长约8法尺半的长剑，与波吕费摩斯的松树相似的长矛，以及他那荷马风格的大头盔，据说两个男人都很难把它抬起来。

　　不过不得不说，参观所有美丽而新奇的事物，参观众多博物馆、教堂、市政厅的好心情都被严重的强行收取小费的行为给破坏了。在莱茵河畔，就如同在所有其他游客众多的旅游胜地一样，小费就像是一只令人极其厌恶的蚊子，无时无刻不在叮咬着您，不过它叮咬的不是您的皮肤，而是您的钱袋。游客的钱包，这珍贵的钱包对于它来说意味着一切，您在室内享受到的甜美微笑、获得的诚恳热情的接待都是为了获得它，那种神圣的好客之情在这里荡然无存。要知道这个地区的聪明人已将小费提到了何等高的一个地步。我将事实曝光，没带丝毫的夸张。您随便进入一个地方，比如城门前，一名武装侍卫会询问您打算下榻的旅馆的情况，会要求您出示护照，并接过护照加以保管。马车停在驿站的院子里，一路上都没拿正眼瞧过您的车夫下来为您开门，只见他怡然自得地伸出了手：小费。过了一会儿，轮到驿站的工作人员走过来，要知道警察局的条令是禁止他收取小费的，可他会长时间地对您说一些莫名其妙的话，其实他的意思就是两个字：小费。有人取下了防雨布，一个奇怪的大个子爬上车顶，把您的行李箱和旅行包拿下来放在地上：小费。又来了一个奇怪的家伙，把您的行李放在手推车上，并问您去哪家旅馆，然后推着车在您的前面一路小跑。到了旅馆，老板迎上前来，开始和您进行简短的交谈，其实真应该将这段对话写成各种语言，挂在所有旅馆的大门上："您好，先生。""先生，我想要一个房间。""真是太好了，先生。（然后冲着柜台后面大喊）领这位先生去四号房！""先生，我想吃晚餐。""马上就好，先生。"等等，等等。您上楼到了四号房，您的行李已经被送到那里。一个人出现在您面前，就是刚才那个为您推行李的人：小费。又来了一个人，他想干什么呢？原来是送票据到您房间的人。您对他说："行了，我走的时候再给您小费，连同其他仆人一起给。"这个人回答道："先生，我不是这家旅馆的人。"又得给他小费。您走出旅馆，前面出现了一座教堂，一座十分美丽的教堂。真应该进去看看。您在周围转了转，四处看看，四处寻找。所有的大门都关闭着。耶稣曾经说过："进到里面去。"教士们本应该将大门打开，但教堂的执事们却关上了门，目的就是为了赚三十苏的门票钱。这时，有一位老妇人看到了您的窘境，她走到您的跟前，指了指小窗口前的门铃。您明白了她的意思，按响了门铃，小窗打开了，出现了一个教堂执事，您要求参观教堂，执事拿出一串钥匙，走向大门。当您正要进入教堂的时候，突然感觉到有人拉住了您的衣袖，原来是刚才那位助人为乐的老妇人，她一直跟在您的身后，您可不能忘恩负义把她给忘了：小费。您终于进到了教堂里面，您凝视着，欣赏着，不由啧啧称奇。"为什么这幅油画上要遮着一块绿色的帷幕？""因为这是教堂中最漂亮的一幅画。"执事回答道。"好吧，"您继续说道，"这里被遮住的油画，其他地方会将它们展出的。这幅画是谁画的？""是鲁本斯。""我想看看。"只见执事转身离开了您，几分钟后他带着一名表情极其严肃而且神情十分悲伤的人一起回来了。这个人是帷幕主管，只见他按下一个弹簧装置，帷幕打开，您终于看到了这幅名画。看完画作后，帷幕又关闭了。帷幕主管意味深长地向您告别：小费。您继续在教堂里漫步，执事一直在您的前面领路，您来到了主祭室的铁栅栏门前，不过大门紧锁，门前站着一个穿戴得富丽堂皇的人。此人是教堂侍卫，他事先得到通知，听说您要从这路过，早就在此恭候您的到来。主祭室是归教堂侍卫管的。您在里面转了一圈，当您出来的时候，这名过分军官打扮的导游威严地向您告别：小费。侍卫将您还给了教堂执事，您走过了圣器室门前。啊，真是奇迹啊！圣器室的门竟然是开着的。您走了进去，里面有一个圣器室管理员。教堂执事庄重地走开，因为是时候将猎物留给圣器室管理员了。管理员将您抢了过来，向您展示圣体盒、祭披、彩绘玻璃，其实没有他，您一样可以看得清楚。您还看了主教冠；在一块玻璃下面，有一个盒子，上面盖着已经褪色的白色锦缎，里面有一些行吟诗人打扮的圣徒的骨架。圣器室看完了，可管理员还在您跟前呢：小费。教堂执事又来接您了，你们走到了塔楼的楼梯处。从大钟楼上面看风景，一定很美吧，于是，您想上去看看。教堂执事静悄悄地推开了大门，您爬了三十多级螺旋式楼梯的台阶，紧接着，您的通道突然被阻断了，一扇紧闭的大门挡住了您的去路。您转身一看，发现您只身一人，教堂执事已经不知去向。您敲了敲门，窥视孔里出现了一张脸，原来是敲钟人。他打开门并对您说："先生，上来吧。"又得给小费。您上去了，敲钟人并没有跟着您，您心中暗喜，心想：太好了。您自由呼吸，享受一个人独处的乐趣，就这样，您怀着愉悦的心情来到了塔楼高处的平台。在那里，您眺望远方，来回踱着方步，天空是那么的蓝，风景是那么的美，视野是那么的辽阔。突然，您发现有一个令人反感的家伙已经跟了您好一会儿了，他与您并肩而行，在您的耳朵边说着一些听得不太清楚的话语。原来他是这里专门负责解说的人，负责向外国游客评说钟楼、教堂以及风景的壮美。这个人平时说话就有点结巴，有时候不但结巴还耳聋。您不听他的，任由他在一边含混不清地自说自话，您好像是忘记了他，自顾自地欣赏着教堂里巨大的端顶屋面，其拱扶垛仿佛剖好的平面一般从屋顶中间伸出来；那石质箭塔上成千上万的石块；屋顶、街道、山墙；道路就像是车轮的轮条朝着各个方向延伸，直至天边地平线的地方成了车轮的轮缘，而城市则是它的轴心；还有平原、树木、河流和山丘。当您好好地欣赏过这一切之后，您打算下去了，您朝着楼梯的转塔走去。那个解说人马上站在您的跟前：小费。"太好了，先生，"他边将钱放进口袋，边对您说，"现在，您愿意给我小费吗？""什么！我刚才给您的不是小费吗？""那是给教堂财产管理委员会的，每来一个人，我都要付给他们两法郎。所以，现在先生应该明白了，您应该再付给我个人一点点了吧。"——还是小费！您往下走，突然，在您的旁边有一扇活门被打开了，里面是放置大钟的小屋。当然应该看看这座漂亮钟楼里的大钟。一个健壮的年轻人指给您看，并告诉您这些钟的名字：小费。到了钟楼下面，您又看到了教堂执事，他一直在耐心地等着您，并毕恭毕敬地将您一直送到教堂门口：小费。您回到了旅馆，您保持着足够的警惕不向路人问路，因为怕他们趁着这个机会要小费。可您的脚刚迈进旅馆，就看见一个完全不认识的人十分友好地向您走过来。这是之前城门前的武装侍卫，他为您送回了护照：小费。您吃过晚餐，到了该出发的时刻，仆人为您拿来了付款单：小费。马厩的小马厮将您的行李送到公共马车驿站：小费。一个工作人员把您的行李放在了带篷马车上：小费。您上了马车，终于出发了，夜幕降临；明天，一切又得重新开始。

　　我们来回顾一下：给赶车人的小费，给驿站马车夫的小费，给拆除遮雨棚的那个人的小费，给推行李的小费，给自称"不是旅馆的人"的小费，给老妇人的小费，为看鲁本斯画作所付的小费，给教堂侍卫的小费，给圣器室管理员的小费，给敲钟人的小费，给那个说话含糊不清的解说员的小费，给教堂财产管理委员会的小费，给管理大钟的人的小费，给教堂执事的小费，给城门口武装侍卫的小费，给仆人们的小费，给马厩小马厮的小费，给驿站工作人员的小费：一天之内整整付了十八次小费。哪怕除去教堂里那些众多的花销，也还有九次。现在，您来计算一下所有的这些小费总额，按照最少一次50生丁，最多一次两法郎计算，要知道有时候还有些小费是必须定额给的。您将花费不少的一笔钱啊，而且不要忘了，任何小费本应该是一个银币。几个苏和一些铜币就像是碎屑和垃圾残渣，就连最低级的仆役都会带着一种难以理解的轻蔑神情来看待。

　　对于这些机敏的当地人，游客只不过是一个装满埃居的钱袋，一定要尽快地将它掏空。每个人都不遗余力地来掏空它。有时候就连政府也参与进来——他们帮您拿箱子和旅行包，把它们扛在肩上，然后便向您伸手要钱。在大城市里，行李搬运工按照每个游客上交给皇家国库12个苏和2个里亚。我到亚琛不到一刻钟的时间，就已经向普鲁士国王支付了小费。

莱茵河

您知道，我曾经常对您说，我喜欢河流。河流既可承载货物，又能传承思想。天下万物生而有用。河流，就像是巨大的喇叭，向着海洋歌颂着大地的美丽、田地的耕作、城市的壮丽和人类的光荣。

我也曾对您说过，在所有的河流中，我最喜欢莱茵河。第一次见到莱茵河，是一年前，在凯尔，当时经过一座浮桥。夜幕降临，车辆缓行，我记得当时穿过这条古老的河流时，我的心中怀有一种敬仰之情。因为很久以来，我一直想看这条河。每当我与大自然中的伟大事物接触时，我都被深深感动，甚至要说我与其融为一体，而这些事物在历史长河中也同样伟大。需要补充的是，不知道为什么，那些最不协调的事物在我看来，却透露出异常的相似与和谐。我的朋友，您还记得瓦尔斯里纳的罗纳河吗？我们在1825年的瑞士之旅中一起观赏过它，那次旅行是我一生中最闪亮的回忆。那时的我们还只有20岁！您还记得吗，当时的罗纳河怒吼着，湍急的水流汇成一个个漩涡，脆弱的小木桥在我们的脚下颤栗发抖，摇摇欲坠。从那时起，罗纳河在我的脑海中是一只猛虎，而莱茵河则是一头狮子。

那天晚上，当我第一次见到莱茵河时，我就感觉到它确实是一头狮子，这个念头从未改变。我长时间地注视着这条骄傲、高贵的河流，凶猛却不疯狂，原始野性中透着庄严。当我穿过它时，正逢涨水，蔚为壮观。它用那如同雄狮胡须般的浅黄褐色的浪花——布瓦洛称之为泥黄色的胡须——拍打着桥身。河岸隐没在暮色中，它的声音是一种有力而沉着的咆哮。在它身上，我感受到大海的力量。

　　是的，我的朋友，这是一条高贵的河流。它经历过封建制、共和制和帝国制，它既是法国也是德国的骄傲。因为这是一条既属于战争者又属于思想者的河流，它融进了两方面的欧洲历史，它的身上既蕴含使法国前进的壮丽波涛，又具有使德国思想深沉的潺潺水流。

　　莱茵河包罗一切，它像罗纳河一样湍急迅猛，像卢瓦河一样宽广辽阔，像缪斯河一样峭壁夹岸，像塞纳河一样逶迤蜿蜒，像索姆河一样碧绿清澈，像台伯河一样历史悠久，像多瑙河一样高贵大气，像尼罗河一样神秘莫测，像美洲的河流一样金光闪烁，像亚洲的河流一样充满寓言和幽灵。

　　在有文字可考之前，也许在人类存在之前，就在今日莱茵河所处之地，曾有两条火山山脉燃烧着冒出滚滚浓烟，火山熄灭后，在大地上留下了两堆熔岩和玄武岩，它们平行排列如同两座长城。同时，巨大的结晶凝聚成原始山脉，大量的冲击层干涸，形成了从属山脉。那慢慢冷却的巨大熔岩堆，就是我们今天所称的阿尔卑斯山脉。山顶上堆积着厚厚的雪，雪融化成水后便形成了两条大河在大地上流淌：一条顺北坡而下，流经平原，流过死火山形成的两条沟壑，并从这里流入海洋；另一条沿西坡而下，从群山坠下，沿着火山的另一堆熔岩——我们今天叫做阿尔代什山——流入地中海。前者就是莱茵河，而后者则是罗纳河。

　　据历史考证，最早居住在莱茵河畔的是一个叫做凯尔特人的半开化民族，罗马人把他们称为高卢人。恺撒说过："在他们的语言里叫做凯尔特人，而在我们的语言里叫做高卢人。"罗哈克人住在靠近源头的地方，阿尔让多哈克人和毛坎田人住在靠近河口的地方。随着时机的到来，罗马出现：恺撒大帝越过莱茵河，德律絮斯建造了50个城市；执政官缪纳迪乌斯·布朗古斯在茹拉山的北山顶上开始建立城市；马尔蒂斯·维萨尼斯·阿格里巴在美因河的疏水口建立了一座堡垒，然后又在与杜迪奥姆城相对的地方建立了一个殖民地；在内隆统治期间，参议员安托瓦在巴达维海附近建立了一个自治市；此时整个莱茵河流域都归罗马人管辖。曾经扎营于耶稣受难的橄榄树下的第二十二军团，当他们从耶路撒冷撤回时，帝都斯把他们派驻在莱茵河畔。这个罗马军团继续着马尔蒂斯·阿格里巴的事业，征服者们认为有必要建立一座城市将梅里博库斯和托纽斯连接起来，于是由马尔蒂斯设计、第二十二军团建造的莫干蒂阿克姆城应运而生，随后又由特拉让将其扩大，阿德里安将其美化。值得一提的事情是：第二十二军团带回了克雷桑蒂斯，他是莱茵河畔的第一个耶稣传教者，并在这里建立了新的宗教。原来是上帝希望这些有眼无珠、拆毁了约旦河畔庙宇的最后一块石头的人们，给莱茵河流域铺下第一块基石。在特拉让和阿德里安之后，又来了于连，他在莱茵河和莫泽尔河的交汇处建立了一座要塞；在他之后，又来了瓦朗蒂尼安，他在我们现在称为落旺堡和斯特洪堡的两座火山上建造了一些城堡；就这样，在短短的几个世纪里，这条绵长而又牢固的罗马殖民线如同链条般连接在河流之上，沿线包括维尼塞拉、阿尔达维拉、洛尔加、特拉加尼·卡斯特姆、维尔萨尼亚、莫拉·罗马诺古姆、杜里·阿尔巴、维多利亚、波多布里加、安托尼亚库姆、桑蒂亚库姆、里格度鲁姆、里格马库姆、杜尔伯杜姆、布鲁瓦鲁姆，然后从科尔努·罗马诺努姆出发，直到康斯坦茨湖，沿莱茵河而下。沿途流经一些重点城市：奥古斯塔，即今天的巴塞尔；阿尔让蒂娜，即今天的斯特拉斯堡；莫干地阿克姆，即今天的美因兹；孔弗吕安蒂亚，即今天的科布伦茨；克罗尼亚·阿格里比纳，即今天的科隆；并在靠近大西洋地方，将特拉泽克杜姆·莫桑——今天的马埃斯特里茨和特拉泽克杜姆·雷努姆——今天的乌德勒支相连接。

　　从此，莱茵河就归罗马所属了。这时，它只是一条灌溉日后的瑞士省、日耳曼一省和二省以及比利时省和巴达维省的河流而已。在三世纪的时候，来自米兰的身穿长袍的高卢人和来自里昂穿着长裤的高卢人，出于好奇，前去观看北方的长发高卢人，长发高卢人终被征服。左岸的罗马城堡让右岸敬畏，军团的士兵身穿特尔福呢的军服，手持东格尔的桨，只是站在悬崖上监视着日耳曼人那古老的战车，这是一种可以移动的巨大塔楼，车轮上装备着镰枪，车辕上竖立着长矛，由牛牵引着，上面还有可供十个弓箭手使用的雉堞，它们有时候会从莱茵河的另一侧，冒险来到特律絮斯要塞的射程之内。

　　北方人对南部地区的可怕侵入，在民族生活中的某些灾难年代反复上演，人们把这叫做蛮族入侵，当罗马改革时代来临时，罗马将其吞没。莱茵河畔城堡上的巨大军事屏障被这股洪流摧毁，到了六世纪左右，莱茵河的河脊上布满了罗马的废墟，就如同今天上面布满了封建残留一样。

　　查理大帝修复了这些瓦砾，重建了堡垒，用来对抗打着各种旗号想死灰复燃的古老日耳曼部落，对抗波尔曼人、阿波德里特人、维尔巴特人、萨哈波人；他还在美因兹——安葬他的妻子法斯特拉的一处地方，修建了一座石桥，今天我们还能在水下看到它的遗迹。他还重建了波恩的引水渠，修复了维多利亚，即今天的纽维爱得的罗马大道；巴克希拉，即今天的巴查拉克大道；维尼塞拉，即今天的温凯尔大道；特诺努斯·巴克希，即今天的特拉尔巴克大道；并用于连的一个浴室的砖瓦，在尼尔德·安日莱姆为自己修建了一座宫殿，即撒阿尔宫。但是，尽管查理大帝才华出众，意志过人，他也只是刺激了一下残骸枯骨。古罗马帝国已经灭亡，莱茵河面目全非。

　　正如我上面已经提到的，在罗马的统治下，一颗未被察觉的胚芽已经在莱茵河扎根。基督教，这只刚刚展翅的雄鹰，已经在悬崖上产下了一枚包裹着整个世界的卵。克雷桑蒂斯曾在公元 70 年就为托纽斯传教，以他为榜样，圣阿波利奈尔参观了里格马奎姆；圣高阿尔在巴克希拉尔布道；来自土尔的圣马丁主教在孔弗卢昂蒂亚讲授教理；圣马代尔纳先是居住在科隆，而后去了东格尔；圣厄沙里尤斯在特里尔附近的树林里为自己建造了一座隐修院；就在这座树林，圣热泽兰在一棵立柱上整整站立了三年，与戴安娜雕像面对面地抗争，据说就是在他的注视下，雕像最终崩溃坍塌。在特里尔，许多无名的基督徒在高卢省府大院里成了殉教者，他们的骨灰被撒向风中，而这些骨灰化作了一颗颗种子飘向各处。

种子已经播种在田野，但是，只要蛮族入侵的时代继续，它们就不会生长壮大。

正好相反，这个时期出现了深刻的崩溃，文明似乎瓦解，坚固传统的链条断裂开来；历史仿佛被抹去，了无痕迹；这一阴暗时代的人类和事件如幽灵般地越过莱茵河，在河面上掠过一道幻像般的投影，转瞬消失得无影无踪。

就此，莱茵河在经历了一个历史时期之后，迎来了神奇的时代。

人类的想象力远比不过大自然，不能接受空白的存在。在没有人烟的地方，大自然可以任由鸟儿高唱，树叶作响，成千上万的个体都可以发出窃窃私语。而在历史朦胧的地方，想象力却让幽灵、幻象与表象出现。寓言在消逝的历史的空白区里生长、壮大、结合、开花，就像在某个宫殿废墟下的山楂树和龙胆树。

文明犹如太阳，有黑夜和白昼，有饱满和残缺，时而消失，时而重现。

当重生的文明曙光开始在托纽斯出现之际，传奇和寓言立即在莱茵河畔传播开来；所有被这遥远曙光照亮的地方，成千个超自然而又充满魅力的形象突然间闪耀着迷人的光辉。而在那些阴暗的角落里，却滋生着一些丑陋不堪的形象和令人毛骨悚然的鬼魂。于是，当在今天已经不复存在的罗马废墟上，人们用美丽崭新的玄武岩建造起今天同样消失的撒克逊和哥特式城堡时，虚拟的人群分散在莱茵河畔，直接和那些美丽的姑娘及英俊的骑士交流着：有掌管树林的女神，掌管水泽的水神，掌管地底宝藏的地神；悬崖神、敲击着东西的开路神；骑着长有十六支鹿角侧枝的梅花鹿披荆斩棘的黑衣猎神、黑沼泽地上的女神、红沼泽地上的六女神、长着十只手的巫当神、黑衣十二神、给人猜谜语的椋鸟、呱呱叫的乌鸦、唱着祖母故事的喜鹊、泽特尔摩斯的滑稽小丑——为狩猎迷路的王子们指点迷津的大胡子艾瓦拉尔、在洞穴中屠龙的西热弗瓦·勒科尔尼。魔鬼在特福尔斯坦放置巨石，在特福尔斯莱特竖起阶梯，他甚至胆敢在黑森林附近的热尔斯巴克公然钓起鱼来。幸亏上帝在河的对岸，就在魔鬼讲台的对面，建起了天使讲台。当宽广的七山脉——即死火山山脉上住满了怪兽、七头蛇和体形巨大的魔鬼时，在山脉的另一侧，莱茵河的入口处，威斯拜尔的大风将许多如蝈蝈般大小的古老仙女们一直带到了班让地区。在山谷中，神话融入圣人们的传说，产生出奇妙的效果，这是人类想象的奇妙之花。特拉尚福尔家族便有了改名的塔哈斯克和圣女马尔特；艾果和许拉斯的两个寓言在鲁尔莱令人生畏的岩石上安家；美女蛇在奥古斯特的地道中爬行；坏主教阿托在他的教堂里被吃掉了，吃掉他的正是被他变成老鼠的臣民；斯科安堡爱嘲弄人的七姐妹被变成了岩石；莱茵河从此有了自己的侍女，就好像缪斯河拥有自己的女官一样。魔鬼乌利昂在杜塞尔多夫渡过莱茵河，他的背上背着一个大沙丘，就像一个被弯成两折的面粉袋，这是他在莱德时从海边搬来的，原意是想吞没亚琛地区。结果由于自己筋疲力尽，又受到一位老妇人的愚弄，他愚蠢地将这座山丘留在了皇城的城门口，而这座山丘就是今天的洛斯堡。对于我们来说，在这个时期，受到微光照耀，神奇的亮光如星光一样到处闪烁，在树林中、在悬崖上、在山谷里，到处可见幽灵的幻影、上帝的显灵、奇妙的相遇、魔鬼的追逐、地狱般的城堡；随处可闻矮林中的竖琴声、隐身女歌者的悦耳歌声、神秘路人发出的可怕大笑声。人类的英雄和超自然的人物一样神奇，诸如古农·德塞恩、西博·德洛克、"强壮剑客"、异教徒格里索、阿尔萨斯公爵阿蒂克、巴伐利亚公爵塔西罗、法兰克公爵安迪兹、旺德王萨姆，他们惊慌失措地游荡在令人头晕目眩的绿树林中，一边哭泣一边寻找着他们那美丽、高挑、苗条的穿着白色衣裙的公主们。公主们都拥有美丽的名字：热拉、卡尔蓝德、丽芭、威利斯旺德、斯科娜。所有的这些冒险家都是以半荒诞的形式存在，他们仅仅用脚后跟接触了一下现实生活，他们穿梭在种种传奇中，夜晚他们便披荆斩棘消失在密林深处。就像"死亡骑士"阿尔贝·杜雷德，在沉重的马蹄声中，他们的身后跟着瘦骨嶙峋的猎狗，亡灵在两根树枝间窥探着他们。在黑暗中，他们时而和某个坐在火堆边的黑衣烧炭人交谈，其实这就是撒旦的化身，他正将死去的魂灵堆积在一口热锅中；时而同裸体的仙女搭讪，这些仙女送给他们盛满宝石的珠宝盒；他们时而还和小个子老人交谈，这些老人知道他们的姐妹、女儿或者未婚妻的下落，告诉他们会在山上见到她们正安睡在青苔床上，或者见到她们在一个铺满珊瑚、贝壳和水晶的美丽楼阁深处；时而，他们又同某个强而有力的小矮人聊天，古老的诗歌中说，这些小矮人正是"巨人的代言者"。

在这些虚幻的英雄中，时不时会出现一些有血有肉的形象，首推便是查理大帝和罗兰，各个年龄层次的查理大帝：孩童、青年、老年。

传说中说查理大帝出生在黑森林的一个磨坊主家庭。而罗兰，在传说里他并不是因为受到整个军队的攻击而牺牲在龙斯沃，而是出于对莱茵河的热爱，逝世于农兰斯威尔特修道院前。再晚些时候，又出现了奥托大帝、弗里德里克·巴尔博鲁斯和阿尔道夫·德纳索。这些掺杂在故事中的神奇历史人物，是在大量的幻想和想象下所坚持的真实的传统故事，是通过寓言广泛为人们所知的历史故事，是花朵下零零散散出现的废墟遗迹。

然而，阴霾散尽，传说消失，天色放亮，文明重现，历史随即恢复形象。

　　这里有四个人，他们来自四个不同的方位，他们时不时地聚集在位于朗斯和卡贝朗之间的莱茵河左岸的一块石头旁，不远处是一条林阴小道。这四个人坐在石头上，就在那里，他们选举又废黜德意志的历代皇帝。这些人就是莱茵河的选帝侯，这块石头，就是皇家宝座所在地——科尼格斯图尔。

　　他们所选择的地方，就在莱茵河谷的中间地带——朗斯，属于科隆选帝侯。从这里，向西可以看见左岸的喀贝朗，属于特里尔选帝侯；向北可以看见在右岸，一个是奥贝尔朗斯坦，属于美因兹选帝侯，另一个是布朗巴克，属于德国选帝侯。每一个选帝侯都可以在一小时内从自己的家中到达朗斯。

　　每年，在圣灵降临节的第二天，来自科布伦茨和朗斯的贵族们打着节日的名号聚集在同一个地方，一起商议一些疑难国事。这便是公社和资产阶级的雏形，他们在已经修建好的日耳曼壮观大厦的基石里秘密地挖掘着洞穴；在科尼格斯图尔王宫附近大胆地进行着以小克大的充满生气而不朽的谋反，甚至就在封建主义的王位石座的阴影下进行。

　　几乎在同一地点，斯托尔桑福尔斯的选举城堡俯视着喀贝朗小城，今天它已成为绝妙的遗址。科隆大主教威尔内曾于1380到1418年间在城堡里居住并且在此供养着炼金术士。他们并没有提炼出金子，却在炼金的过程里发现了化学的好几条重要定理。就这样，在较短的时间里，在我们今天几乎不太注意的朗恩河口的对面，就在莱茵河的同一个位置上，我们看到了德意志帝国以及民主和科学的诞生。

　　从此，莱茵河就有了军事和宗教的双重面貌。修道院和女修院成倍地增长，位于半山腰的小教堂让河畔的村庄与山上的城堡产生了联系。这是一种惊人的景象，在莱茵河的每一个转弯处都重新出现，使得教士终于能够在人类社会取得立足之地。就像一千年前罗马的省长

们所做的那样，那些有神职的王侯们来莱茵河畔不断地增建教堂。特里尔的大主教波杜安建造了奥拜威塞尔大教堂；大主教亨利·德威坦让在莫泽尔河上建造了科布伦茨大桥；大主教瓦尔拉姆·德于里安用一个由石头精美雕刻而成的十字架，将罗马遗址和哥德斯堡的火山顶神圣化了，它们被认为是有着魔法的废墟和丘陵。就像教皇一样，神权和俗权都集中在这些有着神职的王侯手中。从而他们对精神和肉体有着双重的审判权。并且在一些纯世俗的情况下，出于神职人员的利益考虑，他们不会停止使用这种权力。圣·高阿尔教堂的神甫让·德巴尔尼克用圣酒毒死了他的妻子卡特内朗博让伯爵夫人；科隆的选帝侯，作为主教判定将他逐出教会，并且作为皇族成员，下令将他活活烧死。

而拥有王权的选帝侯一方，感到需要进行长期的对抗活动来反对科隆、特里尔和美因兹的三大主教对于这三个地方可能进行的侵占。作为君权的表示，那些有着王权的公爵夫人们都前往建造在莱茵河中间的科博城前的塔楼中分娩。

与此同时，就在这些拥有王权的选帝侯同时或相继的发展中，骑士制度在莱茵河占据了一定地位。条顿人的骑士队伍驻扎在美因兹，与托纽斯相望；而在特里尔附近，与七山脉相望，罗得人的骑士队伍驻扎在了马尔丁瑟夫。条顿人的骑士部队从美因兹出发，一直扩展到科布伦茨，他们的一个指挥部在那里站稳脚跟。已经在巴塞尔主教管辖下的库尔热内和勃朗特瑞占主导地位的圣殿骑士部队的骑士们控制着莱茵河畔的博帕尔特和圣高阿安，控制着莱茵河与莫泽尔河之间的特拉尔巴克。就是这个特拉尔巴克——美酒之乡，被罗马人称为酒神的天堂，随后归属了皮埃尔·弗拉特，卜尼法斯教皇曾经称它为"肉体的独眼，精神的瞎子"。

当王侯、主教和骑士们忙于建立自己的伟业时，商业在一些地方也发展起来。仿照莫泽尔河上的科布伦茨以及美因河前的美因兹，大量的商业小城在所有的小河和激流的汇集处建立，这些河水来自汉德斯鲁克、奥昂鲁克、哈迈尔斯坦山峰以及七山脉，然后全部流入莱茵河。班让位于那赫河畔；伊尔里克位于维尔德河边；林茨位于阿尔河的对面；汉多尔夫位于马尔巴克河岸；而贝尔让则在西艾格河边。

　　然而，在所有主教和封建王侯、僧侣骑士指挥官及市镇法官们分割辖地的交界处，时代精神和地域特征使得各个领主发展壮大起来。从康斯坦茨湖到七山脉，莱茵河的每一个河脊上都有它的城堡和指挥官。这些神奇的莱茵河大贵族们，是艰苦而荒蛮的大自然所养育的，他们身强力壮，栖身在玄武岩和灌木丛中，他们在洞中筑有雉堞，他们像皇帝一样，官员们都要跪着侍奉他们。他们既贪婪又凶残，兼有老鹰和猫头鹰的双重性格。他们的权力仅仅局限在他们的周围，但这却是至高无上权力。他们掌控着沟壑与河谷，他们招兵买马，设置路障，强行收取通行税，敲诈勒索商人们，不管他们来自圣加勒还是杜塞尔多夫。他们联合起来形成莱茵河上的封锁链。如果邻近的城堡胆敢冒犯他们，他们就会傲慢地送去决斗书。这就有了奥康菲尔的指挥官挑衅大城镇林茨，还有骑士奥斯内·德赫高向皇城康弗博埃尔发出挑衅。有时候，在这些奇怪的决斗中，一些城市感觉到自己不够强大，心怀恐惧，便向皇帝求救。于是指挥官放声大笑，在下一次的主保瞻礼上，他便傲慢地骑在磨坊主的驴背上，绕城市巡视一周。在阿道夫·德纳索和迪迪埃·德伊桑贝尔之间的可怕战斗中，好几个在托纽斯拥有自己要塞的骑士胆大妄为，他们就在这两个争夺城市的觊觎者眼皮底下，掠夺了美因兹的一个城郊区。这就是他们保持中立的方式，城堡指挥官既不支持伊桑贝尔，又不支持德纳索，他们只为自己。直到马克西米里安统治时期，圣皇城的一个伟大船长——乔治·德福汉斯伯格摧毁了最后一个堡垒城市奥亨卡拉昂，这种可怕的野蛮绅士行为才结束。这些行为是在十世纪由那些英雄般的指挥官开始，也是在十六世纪由这些强盗般的指挥官终结。

但是在莱茵河畔，那些无形的东西也开始成熟，尽管其结果在多年以后才呈现。与商业同期发展的，也可以说成是同乘一艘船的，是异端邪教、研究精神和自由思想，这些思想在这条伟大的河流中来回穿梭，似乎所有的人类思想都在这经过。据说在十二世纪，唐克兰当着教皇的面在安卫尔大教堂前传道，他的灵魂在三千武装信徒的簇拥下，有着国王般的奢华和排场，在他死后逆莱茵河而上，来到康斯坦茨湖去启示待在家中的让·鲁斯，然后又去了阿尔卑斯山，顺罗纳河而下，使杜塞出现在阿维翁伯爵的领地。让·鲁斯被烧死了，杜塞被施以磔刑，但是鲁特尔的钟声却还没有敲响。在神意大道上，有的人得到的是青果实，另一些人得到的是成熟的红果实。

　　不过，这时候已接近十六世纪。莱茵河在十四世纪见证了大炮在离它不远的纽伦堡诞生；在十五世纪又看到了印刷业在它岸边的斯特拉斯堡出现。1400 年，在科隆融化了著名的身长十四法尺的轻型大炮。1472 年，万德兰·德斯皮尔印刷了圣经。一个新的世界即将出现。还值得一提的重大事情是：就在莱茵河畔，上帝刚刚找到了两件神秘的工具，并把它们合成一种新的形式，上帝用它们不懈地开创人类文明，武器和书籍，战争和思想。

　　在欧洲的命运中，莱茵河具有一种神的旨意。正是这条横向的鸿沟划分了南北。神意将它作为一条分界河流，那些城堡要塞使它成为了一条护城河。莱茵河见证了所有战争伟人的面貌并且体现他们的灵魂，三千年来，正是这些人用人们称为"剑"的犁铧耕耘了这片古老的陆地。恺撒曾通过莱茵河由南逆流而上；阿提拉则由北顺流而下；克罗维斯在这里取得了托儿比阿克战役的胜利。查理大帝和拿破仑波拿巴在这里统治过。腓特烈·巴尔博鲁斯皇帝、罗道尔夫·德哈伯斯贝尔皇帝和莱茵伯爵腓特烈一世都曾在这里显示出其伟大、胜利及光辉的形象。居斯塔夫·阿道尔夫曾在科博城的哨所上指挥过他的军队。路易十四也曾亲临莱茵河。昂甘和孔代曾经渡过这条河。啊！都雷纳也曾来过。在美因兹，有德律絮斯的碑石；在科布伦茨有马索；在安德纳克有奥什。在那些重现历史的思想家眼中，莱茵河上空一直有两只雄鹰在盘旋：一只是罗马军团之鹰，另一只则是法国军团之鹰。

　　高贵的莱茵河曾被罗马人命名为 Rhenus superbus（绝妙的莱茵河），时而，它的上面架起一座座浮桥，桥上竖起梭镖、槊或者刺刀，意大利、西班牙或者法国的军队从这里如潮水般地涌向德国；而那些始终结为一体的古老的各个蛮族，也从这里涌向地理上一直不可分割的古罗马帝国。时而，它又作为水路，和平地运输着林格和圣加勒的枞树、巴塞尔的斑岩和蛇纹岩、班让的钾碱、科尔萨尔的食盐、斯特洪堡的皮革、朗斯堡的水银、约哈尼斯堡和巴什哈克的果酒、科博的板岩、奥博尔维塞尔的鲑鱼、萨尔齐格的樱桃、鲍巴尔德木炭、科布伦茨的白铁餐具、莫泽尔的玻璃器皿、班多尔夫的锻铁、安代尔纳克的凝灰岩和石磨、纽维德的石板、安托尼乌斯坦的矿泉水、瓦朗达尔的床单和陶器、阿尔的红酒、林茨的铜和铅、科尼西万代尔的琢石、科隆的羊毛和丝绸。这条河按照上帝的意愿，在欧洲庄严地完成了它的战争之河与和平之河的双重使命。在河流两岸幅员辽阔的丘陵地带，一边种植了橡树，另一边开垦了葡萄园，也就是说一边是北方，一边是南方，一边是力量，一边是享乐。

　　对于荷马来说，莱茵河并不存在。它只是一条可能存在，但却不为人知的河流之一，是属于辛梅里安人灰暗之国的河流，这里雨水不断，终年不见阳光。对于维吉尔来说，这并不是一条不为人知的河流，而是一条冰河。对于莎士比亚来说，莱茵河是一条美丽的河流。而对于我们来说，哪怕到了莱茵河成为了欧洲的大麻烦的那一天，它都是一条风景如画的时髦河流，是埃姆斯、巴登和斯帕的无所事事者的散步圣地。

　　彼特拉克曾经来过亚琛地区，但我认为他并没有谈论过莱茵河。

　　地理环境造就了莱茵河的山坡、河谷和谷壁，它们都具有不屈不挠的意志，世界上所有的会议都不能长久地分割它。地理上，莱茵河的左岸属于法国。而神圣的天意曾经三次将莱茵河的两岸都给了法国，分别是矮子丕平时代、查理大帝时代和拿破仑时代。

矮子丕平的帝国曾经整个横跨于莱茵河之上。当时，这个帝国包括除阿基坦地区和加斯科涅地区以外的法国本土，以及除巴瓦洛克地区以外直到巴瓦洛克地区的德国领土。

查理大帝的帝国更是拿破仑帝国的两倍。

确实，应该值得注意的是，拿破仑曾统治着三种帝国，或者说得更恰当点，他是以三种方式进行统治的皇帝：直接统治着法兰西帝国的皇帝，间接由他的兄弟们掌管着西班牙、意大利、威斯特法利亚和荷兰的皇帝，他将这些王国作为中央帝国的墙垛，又从道义上通过霸权条款成为整个欧洲的皇帝。欧洲只是一个基地，日复一日地被他的神奇建筑所侵吞。

以这种方式看待，拿破仑的帝国至少和查理大帝的帝国一样伟大。

查理大帝的帝国和拿破仑的帝国有着一样的中心和产生方式。他在矮子丕平遗留下来的地盘周围占据并集聚人口，从萨克斯一直到易北河地区，从日耳曼尼亚一直到萨尔河地区，从埃斯科拉奥尼一直到多瑙河地区，从达尔马西一直到加泰罗河口，从意大利一直到加爱特地区，从西班牙一直到埃布罗河地区。

他来到贝乃旺丹人和希腊人的边界才在意大利休战，来到萨拉森人的边界才止步于西班牙。

当这个大帝国在843年第一次解体时，路易·戴博奈尔去世了。这时，萨拉森人重新夺回了他们的土地，即位于易北河和劳博格特之间的整个西班牙领地。帝国分裂成三个部分，并有理由再增加一个皇帝——罗泰尔，他拥有意大利和高卢地区的一大块三角地带，而另两个国王——路易得到了德国，查理得到了法国。随后，在855年，三块领土中的第一块又一次分裂，在查理大帝帝国的残地里，又有了国王路易，他占据着意大利；国王查理，他拥有普罗旺斯和勃艮第；还有国王罗泰尔，他占据着奥斯特拉西。从那时起，这个地方就叫做罗泰莱西，后来被称作洛林。然后，在路易·日耳曼尼克王朝，第二块地也被分割，最大的一块成为了德意志帝国，而那些零星小块的土地上，则聚集着众多人口定居的公爵领地、伯爵领地、公国和自由城市，由总督们看守着各个边界。最后，轮到第三块地，秃头查理的国家在时代的压迫和诸侯的威胁下屈服并解体，于是最后一块废地上便产生了一个国王和五个独立自主的公爵：法国国王和勃艮第公爵、诺曼底公爵、布列塔尼公爵、阿基坦公爵、加斯科涅公爵。另外还有三个大伯爵：香槟伯爵、图卢兹伯爵和福兰德尔伯爵。

这些皇帝都是巨神泰坦。他们一度将世界握在手中，然后死神让他们松开手指，一切都从指缝中滑落。

可以说，莱茵河的右岸曾经属于过拿破仑，如同曾经属于查理大帝一样。

拿破仑从未梦想过建立一个莱茵河公国，但在法国王室和奥地利王室的长期争斗中，一些平庸的政客却这样做过。他知道一个不是岛屿的长条形状的王国是不可能长久的，一旦遭受强敌的打击就会屈服并一分为二。一个公国不应该只是体现出一种简单的次序，一个国家要想维持长久并具有抵抗力，必须要有全面的次序。就像地理和历史中所记载的那样，除了几个残缺不全的居民区外，拿破仑曾掌握着莱茵联邦，并满足于使这一联邦系统化。莱茵联邦必须同北方或南方相抗衡，并成为其障碍。这一联邦本是为对抗法国而建，但皇帝却掉过头来。他将政治玩弄于股掌之间，用巨人的力量和棋手的高明将帝国随意放置挪动。在扩大莱茵河诸侯权力的同时，皇帝明白必须加强法兰西帝国的权力，同时缩小德意志帝国的权力。确实，这些成为王侯的选帝侯们，这些成为大公爵的总督和诸侯，在奥地利和俄国那里获得了他们在法国所失去的东西。这些王侯们表面显得伟大，背地里却很渺小，其实都是北方皇帝拿破仑的手下。

就这样，莱茵河经历了四个明显的阶段，具有四种截然不同的面貌。第一个阶段：挪亚时代，也可能是亚当以前的时代的火山；第二个阶段：古代史阶段，日耳曼尼亚与罗马的斗争时代，出现了光彩耀眼的恺撒；第三个阶段：查理大帝出现的神奇时代；第四个阶段：现代史阶段，即拿破仑统治时期的德法战争年代。因为，即使作家由于害怕讲述这些丰功伟业产生乏味感而千方百计地避免重提，只要我们从头至尾重温欧洲的历史，恺撒、查理大帝和拿破仑都是三个巨大的里程碑，或者说是千年一遇的里程碑，我们总能在道路上找到他们的痕迹。

现在，要提到的最后一点就是：莱茵河这条神意之河，似乎也是一条具有象征意义的河流。在它的坡道上，在它的水流中，在它流经的每一个地方，都可以说它是文明的象征。它为文明做出过许多贡献，并将继续做出更大的贡献。它从康斯坦茨湖流向鹿特丹，从雄鹰之乡流到鲑鱼之城，从教皇、主教以及皇帝们的府邸流向商人和资产者的发展地，从阿尔卑斯山流向大西洋。就像人类自身从高尚、不变、无法抵达、宁静、光辉的思想滑向广阔、变幻、暴风骤雨般、阴郁、有益、可破浪远航、危险、深奥的思想。这些思想承载一切，孕育一切，吞没一切。从神权制度到达民主制度，从一个伟大的事迹到达另一个伟大的业绩。

1839 年 8 月 17 日于圣高阿尔

卢塞恩—比拉特山

　　亲爱的朋友，我可能要花上一整夜的工夫给您写信了。因为我的脑海里充满了各种景象，我的心中充满了柔情。

　　像抵达苏黎世一样，我到达卢塞恩时也是夜晚。不过，苏黎世是那样的热闹，而卢塞恩却是如此寂静。

　　我住在里奇曼一家上等的旅馆里，它位于一座壮丽的带有突堞的古老城堡中。吃过晚饭后，我要了一间房，然后打开窗户，现在正给您写信。

　　打开窗户，风景极美，真值得我把它画成一幅速写，寄给您看。此时，尽管是夜晚，风景仍令人称绝，或许正是夜晚的缘故吧。

　　放眼望见的是四州湖——瑞士最美丽的湖。湖水一直蔓延到我的窗下，波涛轻轻地拍打着城堡脚下的古老基石。我听到湖中有鱼儿突然跃出水面，发出细微的响声。在深深的夜色中，我还是能辨认出在我的右边，有一座被苔藓覆盖的尖顶木桥，通往一座高大的塔楼。湖面上波光粼粼，距离我住的古堡五百步的地方，有几棵高大的黑杨树倒映在暗淡的湖水里。夜晚的雾气泼洒在湖面上，将其余的风景隐藏起来。不过这雾气还没上升到能阻挡我看见前面巨大、阴森的比拉特山的高度。在山顶的三个高峰上方，土星和它周围的四颗美丽的金色星星，在天空中构成了一个巨大的沙壶形状。在比拉特山后面及湖边，还聚集着一些杂乱的光秃秃的奇形怪状的古老山峰：蒂特里斯山、普罗撒山、克里斯帕山、巴杜斯山、加朗斯托克山、弗拉多山、福尔卡山、莫托恩山、贝肯里德堡山、乌拉霍恩山、赫克斯托伦山、洛特霍恩山、蒂尔斯托克山和布吕尼西山。我隐约看见这些患有甲状腺疾病的粗脖子驼背巨人蹲在我四周的黑暗中。

风不时地穿过黑暗，传来远处的铃声。成群的奶牛和山羊在比拉特山和里矶山的高山牧场里游荡，它们颈下的铃铛晃动着，发出甜美的音乐声，从五六千英尺的高处传到了我的耳畔。

一天之内，我看到了三个湖。我今天早上离开的是苏黎世湖；午餐赐给我一条美味鳗鱼的是楚格湖；以及刚刚晚餐时提供给我如同鲑鱼一样鲜美的鳟鱼的四州湖。

放眼望去，苏黎世湖的形状像是一个羊角。其中一只角朝着苏黎世，另一只角朝着乌兹那赫。楚格湖的形状像一只拖鞋，从楚格通往阿尔特的道路就是鞋底。四州湖延伸至远方，就像一只折断了的鹰爪，其断裂处形成了布鲁能和布奥克斯两个港湾，爪子的四个鹰钩深深地插入地面：第一个插入了阿尔巴纳赫，第二个插入了温克尔，第三个插入卢塞恩，最后一个则插入居斯那赫。传说威廉·退尔就是在这里杀死吉斯勒①的。湖的最高点是圣弗洛朗。

在离开之前，我又重访苏黎世湖。从阿尔比斯的高处望去，它简直美丽极了。白色的房子在对岸闪烁，就像绿色草地上的石子儿，几条帆船经过，在闪闪发光的湖面荡起涟漪，冉冉升起的太阳驱散了夜间湖面上聚集的浓雾，和风把它们不停地吹向北方，形成一堆堆云彩。苏黎世湖是如此地富丽堂皇，可惜我再也不会返回到它的身边了。

---

① 根据瑞士民间传说，十三世纪末，奥地利总督吉斯勒残酷镇压瑞士人民，英雄威廉·退尔将其射杀。

雨　果

　　当我告诉你我一天之内看到了三个湖的时候，我已经很满足了，实际上，我看到了四个湖。在阿尔比斯和楚格这两座世界上风景最美的山脉之间，在那原始荒凉、树木繁茂的山谷深处，我又发现了一个墨绿色的小湖，名叫图尔莱赛湖。湖水深不可测，据说沿湖的一个村庄就崩塌淹没于此。这个水洼的颜色令人不安，看上去像一个满是铜绿的大盆。"鬼湖！"一个过路的老农夫对我说。

　　越往前走，地平线那端的景色越奇特。在阿尔比斯，人们的眼前仿佛有四条重叠的山脉：第一层是青翠的阿尔登山；第二层是阴暗的汝拉山，它不时地峰回路转，让人惊讶；第三层是光秃陡峭的亚平宁山；最后，在众山之上，则是白茫茫的阿尔卑斯山脉。

　　接着，我们下到峡谷，钻进了森林。长满叶子的树枝在路上纵横交错，行成网状拱顶，阳光和热气从缝隙中透进来。偶尔几间小屋若隐若现地露出金黄色的木板墙，上面的圆形玻璃窗，似乎蒙着一层绢纱。一个和蔼的农夫赶着牛车从身边经过。森林里宽大的沟渠阻挡了视野。但是，如果是在中午，天气晴朗的话，四面八方就会出现天地间光影交错流动的美妙景象，悬挂在天边的雾幕到处撕裂开来，从裂口处突然现出远方的山峰，仿佛在万丈深渊底部有一面神奇的镜子在闪烁发光。

　　楚格，像布鲁克，也像巴登，是一个迷人的中世纪城镇，至今依然保留着城墙和城堡，尖拱形的城门上绘有纹章，城墙上筑有雉堞，十分雄壮，城墙门上布满了过去由于袭击和攻城而留下的残迹。楚格不像布鲁克那样有阿尔山，也不像巴登那样有利马特河，但楚格有它自己的湖，湖虽小，却是瑞士最美的湖之一。我坐在一道狭窄的椴木成荫的防护堤上，这里离我住的旅馆只有几步远。在我的面前是里矶山和比拉特山，它们形成了四座巨大的"金字塔"，两座直插入云霄，两座倒映在水中。

　　石质的喷泉池，油漆雕刻的房屋，使楚格呈现出丰富多彩。塞尔夫旅馆有一些文艺复兴时期的遗迹；在楚格，意大利风格的壁画几乎占据了所有的墙壁。凡是在自然环境美丽如画的地方，房屋和人们的服装都会受到影响。房屋多着画，衣服都染色，这是当地的一种美妙习俗。我们库纳特的农舍和衣衫褴褛的郊区农民在这里简直会被视为怪物。

在楚格的一座城门上，我看到一幅浮雕，画着古代的穴居人，手持狼牙棒，下面刻的时间是 1482 年。在另一座城门上，刻着比穴居人更引人注目的题词：Pax intrantibus, salus exeuntibus，1607 [①]。

楚格教堂的布置很像弗兰德的教堂，刻有雕像的祭坛，墙壁上是彩绘镀金的阴沉沉的百叶窗片。教堂执事把我领进教堂的珍宝库，里面金碧辉煌，堆满了金银餐具和器皿，其中一些极其华丽，另一些十分贵重。我只花了三十多个苏，就观赏到了价值数百万的宝藏。

十五年前，从楚格到阿尔特的道路还是崎岖难行的小径，连最好的马匹也会在这里失蹄。而现在，它已是一条极好的大道，连那种车顶带有旅行货物网的公共马车在上面奔驰也不会颠簸。我在苏黎世租了一辆四轮轻便马车，任由它在这条漂亮的大道上轻跑。左边是陡峭的山坡，悬崖耸立，右边是和风吹拂微波荡漾的湖水。这真是世界上最惬意的旅行。

当我离开楚格时，湖光山色是那样美丽，渐近阿尔特时，湖水更显壮美。阿尔特是斯维茨州的一个大村庄，再上去就是罗斯贝格山，当地人叫它索能伯格（意思是阳光照耀的山）；还有里矶山，当地人称作沙腾贝格（意思是树荫覆盖的山）。

罗斯贝格山高四千法尺，里矶山高五千法尺。这是世界上两座最高的角砾岩山。从地质学的角度看，罗斯贝格山和里矶山同它们周围的阿尔卑斯山脉没有任何关系。阿尔卑斯山是花岗岩质，而里矶山和罗斯贝格山则是由砾石和泥浆混合而成的，这种泥石混合物比今天的水泥还坚硬，所以大道附近的峭壁就仿佛是罗马时代的水泥墙面。这

---

① 拉丁文，大意是：对于进来的人是和平，对于出去的人是拯救。

两座大山是挪亚时代洪水冲击而成的两堆泥土沉淀物。

　　有时，会发生泥堆溶化突然崩塌的事情。尤其是 1806 年，在持续下了两个月的雨之后发生的那一次崩塌最为严重。9 月 2 日，傍晚五时，罗斯伯格山顶上的一块宽一千法尺，高五百法尺，长一法里的石块突然脱落，三分钟之内就塌下了三法里长的坡面，瞬间吞没了一片森林、一道峡谷、三个村庄和它们的村民，以及半个湖。位于阿尔特后面的戈尔道也同样被压得粉碎。

　　三点钟，我进入阴暗的里矶山，耀眼的阳光正照在楚格的丘陵上。靠近阿尔特时，我心里一直在想着戈尔道。我知道这座美丽怡人的小城在向过路的旅行者掩饰其被毁灭时的残迹。我凝视着平静的湖面，湖水中倒映着山区的木屋和草地，同样，湖水也掩饰了那些可怕的场景。里矶山谷的湖水深达一千二百法尺，当这迷人的湖水遭到被阿尔特和楚格的船夫们称作"阿尔比斯"和"维特富恩"的两股暴风袭击时，它就会变得比海洋还要可怕。

　　里矶山一望无际地耸立在我的面前，巨大的峭壁呈深暗色，杉树争先恐后地攀援在上面，好似千军万马在冲锋陷阵。

　　此情此景，不禁引发我无限遐想，时而感觉温馨，时而又令人悲伤。它令我想到了毁灭、风暴和战争。这时，一个坐在路边的赤脚小姑娘跑了过来，随手扔了三个李子在我的马车里，然后又微笑着跑开。当我从钱袋里掏出几个苏时，她已经跑得不见了踪影。过了一会儿，当我转回来时，她已经折回路边，躲在绿树丛中，透过垂柳用明亮的眼睛望着我，宛如山林里的女神。我竟然在里矶山的山林深处发现了维吉尔田园诗中的风光，按照上天的意旨，一切皆有可能。

　　五点钟，我走出了里矶山的幽谷。我经过了楚格湖的那个拐弯处，穿过了阿尔特，走上了一条夹在峭壁间的小路，沿着里矶山的一个低矮的小圆丘攀登。路两边建有几间格调平庸的新房子。似乎美丽的木制门面已不再流行，而在房屋的正面装饰巴黎式的石膏，已经成为一种流行趋势。真是让人烦恼，应该告诉瑞士人，即使是巴黎人自己如今也认为这种石膏装饰是不体面的。

突然，道路变得荒无人烟。一所破房子从一片树丛中显现出来，我的马车夫停了下来，我们现在到了居斯那赫著名的低洼大道。在五百三十一年九个月零二十二天前，即1307年10月18日，就在这同一时刻，同一地点，一支飞箭穿过这片森林，射中了一个人的心脏。这个人就代表着当时奥地利专制暴政，而这支箭，则象征着瑞士的自由①。

太阳徐徐落下，小道渐渐灰暗下来。山坡上的荆棘丛在落日的余晖中闪闪发光。看守路边破房子的是两个年迈的乞丐，一男一女，他们伸手向我索要几个法国钱币。一个街头艺人牵着一头套着嘴套的熊沿着大路向居斯那赫走去，身后跟着四五个好奇的小男孩，一路欢呼着。我的车夫把车刹住，我听见铁闸制动发出的摩擦声。透过两根树枝交叉而成的"窗户"，远远望见平原上有几个翻晒干草的农夫正在堆草垛，小鸟在树枝上歌唱，奶牛在里矶山中哞哞地叫着。我从车上下来，望着凹陷路面的砾石，望着这沉静的大自然，渐渐地，在我的思绪中往昔事物的幻影和眼前的现实重叠在一起，进而使现实变得模糊，就好像一张书写着古体文的未漂白干净的纸出现在一篇新写的文章中。我仿佛看到古时候执法的总督吉斯勒鲜血淋漓地躺在这条凹道上，躺在从里矶山散落下来的洪积石块上，我似乎听见他的爱犬穿过树丛，盯着站立在林间的威廉·退尔那伟岸的身影狂吠。

小教堂，即那间破房子，它标志着在此曾发生过这一崇高的伏击事件。除了门是尖形拱肋状之外，这座小教堂没有任何其他值得注意的地方。屋内已经破损不堪，墙上有残缺的壁画，简陋的祭坛上摆放着一张意大利桌子，几个着了色的木制花瓶里插着几朵人工制作的假花。两个乞丐含糊不清地向我兜售着只值几个苏的威廉·退尔的纪念品。

---

① 此处仍然是指瑞士英雄威廉·退尔射杀奥地利总督吉斯勒的故事。

这就是居斯那赫凹道上的古迹。

祭台上有一尊圣母像。圣母像前面摆放着一本打开的书，经过这里的人都可以在书上题字留名。最近来小教堂的一名游客写下的两行字，比充满在这本书里的任何向暴君宣战的誓言更令我感动："我谦恭地恳请圣母，让我那可怜的妻子得沾圣佑，恢复视力吧！"我在书上什么也没有写，甚至连名字都没有留下。在这句充满柔情的祈祷词下面，是一片空白。我依然使它保留着空白。

站在小教堂的空地上，可以看见四州湖的一角。我转身看见里矶山长满荆棘的小丘上有一段城楼，山墙已被拆毁，仿佛象牙般从荆棘丛中探出。这个废墟曾经是居斯那赫的要塞，吉斯勒曾在城堡主塔里住过，也是当年为威廉·退尔准备的牢房。威廉·退尔并未被关进去，而吉斯勒也没有再回到这里。

一刻钟后，我来到了居斯那赫。熊正在广场上舞蹈，妇女们正在汲水处嬉笑，三辆英国快班驿车正停在旅馆门前。这家旅馆外观俗气，但设备倒还舒适，看上去与这里的那些十五世纪的房屋的哥特式正面不太相称。两个老妇人正在教堂前的那块墓地上扫墓。我在那里停下马车，参观了这座如同普通建筑一样毫无价值，但却富有藻饰、异常华丽的教堂。

在苏黎世，教堂没有任何装饰。但是这里，如同阿尔特和楚格一样，教堂里的装饰点缀显得过分夸张、激烈和疯狂。这是罗马教堂为了反对加尔文派礼拜堂的表现，这是天主教区与耶稣教区之间进行的一场花饰、纹路、绒球和花叶边装饰的大战。

尤其是那块墓地十分引人注目。每一个墓穴上都树立着一块石碑，碑上有一个经过涂漆镀金的洛可可式的铁十字架。所有这些十字架使整个墓地看上去就像一大片开满黄花的黑色灌木丛。

从居斯那赫到卢塞恩的道路都是沿着湖水而建，就像从楚格到阿尔特一样。四州湖比楚格湖更加美丽，此刻，呈现在我面前的不再是里矶山，而是比拉特山。

我把一整天的时间用在了比拉特山上。从苏黎世到这儿的旅途中，我几乎一直想着这座山，此时，我站在窗前，依然隐约可以看见它。

比拉特山很奇特，它的形状很可怕。中世纪时，人们把它叫做断裂的山。这座山的山顶上空总是笼罩着云雾。Mons pileatus 一名即源于此。卢塞恩的农夫，他们对福音书要比对拉丁文精通，从 pileatus 这个词中取了 pilatus 作为山的名字，并且断言，彭斯·比拉特 ① 就葬在这座山下面。

至于那些云雾，据那些上了年纪的妇人们说，样子稀奇古怪，变幻无常。当云雾出现时，就预示着晴朗的天气；当云雾消失时，则预示暴风雨即将来临。比拉特山就像是一个奇特的巨人，晴天他就戴上帽子；雨天他就脱掉帽子。因此，这座具有气象预测作用的山就让瑞士这四个州避免了老待在这些变化多端的戴帽小隐士的窗口张望。云雾的作用的确是事实。我观察了一整个上午。在四个小时里，云雾变换了二十种不同的形状，但始终没有离开山顶。它时而像一只巨大的白天鹅，栖息在鸟巢似的起伏不平的山顶凹处；时而，又四脚立地，张开大嘴，像一只正在狂吠的看门狗；时而它又散做五六朵小云块，在山顶上空形成一个圆形盘旋的鹰群。

你要知道，在这样一座山上始终有这样一团云雾，势必会在山下的平原上产生许许多多的迷信。山势陡峭，悬崖难以攀登，高达六千法尺，围绕着山顶周围不知有多少恐怖的怪物传说，因此，即使是最勇敢的岩羚羊猎手也会迟疑不决，望而却步。——这奇异的云雾究竟从何而来呢？据说两百年前有个身强力壮的男人，长着一双山里人的脚，冒险爬上了比拉特山顶，终于弄清楚了这云雾的来历。

原来在这山顶上，有一个湖，湖很小，像一个玻璃杯，湖长

---

① 公元 1 世纪时的罗马行政长官，福音书上说他在作出象征性洗手时把耶稣交给了追杀他的犹太人。

一百六十法尺，宽八十法尺，深不可测。天晴时，太阳照射着湖面，湖水蒸发上升，在山顶上形成了云雾；而天气不好的时候，没有了阳光，云雾也就没有了。

这个现象得到了解释，但是迷信并没有消失。相反，越传越厉害，越传越神奇。因此，这座被人经常登临的山，仍然像人迹未至的山一样让人觉得恐怖。

除了湖之外，我们还在比拉特山看到了其他一些神奇的事物。首先，是一棵全瑞士最大的冷杉树，这是一棵独一无二的巨型杉树。它的主干上横生着九根树枝，每根树枝上又生出另一株大冷杉，看上去就是一个遮天蔽日的巨大树冠。其次，就是在阿尔卑斯山的布龙登山顶处的七座峰顶附近，有一个小圆丘，在那里可以清楚地听到人们说话的回音，这回音是如此的清晰，以至于说话时，回音可以传回最后一个音节，唱歌时，回音可以传回最后一个音符。最后还有一样，在令人害怕的深渊里，在六百法尺高的乌黑的绝壁中央，有一个无法进入的岩洞。洞口大张着，入口处耸立着一尊高约三十法尺的白石雕像。雕像双脚交叉而坐，臂肘支撑在一个花岗岩的台子上，仿佛是守护岩洞的幽灵，摆出一副令人生畏的姿态。

几乎可以肯定，这个岩洞横穿整个大山到达山的另一边，一直通往泰姆利斯的阿尔普山下的一个人称"月亮洞"的洞口，据艾伯尔说，人们可以在这里找到许多"月亮奶液"般的钟乳石。

由于这六百法尺高的峭壁无法攀登，有人试图绕过这尊雕像，从月亮洞进入洞内。月亮洞的一端直径为十六法尺，另一端直径为九法尺，洞中寒风凛冽，急湍奔流，至此已经感觉十分危险了，但人们仍然继续冒险前进。他们摸索着穿过带拱顶的厅室，在险象环生、令人恐惧的洞顶下，踩着纵横交错的地面，匍匐着爬行，可是白费力气，结果还是没有人能够走近那座雕像，她依然竖立在那里。从狭义上说，她依然是贞洁的。她静静地凝视着深渊，守护着岩洞，执行着命令，仿佛还在思索着当年她被雕琢的秘密。山里的人把这尊雕像叫做圣多米尼克。

中世纪及十六世纪时，比拉特山和勃朗峰一样吸引人。而今天，比拉特山已经无人问津，里矶山则风头十足。关于比拉特山那些可怕的迷信传说，老妇人们谈论得越来越少，并且不再流传，这座山之所以令人畏惧，是因为山顶很难攀登上去。普菲伏尔将军曾在山上观测气压，并且证实通过望远镜可以看见斯特拉斯堡的芒斯特山。

一个独特的游牧部落曾在山上扎营居住过，这些人懒惰、纯朴、强壮，他们在此生活了数百年，对平原上那些蚂蚁般的芸芸众生十分蔑视。

至今，卢塞恩还存在着一些古老的禁忌，例如禁止向比拉特山顶的小湖里扔掷石子儿。理由很荒唐：据说扔一颗小石子儿就会引起一阵龙卷风。只要有人扔下一颗石子儿，湖面上就会掀起暴风雨，并且会漫及到整个瑞士。

一百年来，尽管比拉特山令人畏惧，但山上遍布牧场。因此，这不仅仅是一座可怕的山，它还是一个哺育着四千头奶牛的硕大乳房。此时此刻，我正在聆听由四千只小铃铛所演奏的交响曲。

这就是阿尔卑斯山区奶牛的一生：一头奶牛价值四百法郎，每年会有七八十万法郎的收入。在山里放牧六年，可生下六头小牛，然后消瘦、衰老，全部奶液被挤干后，放牛人就把它卖给屠宰场。于是它便经过圣哥达峰，走下阿尔卑斯山的南坡，变成意大利客栈里大锅中的牛肉。

一家法国公司最近买下了离山顶约半法里处的一片落叶松林，并在那里开辟了一条可通车的大路。此时，那家公司正在为巨人"理发"。——此外，一位导游在居斯那赫对我说，1814年，有个名叫伊格内休斯·马特的专打岩羚羊的猎手，曾借助于绳索和扶梯进入山洞，他冒着生命危险，确实勇敢地接近过那个阴沉的石雕守护者。如果这一冒险继续下去，神奇的比拉特山将会变得像一座粉刷过的教堂一样平淡乏味了。

我得说明，当时，两个看守墓地的老妇人中，有一位也在听导游讲这个故事。她当即进行了有力的反驳，她说伊格内休斯·马特只不过是个吹牛大王，他根本不可能有那样的好运气，完全是在自我吹嘘，圣多米尼克雕像依然是块处女地——在这件事上，我倒是相信老妇人的说法。

居斯那赫距离卢塞恩大约有三法里，我们的马车飞快地行进，走了一个半小时，当天色全黑时才到达卢塞恩。不过，傍晚沿着居斯那赫海湾边漫步，真是十分美妙的事情。

离开居斯那赫时，我的目光仍注视着吉斯勒遗址。我曾经看到过另一处遗迹，那就是诺哈布斯城堡的主塔，坐落于半山腰的欧石楠丛生地中。我从大路上望见一堵高墙，墙上常春藤的末端垂泡在海湾的水中，活像一个人倒仰着头，任头发垂在后面。在我对面的齐纳山坡一片青绿，树木与农作物相互交错，倒映在平静如镜的深色湖面上，使湖面宛如一块棱状玛瑙。里矶山下，不知道是什么东西倒映在水中，反射出一道白光。一只小船在阴暗的湖水中沿着岸边快速划行，映照在水中的倒影被放大拉长，像是一把长长的宝剑，小船是手柄，船夫是护手，闪闪发光的航迹则变成又薄又长、不加任何装饰的剑身。

9 月 11 日，下午 4 点。

除了兵工厂和市政厅大楼，我已将卢塞恩全部游览了。

城市建设得很好，位于两座相对而立的山丘上，于圣弗洛朗入湖，从卢塞恩流出的罗伊斯河横贯其间，将城区一分为二。此处筑有十四世纪的围墙，像巴塞尔一样，所有的城楼各不相同。这是日耳曼军事建筑学特有的一种别出心裁的巧妙构思，到处都是款式奇特别致的喷泉，到处都是带涡形装饰、墙角塔和山墙的房屋。这些房屋一般保存得很好。城内的青葱翠绿直透城墙雉堞。

城市所有的房屋依山而建，呈圆形阶梯剧场排列，面对着湖泊，巧妙地嵌入山中。

有三座建于十六世纪的带顶盖的木桥，两座架在湖上，一座建在罗伊斯河上。湖上的两座桥特别长，蜿蜒在湖面上，没有尽头，看上去似乎要衔接古老的塔楼才能到岸，非常独特、漂亮。

每一座桥的尖屋顶下都设有画廊。油画用三角形木板镶嵌在桥顶拐角处，两侧彩绘，中间放置画幅。三座桥上有三组不同的绘画，每组画都有一个明显的目的，一个共同的主题，吸引着桥上过往行人的注目与思考。最大的桥长一千四百法尺，上面的画描绘的全部是圣经故事。卡佩尔桥横跨在奔流的湖水上，桥长一千法尺，桥上的绘画多达两百幅，画上都饰有纹章，讲述的是瑞士的历史。罗伊斯桥是三座桥中最短的一座，桥上描绘的是一组死神舞。

这样，人类思想的三个伟大方面都在此表现出来：宗教、民族和哲学。这里的每一座桥都是一本书。过往行人一抬头就能读到，人们出门去做事，回来时却收获了一份思想。

几乎所有的油画都是十六世纪和十七世纪时绘制的。一些画具有非常明显的特色，另一些由于在上个世纪被人胡乱而拙劣地修改过而面目全非。罗伊斯桥上的死神舞会都是充满思想与哲理的佳作，每幅画中都绘有一个参与人类活动的死神。死神身穿公证人服装，为新生婴儿登记注册，那新生儿的母亲正对着婴儿微笑；死神扮成马车夫，穿着镶有饰带的号衣，快活地赶着一辆绘有纹章的马车，车上坐着一位漂亮的女士；唐·胡安这位花花公子正在饮酒作乐，死神则卷起衣袖为他斟酒；一位医生正在给病人放血，死神身穿护士围裙，扶着病人的手臂；一名战士双手挥剑，死神正在与他抵抗；一名逃亡者用马刀狠狠地刺马，死神正跨坐在马屁股上。这些画中最可怕的就是天堂，所有动物都混杂在那里，羔羊和狮子，老虎和母羊，善良的，温驯的，天真的，样样齐全。蛇也在其中，我们看到它穿过一幅骷髅架子，带着死神同它一起匍匐前进。这些画作绘于十七世纪初，作者叫梅格兰热，是一位伟大的画家和思想家。

在卡佩尔桥上，可以远眺卢塞恩迷人的景色，仿佛两百年前的景象就在眼前。这座城市的变化微乎其微，真是太幸运了。

至于市政厅，我看到的仅仅是它的外观。

这是一座相当漂亮的建筑，尽管它的风格不纯。大厦的钟楼呈柱形尖顶头盔状，外观十分滑稽。从巴塞尔到巴登，钟楼都是尖顶的，上面盖着彩色的瓦片；从巴登到苏黎世，钟楼都被涂成朱红色；从楚格到卢塞恩，钟楼则好像带有鸡冠状盔顶饰和面甲的头盔，表面镶锡或者镀金。

议事司铎教堂位于城外，人们把它叫做大教堂，它有两个用整块美丽的板岩做成的尖顶。但是，除了一扇路易十三的正门和十五世纪时期刻有耶稣头戴百合花冠拒收圣杯故事的外面的那些浮雕之外，教堂本身并没有什么值得研究的地方。

朝港口的方向有一座具有浓厚洛可可风格，显得相当华丽的耶稣会教堂。在这座教堂后面的广场上，还有另外一座教堂。尽管它的位置比较隐蔽，但比所有其他的教堂有特色，教堂的大厅内装饰着不少彩旗。十七世纪所建的讲坛是一个精美的细木工活，唱诗班的神职祷告席同样如此。我还注意到，在一座洛可可式的小教堂中，有一个十五世纪的铁栅栏门，相当的华丽。

卢塞恩包罗万象，大的、小的、不祥的、可爱的，什么都有。在港湾中，有一群黑水鸡，既野又狎熟，在比拉特山脚下的湖面上嬉戏。该城对这些可怜而又快乐的黑水鸡采取了保护措施，禁止人们猎杀，违者罚款。这些黑水鸡就像一群白嘴黑天鹅，看着它们在阳光下潜水、飞翔，真是赏心悦目。一吹口哨，它们就会飞过来。我从窗子里扔面包屑给它们。

在所有的这些小城市中，女人们既好奇，又胆怯，并且容易烦闷。

正因为好奇和烦闷，从而产生了到大街上去看看的愿望；而由于害羞胆怯又生怕因为抛头露面而被人看见。因此，在所有房屋的正面，都安有一个相当隐蔽、相当复杂的窥视装置。在巴塞尔和弗兰德，是一面挂在窗户外面的普通小镜子；在苏黎世和阿尔萨斯，则是一个各个方向都开有窗口的小墙塔，做得很精美，一半砌在住宅正面的墙内。

在卢塞恩，这类窥视装置都很简单，是一种钻有很多孔，放置在窗户支架上的小木箱，很像一个食品橱柜。

卢塞恩的女人们躲在家里不出来真是大错特错，因为她们几乎个个都长得相当漂亮。

1839 年 9 月 10 日于卢塞恩

圣高阿尔

　　人们可以在圣高阿尔度过行程满满当当的一周时间，不过需要稍费心思住进舒适无比的"百合谷"旅馆，以便透过那里的窗扇，饱览莱茵河的美好风光。因为那里正处于"猫"与"鼠"之间。所谓"鼠"位于旅馆的左边，透过莱茵河上的雾气，在远处的地平线上隐约可现。而"猫"则位于旅馆的右前方，其实是一座坚固的主塔，四周环绕着一些小的塔楼，高耸于山丘之上，正好与底部位于莱茵河畔的风景秀丽的圣高阿尔豪森村庄形成一个三角形。这个三角形下面的两个角就是村庄里的两座古老的塔楼——一座方形，一座圆形——这两座敌对的塔楼互相窥视，透过美丽的风景互相投射出无比犀利的目光。因为当一座城堡化为废墟时，其窗扇依然相望，就像从深邃的眼睛里射出来的恐怖目光。

　　对面的莱茵河右岸，莱茵菲尔斯就像是为了制止两名对手间的争端，正注视着黑森诸侯宫殿式城堡的巨大幽灵。到了圣高阿尔，莱茵河就不再是一条河流，而更像是一个湖，一个真正被汝拉山脉环抱的湖泊，阴森的峭壁夹岸，水面上波光粼粼，四周水声震耳。

　　如果待在旅馆的房中，便可整日观赏莱茵河的美景：大大的木筏、长长的帆船、小小的快艇，还有来往穿梭不停的八至十艘蒸汽渡船，它们冒着青烟，挂着彩旗，或逆流而上，或顺水而下，就像一只只水中嬉戏的巨犬，时不时地啪啪作响。远处，对面的岸边有一片位于粗壮胡桃树荫下的草坪，人们可以看见德纳索先生的士兵们身着绿衣白裤正在操练，还可以听见一个矮个子的主权伯爵敲打出的喧闹鼓声。近处，可以看见圣高阿尔的女人们路过窗扇的下面，她们戴着天蓝色的软帽，这种帽子就像是罗马教皇的三重冠冕被打了一拳之后改变了形状。还可以听见一群来到莱茵河戏水的孩子们所发出的阵阵欢声笑语。为什么不呢？特雷波与雷特塔的孩子们不也是与海洋嬉戏玩要吗？不过，莱茵河的孩子们非常可爱，他们中没有人像有的英国孩子那样神情傲慢、不苟言笑。德国的孩子们有一种如同老神甫般的宽容大度。

如果外出，则可以花六个苏，相当于巴黎公共马车的价格，乘船渡过莱茵河，去往"猫堡"。1471年，教堂神甫让·德巴尔尼克就是在这座德卡岑蓝贝格家族的男爵庄园里实现了其凄凉悲惨的谋杀冒险。如今，德卡岑庄园已经成为了一处美丽的遗址，其用益权已被德纳索公爵以每年四五弗罗林的价格租给了一个普鲁士军官。有三四个访客付了定期租金。我翻阅了一下外来人员签名册，整整30页，记录了大约一年的来访情况，都没有一个法国人的名字。里面有许多德国人的名字，几个英国人的名字，还有两三个意大利人的名字，这就是签名册的全部记载。此外，"猫堡"的内部已经完全损毁。塔楼的矮室，也就是神甫为伯爵夫人准备毒药的地方，如今已被用作食物储藏室。原来存放肖像的大厅已经长出几株瘦小的葡萄藤，它们正绕着支架弯弯曲曲地攀缘生长。在一个唯一保存有门和窗户的小屋里，有一副钉在墙上的版画，画中人便是博当·科米尔尼奇，版画的下面写道："战争贩子，煽动了奴隶战争、哥萨克及乌凯恩庶民叛乱。"这位神奇的查珀哈维恩首领，身着介于莫斯科人和土耳其人之间的服饰，显得有些滑稽，看上去他正透视着外面——也许是版画自身造成的一种错觉。在他的旁边则摆挂着两三位正在位的王储肖像。

从"猫堡"往下看，纳入眼帘的就是莱茵河上被称作"邦克"的著名漩涡。在"邦克"漩涡和圣高阿尔豪森的方形塔楼之间，只有一条狭窄的通道，通道的一边是漩涡，另一边则是暗礁。莱茵河上什么都有，甚至有大海怪沙丽德和六头女妖希拉。为了越过这异常恐怖的峡口，人们搭建了木筏，并在木筏的左边系上一根相当长的绳子，把它绑在一个被称作"狗"的树桩上。要想在"邦克"漩涡和方塔之间通过，就得把树桩扔向漩涡里。漩涡紧紧地吸住树桩，就是通过这种方法，木筏得以和方塔之间保持一定的距离。人们在通过了危险地带之后，便会砍断绳子，而"狗"则马上被漩涡吞噬，成为了赛博拉斯的点心。

当人们站在"猫堡"平台上的时候，便会询问导游：刚才的"邦克"漩涡在哪儿？导游会指着您脚下莱茵河中的一个小褶皱，并告诉您：这个褶皱就是"邦克"漩涡。

所以说，单从外表可判断不出那些漩涡。

离"邦克"漩涡稍远的地方，有一处非常湍急的转弯，著名的卢尔勒岩石就在这里笔直地沉入莱茵河中。岩石上的千层理石纹路看上去就像是塌陷的层层楼梯。据说，在那里说话或是唱歌，回声可重复七次之多。

如果我不怕被当作是一个要破坏回声声誉的坏人，我必须承认，对于我来说，这里的回声重复从没有超过五次。

卢尔勒岩石上的山林女神极有可能是从前听过了太多希腊神话中的王子、伯爵们的阿谀奉承，她的嗓音已经开始嘶哑，并且感到厌倦。现如今，这位可怜的仙女只有一名仰慕者，就在她对面的莱茵河彼岸的岩石上挖了两间卧房，每天都会为她吹响狩猎的号角，用步枪开上几枪。这个制造回声、与回声为伴的人，原来是一位年迈正直的法国轻骑兵。

不过，对于一个不曾怀有期待的游客来说，卢尔勒岩石的回声效果确实是非同一般。哪怕是在这里渡过莱茵河的双桨小船也能制造出神奇的响声。如果闭目聆听，人们还以为是有一艘帆桨战船驶过，船上的五十支桨一起划动，而且每支桨都是由四个戴着镣铐的苦刑犯在划动着。

　　从"猫堡"下来，在离开圣高阿尔豪森之前，还应该去一条与莱茵河平行的古老街道上看看，那里有一所德国文艺复兴时期的迷人小屋，当然，当地的居民对这小屋可是不屑一顾的。然后右转，路过一座激流上的小桥，伴着水磨的声音，来到一处叫做"瑞士山谷"的地方，这是一个类似阿尔卑斯山风格的迷人山谷，形成于高大的彼得斯伯格山丘和卢尔勒后部的一个圆形山丘之间。

　　"瑞士山谷"是一处绝佳的漫步之地。人们你来我往，参观高处的村庄，钻进阴暗荒芜的峡谷，我在其中的一处峡谷看到了一块刚刚松过的泥土和一片被野猪拱过的乱糟糟的草坪。或者，人们可以沿着溪涧底部，进入到柳树和桤木覆盖的岩石中，这些岩石看上去就像是独眼巨人所建的墙壁。在这里，独自一人，置身于树叶花朵的深渊里，人们可以整日地游荡、遐想，聆听急流与小径之间的神秘交谈，就好似一位被接纳的第三方友人。随后，如果走近轧满车辙的道路，走近农场，走近磨坊，人们会感觉所遇见的一切事物都像是事先安排集中好的一样，用来装点普森风景画中的每一个角落。一个打着赤膊的牧羊人，独自一人和他的羊群待在黄褐色田野里，吹奏着一个古罗马军队里用的长筒号一样的乐器，旋律十分奇特。还有一辆由牛牵引着的小车，就如童年时期我在维吉尔－赫尔汉的书中看到的插图那样，牛轭和牛的额头之间垫了一小块皮垫子，上面饰有红花和亮闪闪的阿拉伯图案。一些打着赤脚的少女路过那里，她们都梳着好似后期罗马帝国雕像一样的发型。我瞧见了其中的一个姑娘，长得十分迷人。她坐在炉旁，炉子上烘烤着一些水果，正在微微地冒着热气。她抬头仰望着天空，一双蓝色的大眼睛里充满了忧伤，就好像两颗杏仁镶嵌在她那被阳光晒得黝黑的面庞上。她的脖子上戴着一串玻璃珠项链，恰好颇为艺术地遮挡住了她脖子上一个天生的甲状腺肿块。她就是这般将美丑集于一身，仿佛一尊蹲在祭坛前的印度塑像。

突然，人们穿过了一片草原，细谷微启朱唇，一下子将山顶树丛掩映下的一处美丽的遗址展现在人们眼前，这便是赖星贝格。中世纪劳动权战争时期，那些自称为"地区灾星"、让人闻风丧胆的强盗骑士之一就曾在此地居住过。邻城徒劳地哀叹，皇帝徒劳地传唤那些贵族强盗，铁人把自己关在大理石房子里，继续大胆地尽情狂欢、放肆抢夺，哪怕被教会逐出、哪怕被议会判刑、哪怕被皇帝追捕，一直活到他的白胡子垂至腰际。我进入了赖星贝格。在这个荷马史诗风格的洞穴里，几乎没有什么可看，除了一些野生的萝卜属植物，从窗户透出来映射在废墟上的斑驳光影，两三头正在废墟草地上的奶牛，大门上被锤头敲得只剩一部分的纹章，还有游客脚底下时不时被爬行动物触碰开的石块。

我还参观了位于赖星贝格山丘后面的几座破房子，如今几乎都快认不出来它们旧时的模样了，它们属于一个"剃须匠的村庄"，这个村庄如今已经消亡。

下面我来讲讲这个"剃须匠的村庄"。

红胡子腓特烈因为多次十字军东征，从而招致魔鬼的怨恨。有一天，魔鬼打定主意要割掉他的胡子。于是一个真正高明的恶作剧、一个为魔鬼戏弄皇帝量身打造的游戏开始了。魔鬼和当地的一名达利拉女巫合谋，他们不知道使用了一种什么样让人难以置信的方法，可以使这位红胡子皇帝在路过巴哈拉赫的时候沉睡不醒，然后便让城中众多剃须匠中的一人为其剃掉胡须。然而那个时候的红胡子皇帝还只是苏阿博公爵，正在和美貌的热拉谈恋爱，他曾经迫使维斯贝尔的一名老仙女答应帮他对抗魔鬼。这名矮个子仙女长得胖胖的，身形就像是一只小蚱蜢，她去找了她朋友中最憨厚的巨人，请求他将口袋借给她用。

巨人答应了仙女的请求，甚至好心地提出陪仙女一起去，仙女欣然接受。小个子仙女很有可能长高了一些，她在红胡子皇帝经过巴哈拉赫的前一天晚上到达了那里，趁着城中的剃须匠正在酣睡之际，将他们一个个抓住并放进了巨人的口袋。随后，她让巨人背起这个口袋，让他随便把口袋背到远方的任何一个地方去。巨人一方面因为天黑，另一方面因为太过憨直，并没有看到老仙女在城中干了些什么。他听了老仙女的话，背起口袋，大步流星地越过了沉睡中的城市。然而，巴哈拉赫的剃须匠们在口袋里你挤我、我碰你，渐渐醒了过来，开始在口袋里乱窜乱动。巨人感到害怕，随即加快了脚步。当他路过赖星贝格的时候，因为碰到了大塔楼，便将腿抬高了一点。而有一名剃须匠的衣服口袋里正好装了把剃须刀，只见他拿出剃刀，在巨人的口袋上划开了一个大口子，所有的剃须匠都从口子里掉了下来，他们发出恐怖的尖叫声，一个个掉进了荆棘丛中，摔得鼻青脸肿，连衣服都摔烂了。而巨人则以为背上背了一窝魔鬼，吓得一溜烟逃跑了。第二天，当皇帝到达巴哈拉赫时，城里连一个剃须匠都没有。而当魔鬼贝尔泽布特也赶到的时候，一只乌鸦栖息在城门上，用嘲讽的口气对魔鬼大人说道："我的朋友，你的脸正中有一大坨东西，你只有用最明亮的镜子才能看见，也就是说，有人在用拇指顶着鼻尖而摇动其他四指对你表示轻蔑呢！"从那以后，巴哈拉赫城里就再也没有剃须匠了。确定的是，甚至到了今天都不可能在该城中找到一个开理发店的人。至于那些被仙女藏起来的剃须匠们，他们就在其坠落之地安下家来，在那里建立了一个村庄，取名为"剃须匠的村庄"。就这样，这位红胡子的腓特烈一世皇帝保住了他的胡子以及他的绰号。

除了"鼠堡"、"猫堡"、卢尔勒、瑞士山谷和赖星贝格以外，在圣高阿尔附近还有一处叫做莱茵菲尔斯的地方，刚才我对您曾提过这个地名。

一整座山从内部被挖空，山顶上有一些废墟作为羽冠；两三层楼高的套房，还有像是被巨大的鼹鼠掏空的地下长廊；巨大的残垣断壁；拥有五十法尺开度尖形穹隆的巨型大厅；七间单人牢房，其下面的地牢充满了腐水，腐水碰撞在一块石头上，发出了阵阵响声；城堡后面的小山谷里有一些水磨发出的声响；从这个高度望下去，透过建筑的缝隙可以望见莱茵河上有几艘蒸汽渡船驶过，仿佛一条长着黄色眼睛的绿色大鱼，面上泛起层层水花，鱼背上则驮着人群与车辆；还有一座已变成巨大破屋的黑森诸侯的封建城堡；大炮和投石器上的铁箍就像古老罗马竞技场里的猛兽圈棚，只不过那里已杂草丛生；打那儿走过去，古城墙已从中间断裂，圣西尔城堡的螺旋形楼梯已经损毁，残垣断壁堆积在地上，其剥蚀的纹路看上去像极了一个远古时代的巨大贝壳；未经雕琢的板岩和玄武岩好似拱门上的锯齿和张开的颌；大腹便便的巨大城壕已化为一整块石头，更准确地说，是侧卧着，就像它感到极度疲倦，不愿再站立起来。这就是莱茵菲尔斯。花上两个苏便可以参观这一切。

　　这片遗址下的土地好似发生过震动，只不过那不是真正的地震，而是拿破仑曾经从这里经过。1807 年，拿破仑皇帝曾让人炸掉了莱茵菲尔斯。

　　有件奇怪的事情：除了教堂的四面墙，其他的一切都坍塌了。当人们穿过位于可怕败乱的城堡正中间这块唯一幸存的和平之地时，难免会产生一种莫名忧伤的情绪。在每面窗扇上都有两条严肃的文字说明：圣弗朗西斯·德波拉，卒于 1500 年；圣弗朗西斯，卒于 1526 年——圣多米尼居斯，卒于……（被抹掉）；圣阿尔贝居斯，卒于 1292 年——圣诺贝尔杜斯，卒于 1150 年；圣贝尔纳杜斯，卒于 1139 年——圣布鲁诺，卒于 1115 年；圣贝内迪克居斯，卒于 1140 年——此外还有一个名字被擦掉了。就这样一环一环地沿着基督纪年追溯，终于看到了三行庄严的说明：伟大的圣巴西留斯，恺撒派往卡巴多斯的主教，东方修士的领袖，卒于公元 372 年——在伟大的巴西留斯旁边，也是教堂的门下，还刻着两个名字：伟大的圣安东尼留斯，隐士圣波鲁斯——这就是炸弹和火药来不及炸毁得以保存下来的一切。

这座在拿破仑时代被炸毁的城堡也曾在路易十四面前颤抖过。在卢浮宫夹层的请愿室印刷的旧版《法兰西报》曾在1693年1月23号那一期宣布："黑森腓特烈大公将圣高阿尔和莱茵菲尔斯的所有权转让给黑森·卡泽尔大公，其本人将去往科隆度过余生。"随后一期，即2月5号那天出版的报纸又告知人们："五百农民和士兵一起修建莱茵菲尔斯的要塞堡垒。"半个月后，报纸又宣布："庭根伯爵让人在莱茵河上架起了锁链，修建了棱堡。"为什么黑森腓特烈大公会逃走？为什么五百农民会和士兵一起奋战？为什么要急匆匆地在莱茵河上架起锁链及修建棱堡？一切都是因为伟大的路易十四皱起了眉头，对德国的战争即将重新爆发。

如今，红色砂岩雕刻而成的大公冠冕仍然镶嵌在大门处的墙上，而莱茵菲尔斯已隶属于一处分成制租田。那里长着几根发育不太好的葡萄藤，三四只山羊正在啃食着上面的嫩叶。夜幕降临，整个废墟连同其窗扇的剪影清晰地呈现在空中，形成一大片蔚为壮丽的景观。

沿着莱茵河而上，在距离圣高阿尔一普里（普鲁士的里，如同西班牙的里卡、土耳其的行进小时距离，相当于法国的两法里）的地方，人们突然发现在两座山之间有一座封建小城，这座小城从半山腰的地方一直延伸至莱茵河畔，城内有一些我们只能在巴黎歌剧院旁边才能见到的古老街道，还有十四座筑有雉堞、上面多少爬有一些常春藤的塔楼，以及两座最纯粹的哥特式大教堂。这就是欧贝尔韦瑟尔市，它也是莱茵河畔遭受过最多炮火洗礼的城市之一。城市里的古老城墙上布满了大炮轰炸过的痕迹，以及子弹射击后留下的弹孔。在墙上观察炮洞，就好像是在阅读隐迹纸本，人们可以认出哪里是特里尔大主教的铁制大圆炮弹，哪里是路易十四的远程大口径火铳炮弹，以及哪里是革命的枪弹。如今，欧贝尔韦瑟尔市已经从年迈的老兵化身为葡萄种植者，那里的红酒品质一流。

　　如同莱茵河畔绝大多数城市一样，欧贝尔韦瑟尔的山顶上也有一座已成废墟的城堡：舍恩贝格，它也是欧洲最让人惊叹的遗址之一。正是舍恩贝格，十世纪的时候，有七位喜欢恶作剧的残暴女郎曾在此居住。今天，人们透过城堡的缺口，还可以看到河的正中央伫立着的由她们化身的七尊岩石。

　　从圣高阿尔走到欧贝尔韦瑟尔的这段旅程充满了无限的诱惑力。道路一开始是与莱茵河并行的，之后突然变窄，夹在高大的山丘之间。看不到一所房屋，也几乎没有行人。这是一处荒凉、寂静、原始之地。被侵蚀得比较厉害的板岩层露出河面，好似巨大无比的贝壳群覆盖在河岸上。时不时，人们可以瞥见一种类似蜘蛛模样的巨大物种在荆棘和柳树丛中若隐若现，仿佛埋伏在莱茵河岸边一样。它的形状就像是两根柔软弯曲的长篙穿插交错，中间相交的地方用一个巨大的绳结系上，高高鼓起，长篙的四端则泡在水里。这看上去确实像一只蜘蛛。

　　有时，在一片孤寂中，这个神秘的家伙摆动起来，只见这只丑陋不堪的动物用脚紧紧地钩住它的网，慢慢地抬起身子，而网的正中央有一条美丽的银色鲑鱼正在跳动、蜷缩。

　　到了晚上，人们回到圣高阿尔，因为经过白天美妙的跋涉，一个个早已饿得饥肠辘辘。只见一张长条桌的一端稀稀拉拉地坐着几个男人，他们正在安静地抽着烟；桌上摆放着美味、分量十足的菜肴，其中的小山鹑个头竟然比鸡仔还大。饭桌上，人们终于缓过劲来，前提是您能像尤利西斯一样入乡随俗，有时候碰到什么奇怪的事情也不要大惊小怪，比如说，在一份菜肴中，您看到烤鸭搭配苹果酱，野猪头搭配果酱。晚餐快要结束的时候，外面突然传来了军号声，并夹杂着火枪射击的声音。人们赶紧跑到窗前观看表演，原来是一名法国轻骑兵正在制造圣高阿尔的回声。圣高阿尔的回声一点也不比卢尔勒的回声逊色，其回声效果确实令人赞叹，每一声枪响听上去就像是大炮的轰鸣，一直在山中回荡。每一声军号都无比清晰地在这黑暗的山谷深处回响，就像是一首交响乐，美妙、动听、朦胧、声音渐行渐远，微微带有一点嘲讽，仿佛爱抚您的同时又嘲笑了您。简直难以相信这座沉甸甸、黑黝黝的大山竟然如此充满灵性，它能让人们瞬间陷入幻觉之中。最有想象力的人会说：在阴影之中，在某处神秘的灌木下，有一位孤独的超自然之人，又或者是一位仙女、一位女神，她正美滋滋地戏谑模仿人类的音乐，每当她听到一声枪响，便把半座山扔向地面。这一切既可怕又迷人。如果人们能一时半会儿忘却自己身处旅馆房间的窗前，并把这种不同寻常的感觉当成是尾食里添加的一道菜肴，那效果就更棒了。所有的事情发生得是那么自然：当表演结束以后，一名旅馆的侍应生手持锡盘，只见他绕着大厅为刚才的那名轻骑兵讨赏，而那名轻骑兵则不卑不亢地站在角落里，至此，所有的表演便结束了。每个人都在付了回声的赏钱之后起身离开了餐桌。

8月，圣高阿尔

美因河畔的法兰克福

　　我于某个星期六来到了法兰克福。我有意无意地闲逛了很长时间，在众多式样丑陋的新房屋和相当漂亮的花园所构成的迷宫里转悠，寻找我记忆中的老法兰克福，就这样我突然走到了一条独特的街道入口。街道两边是长长的两排并行的房屋，黑色的房屋灰暗、高大、阴沉，几乎一模一样，但在这一群相似的房屋之间，还是存在着细微的差别，可以看出这些建筑的时代特征；这些房屋一间挨着一间，显得很挤，就好像是由于受到了惊吓而紧紧地互相靠在一起，房屋的梁托之间只有一条狭窄、昏暗的通道；只看得见一些令人混淆的铁栅栏上的独扇大门；所有的门都紧闭着；房子的一楼也只能看见安装了厚厚的铁质百叶窗的窗户；所有的窗户也是紧闭着的；在高一些的楼层，那些木质门面上几乎全都安上了铁条；一片死寂，没有歌声，没有人的讲话声，甚至连人的呼吸声都没有，偶尔能听到从房屋里面传出来压低的脚步声；在门的旁边有一个半开着的铁栅栏式样的窥视孔，朝向阴暗的小巷；到处都是尘土、灰烬、蜘蛛网、虫蛀过的倒塌处，营造出一种不太真实的惨境；建筑物表面散发出一股忧郁、恐怖的气息；路上的一两个行人用一种我说不上来的既猜疑又害怕的神情看着我；在二楼的窗户

上，会悄悄出现一些打扮得十分漂亮的姑娘，她们都有着褐色的脸庞，身材玲珑有致；或者在模糊的玻璃后面，可以看到一些老妇人的脸，一个个长着鹰钩鼻，梳着古怪的发型，一动不动，面色惨白；在一楼的小径里，到处堆积着包裹和货物；与其说这是房屋，倒不如说像城堡，与其说城堡，倒更像是洞穴，与其说有行人路过，倒不如说是幽灵在飘荡。——我来到的是犹太人居住的街道，而且那天正好是安息日。

在法兰克福，还居住着犹太人和基督徒：蔑视犹太人的真正基督徒和憎恨基督徒的真正犹太人。双方彼此厌恶，避之唯恐不及。我们的文明讲究的是各种思想的调和，并致力于消除所有愤怒，所以我们无论如何也理解不了这种陌生人之间相互投去的憎恨目光。法兰克福的犹太人居住在他们凄凉的房屋中，他们一般躲在后院里以躲避基督徒对他们的憎恨。1662 年，这条犹太人居住的街道经过重修并稍微扩宽了一些，而 12 年前，在这条街道的两头还安装着铁门，里里外外都装上了铁栅栏。夜幕降临的时候，犹太人回到家中，铁门便关上了。人们像防鼠疫病人一样从外面把他们锁住，而他们则像被围困的人一样从里面将自己封闭。

犹太街不是一条街道，而是一座城中城。

从犹太街出来，我找到了老城。我方才真正进入了法兰克福。

法兰克福是一座到处都有人体像柱的城市。我从来没有在别的任何地方看到比法兰克福更多的巨大驮物雕像群。简直不太可能看到这么多的大理石、石头、铜、木头经过打造，发出呻吟、呼喊，样式是那么丰富，手段是那么残酷，无所不用其极。无论人转向哪一边，都能看到各种可怜的雕像，各种年代、各种风格、各种性别、各种年龄、各种幻象，它们在巨大的压迫下正痛苦地扭曲、呻吟。长着羊角的森林之神、佛拉芒峡谷的仙女、小矮人、大巨人、人面狮身的斯芬克斯、巨龙、天使、恶魔，所有这些不幸的超自然的人物，都被一个魔术师抓住，就好像这个厚颜无耻的家伙要同时对付出现在所有神话故事中的人物，把他们关在石化的空间，用铁链将他们拴在柱顶旁、额枋和拱墩的下面，将他们的半个身子砌在墙里。一些像柱托举着阳台，一些像柱支撑着墙角塔，这些都是房屋最沉重的部分；还有一些像柱的肩膀上扛着某个身着镀金锡质长袍、神情傲慢的铜质黑人，或者是一位巨大的石刻罗马国王，身着路易十四时期的豪华盛装，戴着浓密的假发，披着宽松的大氅，端坐在扶手椅上面，旁边是他的讲台、作为祭器的皇冠以及他那带有荷叶边帐檐和宽大帷幔的华盖；还有一件按照奥德郎原作复制而成的巨雕，它是用一块二十法尺高的整石雕刻而成的圆雕作品。这些奇迹般的雕刻品都是各个旅馆的招牌。在这些惨无人道的重压之下，人体像柱或愤怒、或痛苦、或疲惫地扭曲成各种各样的姿势。一些像柱垂着头，一些半扭着身子，一些还扭曲着胳膊，将双手叉在腰间，或者将手压在他们那膨胀得快要爆炸的胸膛前。里面有高傲的赫丘利，单肩扛着一幢六层楼的房屋，并向众人挥舞着拳头；有双膝跪地的悲伤的驼背火神休尔甘；有不幸的美人鱼，其分叉的鱼尾在墙角石之间可怕地蜷缩着；有被激怒的长着狮头、羊身、龙尾的吐火怪物正愤怒地互相撕咬；还有些人像或哭泣、或强颜欢笑、或向行人扮着恐怖的鬼脸。我注意到有很多小酒馆都悬建在人体像柱的上面，酒馆大厅里总回响着玻璃杯的碰撞声。好像这就是法兰克福古老的自由资产者们的品味，让受苦的雕像来承载他们的盛宴。

在法兰克福，最可怕的噩梦不是俄罗斯人的侵犯，不是法国人的入侵，不是遍布全国的欧洲战争，不是像过去那样再次爆发将整座城市分裂成十四个区的内战，不是斑疹伤寒，不是天花病毒，而是哪一天这些人体像柱忽然醒来，挣脱铁链进行报复。

法兰克福众多奇特处之一，我害怕很快就会消失的，便是屠宰场。它整整占据了两条街。几乎在哪里都不可能看见一大堆诱人的鲜肉就这么摆放在黑暗而陈旧的房屋前。我不知道大快朵颐的神情是如何刻印在这些雕刻得稀奇古怪的板岩色房屋上的，房屋的底层就像是一张完全张开着的深不见底的嘴巴，正吞食着不计其数的牛羊肉块。沾满鲜血的男屠夫和那些穿着粉红色衣服的肉店女老板正在火腿的花环旗下优雅地聊天。一条被两股喷泉冲淡了点颜色的红色小溪在街道的正中央流淌，还冒着热气。当我经过那里的时候，恐怖的尖叫声不绝于耳。几个样子恐怖的无情的少年屠夫正在对那些小乳猪进行着一场屠杀。挎着篮子的女仆们则在嘈杂声中大笑。这会让人产生一种不太容易觉察到的可笑情绪。不过，我得承认，如果我早知道会有一个屠夫抓住小乳猪的两条后腿，把它拖到我的面前，而那只小乳猪一声不吭，根本不知道人们会对它做些什么，一点都不谙世事，我一定会把它买下来，救它一命。有一个四岁的漂亮小姑娘，她和我一样，充满同情地看着这一切，她好像是想通过其目光来鼓励我这么做。我却没有按照那迷人的眼睛传递给我的意思来做，我竟然违背了这温柔目光的意思，对此，我深感自责。一个精美而巨大的金字招牌悬挂在一块呈 T 字形的铁架上，它应该是世界上最漂亮、最贵重的招牌，它的上面架着一个皇冠，整个凌驾于这座足以和中世纪的巴黎城媲美、令人惊叹的剥皮场之上，在它面前，就连十五世纪的卡拉达吉罗恩和十六世纪的拉伯雷也一定会被惊得目瞪口呆。

从屠宰场出来，人们来到了一个不算十分宏伟的广场，它和弗朗德勒差不多，虽比不上布鲁塞尔的古市场，但还是值得赞美和欣赏的。这是城中众多的梯形广场中的一个，在它的周围，矗立着一些典型的房屋，代表着中世纪和文艺复兴时期资产者所拥有的建筑物的各种风格以及各种变化。那个时期，根据年代和喜好，所有装饰都能派上用场，简直堪称奇迹，无论是板岩的还是石头的，无论是铅制的还是木头的。每一个门面都有其自身的价值，与此同时又符合广场的整体构建与和谐。在法兰克福，和布鲁塞尔一样，总有两三幢崭新的房屋，看上去很笨的样子，就像是一群聪明人里出现了两三个蠢材，它们虽然破坏了广场的整体美观，但却更加凸显出与之相邻的古老建筑的美感。还

雨　果

散 文 精 选

有一处绝妙的十五世纪破旧房屋，我也不知其确切用途，它由一座教堂大殿和一座市政府钟塔组成，矗立在广场的一角，看上去高贵而优雅。朝着广场中间走去，毫不对称地冒出两股喷泉，看上去就像是两处茂盛的灌木丛，这显然没有人做过任何安排，两股喷泉中的一股属于文艺复兴时期，另一股则是十八世纪的。在这两股喷泉之上，出于某种奇特的巧合，两位女神面对面地相遇于此，各自矗立在自己的山顶上，她们就是密涅瓦和朱迪特，一位是荷马风格的凶悍女神，一位是《圣经》里的泼辣女神；一个手里提着美杜莎的脑袋，一个手里提着奥罗菲尔的头颅。

朱迪特，漂亮、高傲、迷人，四条有名的美人鱼在她的脚边吹奏着喇叭，此时，她代表的是文艺复兴时期的一名英勇的女孩。朱迪特曾用左手高高举起奥罗菲尔的头颅，现在那颗头颅已经不在，取而代之的是她右手所持的宝剑。风把她的长裙吹了起来，裙角飘到了大理石的膝盖上面，从而露出了她那修长结实的双腿。从来没见过连长裙的褶皱都可以透出一种骄傲。

有一些人解释说，这尊雕像代表着正义女神，她的手上拿的不是奥罗菲尔的头颅，而是一座天平。我根本就不相信这些说辞。左手拿着天平，右手握着宝剑的正义之神代表的应该是非正义才对。再说，正义女神可不应该如此美丽，更不应该高撩裙角。

在这尊雕像的对面，耸立着三面并立着的罗马式大教堂的人字墙，还有教堂那黑色的墙表以及五扇高低不等的沉重窗户。

过去，人们就是在这座罗马式大教堂里选举皇帝；随后就在这个广场宣布结果。

现在还和过去一样，都是在这个广场上，举办法兰克福著名的两次集市：一次在9月，1240年由腓特烈二世下诏建立；另一个则是复活节集市，1330年由路易·德巴维耶创建。集市的岁数超过了所有皇帝和帝国。

我进入了罗马式教堂。

我在里面闲逛，连一个人都没有遇到，我先是进入了一个低矮畸形的大厅里，它是尖形拱肋穹顶，里面挤满了集市上小屋式样的商铺；接着，我来到了一个宽敞的楼梯旁，其扶手是路易十三时期的风格，楼梯的墙上挂着一些难看的油画，而且没有画框；随后，我又穿过了众多昏暗的通道；在敲过所有的门之后，我终于找到一名女性工作人员，她在听到"皇帝"这个词之后，从厨房的钉子上取下一把钥匙，把我带到了皇帝的厅堂。

这名笑脸盈盈的胆大姑娘首先让我进入了选帝侯大厅，我想，如今这里应该是用作法兰克福市上议院的议会大厅。就是在这里，选帝侯或者他们的议员们宣布他们中的罗马王当选为皇帝。当时主持会议的美因茨大主教就坐在两扇窗户之间的扶手椅上。随后，其他人围坐在一张铺着皮子的大桌子旁边，每个人头上天花板的位置都绘有纹章。美因茨大主教的右边分别是特里尔、波希米亚和萨克森的大主教，左边分别是科隆、巴拉丁、勃兰登堡的大主教，对面则坐着布伦瑞克和拜恩的大主教。当游客们亲眼看见、亲手触摸到选定德国皇帝时用过的桌子上那块布满灰尘的红棕色皮子时，会有一种简单里蕴含着伟大的感觉。除了桌子已经被搬到隔壁大厅外，今天的选帝侯大厅还是维持了其十七世纪的原貌。天花板上的九个纹章环绕着一幅难看的壁画；有一幅红锦缎的帷幔；有一些绘有名人肖像的镀银铜质烛台；还有一面带木框的大镜子；就在镜子的对面，人们于上个世纪对称地摆放了一幅约瑟夫二世的全身画像；在门的上方，也就是窗间墙的上面，还有一幅查理大帝孙辈中最小的一个的肖像，他死于公元910年执政期间，德国人都称呼他为"圣子"。再没有其他的物品了——整个大厅显得庄重、肃穆、宁静，比起让人观看，它更多地发人深思。

参观完选帝侯大厅之后，我看到了皇帝大厅。

14世纪的时候，一些伦巴第商人在罗马式教堂留名，并在那里面开店，他们诞生了一个想法，即在大厅周围的墙上建一些壁龛，用以摆放他们的商品。其中有一个建筑师，我们已经无法得知他的名字，他测量了大厅四周的长度，并建起了45个壁龛。1564年，马克西米利安二世在法兰克福当选为皇帝，并在这个大厅外的阳台上向民众示意，所以从马克西姆二世起，这个大厅取名为皇帝厅，并用作皇帝宣布上任的场所。这个时候，人们想到了要好好地装饰一番，第一个想法就是要在皇帝厅墙上开凿出来的壁龛里放置自查理大帝家族灭亡后所有当选和加冕的德国皇帝的肖像，还要将空着的壁龛留给未来的皇帝们。仅从公元911年的康拉德一世到1556年的费迪南一世，就有36位皇帝在亚琛举行加冕礼，再加上新罗马王，给未来国王的空壁龛只剩下8个。这也太少了。事情还是要办的，人们计划扩建大厅以备不时之需。就这样，按照大约一个世纪出四个皇帝的速度，壁龛渐渐地被填满了。1764年，当约瑟夫二世登上宝座加冕为帝时，就只剩下一个空位了。人们再一次认真地考虑要扩建皇帝厅，为五个世纪前由伦巴第建筑商人设计打造的壁龛增加新的位置。1794年，佛朗索瓦二世，即第45任罗马王占据了第45个壁龛。这是最后一个壁龛，也是最后一位皇帝。大厅的壁龛被填满了，日耳曼帝国也垮台了。

　　这个不知道其名字的建筑师，就是上天的安排；这个含45个壁龛的神秘大厅便是德国的历史，查理大帝家族灭亡后，就只应该产生45位皇帝。

　　事实上，就在这里，在这个宽敞、冰冷、十分黑暗的长方形大厅的一角，堆积着一些废弃的家具，在这些家具里面，我就看到了曾经围坐着选帝侯们的那张桌子，上面还铺着皮子；大厅的东头，从五扇宽度不等的窗户透进来一点微弱的光亮，窗户按照外面人字墙的走向形成了金字塔的形状；在挂满褪色壁画的四面高墙之间，在从前被镀成金色的横拱肋穹顶之下，只剩下一个明暗交界处，就仿佛是遗忘开始的地方。所有的青铜半身像都绘制雕刻得十分粗糙，底座上刻有两个日期，即每位皇帝统治的起止日期；有一些像罗马恺撒大帝一样，头发上戴着桂枝环，另一些则佩戴着日耳曼冠冕形发饰。就在这里，每个人都在属于自己的昏暗壁顶下，静悄悄地互相注视着：三位康拉德，七位亨利，四位奥托，一位罗泰尔，四位腓特烈，一位菲利普，两位罗道夫，一位阿道夫，两位阿尔贝，一位路易，四位查理，一位瓦茨拉斯，一位罗伯特，一位西吉斯孟德，两位马克西米利安，三位费迪南，一位马蒂亚斯，两位莱奥波德，两位约瑟夫，两位佛朗索瓦。从公元911 年到 1806 年的将近九个世纪中，共有四十五个幽灵穿越了世界的历史，他们一手握着圣彼得的宝剑，另一只手里则托着查理大帝的地球。

在与五扇窗户相对的那一头，靠近穹顶的地方，有一幅很平常的油画，画的是所罗门的审判，油画已经变黑并开始剥落。

当选帝侯们终于选出了他们的皇帝，法兰克福议院的议员们就在这个大厅中集会；按照城市的十四个城区分成的十四组资产者就会聚集在外面的广场上。这时候，皇帝厅的五扇窗户向民众打开。中间的那扇大窗户上面围着帷幔，却是空的；右边那扇中等大小的窗户外面有一个安有黑色铁栏杆的阳台，在那里，我注意到了美因茨大主教的轮子；随后，皇帝出现了，单独一人，身着皇袍，头戴王冠。在他右边的小窗子里，聚集着三位选帝侯，他们是美因茨大主教、特里尔大主教和科隆大主教。在空荡荡的大窗户左边的另外两扇窗子里，中等大小的那一扇里面，站着波希米亚大主教、拜恩大主教和莱茵河选帝侯；而在小的那扇窗子里则站着萨克森大主教、布伦瑞克大主教和勃兰登堡大主教。在罗马式大教堂正前方的广场上，有一块由卫兵围成的既宽敞又空旷的方地，里面有一大堆燕麦，一个装满了金银钱币的罐子，还有两张桌子，一张上面放着一个银盆和一个镀金的银质广口瓶，另一张上面放着一头烤全牛。当皇帝驾到的时候，喇叭与铙钹齐奏，尔后，神圣帝国的元帅、司法大臣、司酒大臣、司珍大臣和司厨大臣列队进入广场。在一片欢呼声和军号声中，大元帅骑马爬上了那个燕麦堆，等燕麦一直没过马鞍肚带的时候，他装上了满满一银器的燕麦；司法大臣拿起了桌上的银盆，司酒大臣在镀金的银广口瓶里盛满了酒和水；司珍大臣从罐子里抓起钱币，大把大把地朝人群里扔去；司厨大人则从烤全牛上面切下一块肉来。这个时候，帝国的掌玺大臣出现了，他高声宣布新的恺撒皇帝即位，并宣读誓词。当他宣读完毕，大厅里的议员和广场上的有产者便会庄重地回答：是。而在宣读誓词时，新即位的皇帝已经拿到了皇冠，握住了利刃剑。

从 1564 年到 1794 年，就在这个如今已经被人遗忘的广场，就在这个如今已经荒芜的大厅，共举行过九次如此盛大的庆典。

选帝侯们依靠世袭得到帝国的管理职责，不过却是由议员们代为行使。中世纪的时候，那些从属王朝非常看重这份至高无上的荣誉，他们坚持实施一项新政，即在取代了罗马帝国的两大帝国中担任重要的职务。每个亲王都向距离其最近的帝国中心靠拢。波希米亚的国王曾经担任过德意志帝国的司酒大臣，威尼斯总督也曾在东帝国任过职。

在罗马式大教堂里宣告即位之后，还得去教会进行加冕。

我也照着这一套礼仪程序，从皇帝厅出来，去到了教堂。

作为献给圣巴托雷米的法兰克福教会教堂，有一个由两个十四世纪风格的交叉甬道构成的教堂大殿，上面有一个十五世纪风格的漂亮塔楼，可惜尚未完工。教堂和塔楼都是用漂亮的朱红色砂岩建成，由于年代久远，颜色已经发黑并且锈迹斑斑，只有内部进行了粉刷。

这仍然是一座比利时风格的教堂。白色的墙，华丽的石雕祭台，五彩的坟墓以及众多的油画和浮雕，没有彩绘玻璃窗。大殿的里面，有神情严肃的大理石骑士，有居斯塔夫·阿道夫时期的美髯大主教，不过他却长着德国雇佣兵的脑袋；有令人惊叹的石质小尖塔，仿佛是出自仙女们的巧手；有华丽的铜质烛灯，让人联想到炼金术士热拉尔·东的那盏灯；有一幅绘于十四世纪的"墓穴中的耶稣"油画，还有一个雕刻于十五世纪的"濒临死亡的圣母"。祭室里面，有一些奇特的壁画，壁画中有面目狰狞的圣巴托雷米，迷人的玛德莱拉；有一个大约1400年的原始粗犷的细木护壁板。这些护壁板和壁画都是英格莱姆骑士赠送的，他让人画了一幅他跪在角落里的画像，并在脸上绘着金色的人字形条纹。墙上，有一整套日耳曼骑士所特有的奇怪的高顶头盔和骇人的鸡冠状盔顶饰，它们就像厨房金属厨具中的有柄砂锅和漏勺一样被挂在钉子上。在门的附近，有众多巨型挂钟中的一个（看上去如两层楼的房屋一样大），一套分为三册的书，一本有20首歌的诗集，一个世界。上面，在一个宽大的佛拉芒三角楣的上方，有一个如花朵怒放般的日暑；下面，在一个好像洞穴的空间尽头，有一堆乱七八糟搅在一起的粗铁丝，乍看还以为是黑暗中不停移动的魔虫触角，原来是年暑正神秘地辐射出光芒。上面转动着的是小时，下面流转着的是季节。金光闪闪的太阳，黑白相间的月亮，蓝天上的繁星都在复杂地运转着，并在挂钟的另一头展示出一系列小幅画面，有小学生在滑冰，老年人在烤火，农民在收割小麦，牧羊女在采摘花朵。一些油漆有点脱落的格言和警句在失去一些镀金层的星光照耀下的天空里闪耀。每当指针指到一个数字的时候，大钟三角楣上的门便会打开、闭合，拿着锤子的金属小人就会突然出来、进去，一边跳着奇怪的祝捷舞蹈，一边敲响大钟的金属铃。一切就在高墙中甚至教堂内生存、跳动、轰鸣，发出只有困在海德堡大桶里的抹香鲸才有的声音。

这个教会教堂还拥有一幅令人惊叹的万狄克的名画"耶稣受难日"。阿尔贝·杜雷和鲁本斯也各有一幅名为"圣母膝上的耶稣"的画像。从外表看，这两幅画表现的是同一个主题，但其实两幅画还是各有不同。鲁本斯画的是圣母的膝上放着婴儿时期的耶稣，而阿尔贝·杜雷画的却是受难的耶稣。第一幅画中的优雅和第二幅画中的痛苦都表现得不分伯仲。两位画家都表现出了各自的才能。只是鲁本斯选择了生，阿尔贝·杜雷却选择了死。

还有一幅画，将痛苦和优雅结合在一起，这是十六世纪的一幅画在皮子上的珍贵画作，表现的是圣女塞西尔的坟墓里面的场景。而画框则由圣女一生中所有最主要的生活片断组成。画面中间是在一间昏暗的地下室里，圣女俯卧着，身穿一件金色的长裙，脖子上有斧头砍过的伤痕，伤痕呈粉红色，十分精巧，看上去就像迷人的嘴唇，让人产生跪吻的冲动。人们仿佛听见圣女优美的歌声。在敞开的棺木上方，写着金色的文字："这就是圣女塞西尔躺在棺木中的形象，此处表现的是其原貌。"事实上，十六世纪有一个教皇，我想是雷昂十世吧，他让人打开了圣女塞西尔的坟墓，所以说，这幅令人陶醉的画作表现的就是这尊神奇尸体的真实原貌。

　　自马克西米利安二世以来，人们就是在教堂的中央、祭室的入口、耳堂与大殿的交叉甬道上为皇帝加冕。在耳堂的一个角落里，我看见了巨大的皇帝头冠，它被包裹在一个形状好像婴儿的防跌软帽一样的灰色纸袋中，加冕的时候，会将它悬挂在人们头顶上方的一个黄金质地的构架上。我记得一年前，我曾经见过查理十世加冕时用过的那张有百合花图案的地毯，它被卷了起来，用绳子系着，被人遗忘在兰斯大教堂顶楼的一辆两轮车上面。就在祭室大门的右边，确切地说就在皇帝加冕处的旁边，哥特式风格的细木护壁板正不无得意地展示着刻在橡木上的题材相反的对照：被剥了皮的圣巴托雷米将他的皮挂在手臂上，充满蔑视地看着他左侧的魔鬼，魔鬼骑在一座富丽堂皇的金字塔上方，金字塔由主教冠、王冠、盾形纹章、罗马教皇的三重冕、权杖、宝剑和皇冠组成。稍远处，新加冕的皇帝可以在那张人们有可能将他藏匿的壁毯下面，不时地隐约看见那位不幸的假皇帝贡戴尔·德施瓦茨贝格的石质鬼魂在阴暗处靠墙站着，仿佛幽灵显形。他的眼中充满了宿命和仇恨，一手拿着他的跃狮盾牌，另一只手拿着他的皇帝高顶盔。这座高傲而又可怕的坟墓，在二百三十年间，目睹了皇帝们的登基大典，而这里蕴含的冷酷和悲伤之情却比这纸醉金迷的庆典维持了更长的时间。

我想登上钟楼。那个一点法语都不懂的敲钟人把我带到了教堂里面，刚开始爬了几级台阶就丢下了我，让我一个人独自上楼。到了上面，我看到楼梯被一根包铁栏杆挡住了，我大声呼喊，却没有人回答；于是我抓住一个东西跳了过去。翻越了障碍之后，我来到了楼顶的平台上。在这里，映入眼帘的是一幅迷人的景象。我的头顶上，是灿烂的阳光；我的脚下，是整座城市；我的左边，是罗马教堂的广场；我的右边，是犹太街，它在一堆白色的房屋中间，就好像是一条长长的笔直的黑色山脊；到处都可以看到几个还没有完全被破坏掉的古代教堂的圆形屋顶，两三座矗立在塔楼间的警钟楼，上面雕刻着法兰克福雄鹰，它们在鸣叫着，仿佛在制造着回声；地平线远处，有三四个古老的船员瞭望台，从前，这里是用来标记自由王国的界限的；我的身后，是美因河，银色的河面被来往的船只划出了一道道金色的条纹；还能看见一座古桥、萨克森豪森城堡的屋顶、古老的条顿人所居住的房屋的红色墙壁；在城市周围，围着一条带状的茂密树林；树林过去，是一大片如圆桌般的平原和农田，视线的尽头则是陶劳斯山的蓝色圆形山顶。当我靠在1509年修建的钟楼上的残垣断壁上胡思乱想时，飘过来一团团云彩，在天空中涌动，天空忽明忽暗，并在大地上到处投下一大片的阴影或阳光。这座城市和这样的视野是如此地让人陶醉。云彩仿佛给大地穿上了一件虎斑皮衣，再没有比这更加美妙的风景了。如果改天我一个人独自站在塔顶，我一定会在这里呆上一整天的时间。突然，我听见身旁有一点动静，我转过头看，只见一个大约14岁的少女，从天窗里探出半个身子，微笑地看着我。我向前走了几步，路过一个角落，还没等我完全通过角落，就发现自己来到了钟楼上的居民中间。这里是一个温馨而幸福的小小天地。一个年轻的姑娘正在织着毛衣；一位老妇人，可能是这个姑娘的母亲，正在摇纺车；鸽子栖息在钟楼的檐槽喷口上，正咕咕地叫着；一只好客的猴子从它的小屋中向您伸出手来；大钟的钟槌上下摆动着，发出沉闷的声响，像是在乐此不疲地让举办皇帝加冕的教堂里的木偶人也活动起来。在这样的情景下，再加上这种高处的宁静，宁静中只有呢喃的微风、和煦的阳光以及美丽的风景——这难道不是一个既纯洁又迷人的整体吗？那个年轻姑娘将放置古钟的小隔间布置成自己的闺房，她把床放在房间的暗处，当她在房间里放声歌唱的时候，其歌声宛如钟声，不过这个声音更加温柔，因为她只为自己和上帝歌唱。在一个尚未完工的小钟楼里，母亲升起了微弱的炉火，那个可怜的锅里煮的正是这几个孤儿寡母的饭食。这就是法兰克福钟楼上面的情景。这家人和动物是怎样，又是为什么在这里？他们在这里干什么？我不知道，但我却十分欣赏。这座骄傲的皇城，它承受过那么多的战争，挨过那么多的枪炮，加冕过如此多的皇帝，它的城墙仿佛是一副甲胄，城墙上的苍鹰的两爪之间各抓着一个王冠，这正是奥地利之鹰曾经戴在它的两个头上的王冠。而今天，一个老妇人的简陋家庭就这样居高临下，为这座城市加冕，从那里还飘出袅袅的炊烟。

9 月于美因茨

　　我的朋友，我现在身处斯特拉斯堡。我的窗户面向阿尔姆广场敞开着。我的右边是一片树丛，左边是蒙斯德大教堂，此时，它的大钟正在用劲地敲着；我的前面，在广场的尽头，有一座十六世纪的房屋，十分漂亮，尽管它被刷上了黄色的油漆，装上了绿色的外板窗；在这座房屋的后面，可以看见一座古老大殿的高高的人字墙，那里是市图书馆；广场的中央，有一间临时搭起的木板屋，据说，那里将竖立起一座克莱贝尔将军纪念碑；广场四周，可以看见一排风景如画的旧房子的屋顶；离我窗户几步远的地方，有一座灯笼式的小塔，小塔下面，有几个金发大肚子的德国小伙子正在叽里咕噜地交谈着。时不时会有一辆敞篷或双篷的轻巧的英国式驿站四轮马车，停在我下榻的"红房子"旅馆门前，马车夫是巴登人。这名巴登马车夫十分迷人，他穿着一件亮黄色上衣，头戴一顶有银线饰带的黑帽子，肩上斜挎着一只狩猎用的小号角，号角上挂着一大束红色的流苏，正好位于他的背部中间。我们的驿站马车夫一般都长得十分丑陋；隆茹默的马车夫简直就是神话；而法国的驿站马车夫一般都身穿一件溅满泥浆的旧外衣，头戴一顶难看的棉质便帽。现在，目所能及的这一切：巴登马车夫、驿站马车、德国小伙儿、古旧的房屋、树木、木板房以及钟楼，再加上美丽的蓝天白云的映衬，您会感觉自己仿佛置身于油画中。

　　此外，我也几乎没有什么特别的遭遇。在邮车里度过了两个晚上，这使我深深地认识到人体这部机器到底有多么强劲。在邮车里过夜实在是件恐怖的事情。出发的时候，一切都好，马车夫甩响他的马鞭，马铃儿欢快地响着，让人觉得既奇特又温馨，马车的跑动让人精神愉悦，感受不到任何的忧愁。渐渐地，夜幕降临，邻座之间的交谈也变得没有生气，人们感觉到眼皮越来越重，邮车的灯笼亮了起来，在换过马匹之后，它又像风儿一样重新出发。天彻底黑了下来，人们也都睡着了。就在此时，道路变得极其可怕，路面凹凸不平、坑坑洼洼，邮车仿佛跳起了舞来。马车已然不是在路上跑了，而是在一条充满了湖泊与山脊的山脉上行进，只有蚂蚁才能看到那壮观的地平线。马车就像是被两只巨大的手紧紧地抓着，不停地朝着两个相反的方向剧烈地晃动，把人们颠得一会儿向后，一会儿向前，一会儿向右，一会儿向左——简直是前仰后合，左摇右摆。这种快乐的复杂运动简直让车身和车轴一样摇晃得厉害，继而又影响到车厢内部。人们坐在车里，就像是有一块拳头般的大石头多达八次地砸在头部的同一个位置上，仿佛钉钉子一般。这感觉太爽了！从此刻开始，人们不再是坐在车里，而是身处漩涡之中，邮车就好像发疯了一样。由龚特先生发明的舒适邮车变成了可怕的简陋马车，伏尔泰式的座椅也只能被当作一个令人厌恶的没有马镫的坐骑。人们跳动、舞蹈、跃起、冲撞邻座——正在睡觉的邻座。其实事情的美妙之处就在于，人还能睡着。一边是牢牢抓住你的睡意，一边是这地狱般的马车。所以，一定会有一个独一无二的噩梦。颠簸睡意中的噩梦是无与伦比的。人们似睡非睡，游离在现实与虚幻之中。这是具有双重性的梦境，人们会时不时地半张开眼睛。一切都变了形，尤其是下雨的时候，就像有一个晚上一样，天空黑漆漆的，或者说根本看不见天空，人们仿佛正在疯狂地穿越一个深潭；马车的灯笼发出微弱的亮光，使马匹的臀部看上去十分诡异；每隔一段时间，小榆树粗乱的树枝就会猛然出现在亮光里，而后消失不见；雨点儿在地上滚动，发出噼噼啪啪的响声，就像是平底锅里在油炸着东西；灌木丛看上去就像正充满敌意地蹲在路旁；石堆好似一具具躺着的尸体；人的视线十分模糊；平原上的树看上去已不再是树，而是丑陋的巨人，只见它们正朝着路边慢慢地靠上前来；古旧的墙就好似掉光牙齿的巨颚。突然，会有一个幽灵张开手臂走过来。白天还是实实在在的路标，它会诚实地告诉您：库洛米埃路，通往塞扎尔；到了深夜，它就变成一个可怕的恶魔，仿佛在诅咒着乘客。然后，不知道为什么，我满脑子都是蛇的形象，就感觉一些游蛇在我的脑海中爬行：斜坡边的荆棘仿佛是发出嘶嘶声的眼镜蛇；马车夫的皮鞭就像飞舞着的蝰蛇，紧追着马车并试图透过车窗玻璃咬您一口；远处，一片雾气中，山丘的轮廓线好似吃得饱饱的蟒蛇的肚子在蠕动；在浓重的睡意下，又仿佛是一条神龙围住了地平线。狂风怒号，宛如疲惫的独眼巨人，会让您想到那些在黑暗中痛苦工作的劳工。万物都生存在这暴风雨之夜所带来的可怕生活中。

人们途经的城市也随之舞动，街道成直角般地忽上忽下，房屋乱七八糟地朝着马车俯下身来，其中的几座用其炭火般的眼睛注视着马车，那是一些窗户里还透着亮光的房屋。

凌晨五点的时候，人们感觉已经散了架；太阳升起时，人们已不再思考。

这就是在邮车中过夜的场景，而且，我跟您说的还是一些新邮车，其实，白天路况好的时候，它们还真是极好的马车。不过，在法国很少有路况好的时候。

亲爱的朋友，您一定可以想到，以这样的方式经过一个地方，我很难让您有一个清楚的认识。我穿过了塞扎尔，留在我脑海中的就是一条长长的破路，低矮的房屋，一个有喷泉的广场，一个开着门的店铺，里面有个男人正在烛光下刨着一块木板。我经过了法尔斯堡，我脑海里留存的是链条和吊桥的声音，打着灯笼观望的士兵，马车冲进城时所通过的黑色要塞大门。

从维特里·上马恩到南锡，我是白天经过的。我并没有看到什么值得特别注意的东西。确实，坐在邮车里，也看不到什么东西。

维特里·上马恩有一个具有洛可可战争风格的广场。圣迪奇埃则有一条长长的宽阔的街道，路边到处都是一些漂亮的路易十五时期用方石砌成的房屋。巴尔迪克风景如画，一条美丽的小河从那里缓缓地流过。我猜想这是奥尔南河，但就我对于河流的了解，我可不太肯定，曾经我就因为把维莱尔河与库阿农河弄混，而激怒了整个布列塔尼。水神总是值得怀疑的，我可不愿意因为这些长着绿色头发的河流而自寻烦恼。所以，就当我什么也没有说吧。

对了，我的整个旅途都与一个正直的外省公证人为邻，我也不知道他的事务所是在南部的哪个小城，他是去巴特度假的，他说过："因为所有的人都是去巴特的。"当然，我们之间也没有什么可以交谈。这位公证人浑身散发着一种带有印花的公文纸的味道，就像兔子的身上总是散发着一股白菜的味道一样。

此外，旅途总是让人变得健谈，我千方百计地试图和他说话，就如狄德罗说过的那样，看他是否能够被"啃动"。我从各个方面试图打开缺口，但却毫无办法，反倒显得有点愚蠢。其实有很多人都像他一样。我就如同那些使尽全力去咬一块假糖果的孩子一样，他们寻找的是糖，可找到的却是石膏。

巴尔城有一大片高高的葡萄坡地，八月的时候，总是绿油油的一片，我从那里经过的时候，它正倚靠着一片湛蓝的天空。在这湛蓝和碧绿之间，在暖暖的阳光照耀下，再没有比这更加自然的景色了。在巴尔迪克的周围，房屋流行这种式样：不是独扇的大门，而是方石门廊，台阶的上方是方形的屋顶，可以说相当的漂亮。您知道，我喜欢评论地方建筑的独特之处，我已经对您说过上百次，只要这个建筑是自然的，没有被建筑师掺染上杂质。气候总是反映在建筑上。尖屋顶说明当地雨水充足，平屋顶说明阳光充沛，石砌的屋顶则说明此地经常刮风。

除此之外，我在巴尔迪克就没看到什么了，只是邮车的驿夫在这里订购了四百罐果酱，足够卖上一年的时间；还有就是当我出城的时候，看见一匹瘸腿老马正好进城，可能是要去屠宰场。您还记得我们可爱的孩子，我们亲爱的小 D 的那个著名的"萨瓦尔"吗？那只玩具马在王家广场的一个阳台角落里搁置了如此长的时间，遭受着各种风吹雨打，它的鼻子是用灰色的纸做的，既没耳朵，又没尾巴，几乎什么都没有了，只剩下了三个小轮子。巴尔迪克这匹可怜的马儿就跟它差不多。

从维特里到圣迪奇埃，一路上的风景乏善可陈。山丘上种的厚厚一层小麦已经收割完毕，枯黄一片，在这个季节里显得十分乏味。再也看不到耕作的人，再也没有收割的人，也没有打着赤脚，低着头，手上拿着一小捆麦穗的拾穗人。一切都是那么的荒芜。时而可以看见一个猎人和他的猎狗，一动不动地站在山丘的高处，明亮的天空下，其侧影清晰可见。

看不到村庄，它们都蜷缩在山丘之间，隐匿在绿色的小山谷里，山谷的下面几乎总是流淌着一条小溪。有时候，人们会偶尔看见钟楼的顶端。

有一次，钟楼的顶端以一种奇特的面貌呈现在我的眼前。绿油油的山丘，就像一片草坪。在这座山丘的上面，人们绝对只能看见教堂塔楼那顶锡制的帽子，它似乎正好戴在高地的上面。这是一顶佛拉芒样式的帽子（在佛拉芒，村庄教堂里的钟楼都是大钟的形状）。从这里，您可以看见在一块宽阔的绿色地毯上面，放着一个被巨人卡冈都亚遗忘的大铃铛。

过了圣迪奇埃之后，路途就变得十分惬意了。四处散布着鲜翠的树林、幽深的山谷，瘦削的山丘偶尔会让人产生错觉，以为是座座高山。

之所以会产生这种错觉，是因为有时候景色虽然很美，但土地却十分贫瘠，山丘高处一副病恹恹、光秃秃的样子。人们感觉大地好像没有力量将它的元气一直传输到这里来。它只是表面上使山丘显得高大；不过，最终它还是使山丘被放大了。

有一座美丽的城市，就是丽涅。三四座山丘在这里汇集成一个星状的山谷，丽涅的房屋全部堆积在这山谷底部，就好像它们是从山丘高处滑落下来的一样。这使这座小城变得令人陶醉；其次，这里还有一条美丽的河流和两座荒废的塔楼。这里的山丘十分迷人，迫于地势，邮车在这里上山时举步维艰，使得我可以下来尾随马车步行，边走边欣赏这座城市的风景。

在图尔大教堂这个地方，我的心中有些疑惑。我怀疑它和奥尔良大教堂有某种相似之处。那座难看的教堂，从远处看时，它会让您充满希望，可是从近处看，您就会大失所望。不过，我对图尔大教堂倒没有那么坏的印象；确实，我也没有从近处去仔细观看它。图尔大教堂位于一座山谷之中，邮车飞快地下到那里，夕阳西下，一缕灿烂的阳光平行地洒落在大教堂的正面；教堂呈现出一副奇特的破旧之貌，它的规模很大，看上去十分漂亮。靠近看时，它是如此破败和陈旧，还有一些八角形的塔楼，这让我心里很不高兴；这些塔楼的顶部都安了栏杆，就和奥尔良的塔楼顶饰一样，这倒是让我十分震惊。然而，我并不想批判图尔大教堂。从半圆形后殿看过去，它还是相当漂亮的。当我们经过图尔桥的时候，我的旅伴问我，洛林的房屋是不是和美第奇的房屋不太一样。

南锡，和图尔一样，也位于一座山谷之中，但却是在一个美丽、宽阔、富饶的山谷里。这座城市没有太多的景致，大教堂的钟塔都是蓬巴杜夫人风格的圆锥形。然而，我还是对南锡产生了好感，首先是因为我在这里用过晚餐，当时我的肚子饿极了；其次是因为市政厅广场是我见过的最美丽、最欢快、最完整的洛可可风格的广场之一。这里装潢得十分漂亮，所有的事物都极其完美地结合在一起，相互衬托出极好的效果：石砌的人造喷泉、修剪得整齐成形的树丛、精工细作给人厚重感的镀金铁栅栏、一座斯塔尼斯拉国王的塑像、一座造作却不失趣味的凯旋门、数座高贵典雅的建筑以智慧的角度排列而完美地连接在一起。路面本身都是用尖形石子儿铺成，一格一格的，就像镶嵌了瓷砖一样。这是一个极具贵族气派的广场。

我十分遗憾没有时间让我仔细并且随心所欲地好好欣赏一下这座整体为路易十五风格的城市。十八世纪的建筑能被建造得如此丰富，足以弥补其庸俗的品味。尽管奇妙在布满怪诞茂盛的花丛的建筑物顶部滋生、发展，可人们不但怒气全无，反而沉醉其中。在一些气候炎热的地方，例如里斯本，同样也是洛可可风格的城市，就像对待其他植物一样，阳光也洒在了这株石质植物之上。就好像植物的汁液流入了花岗岩，液体在里面膨胀，继而破石而出，向四面八方伸出神奇的阿拉伯风格的枝条，骄傲地指向天空。修道院、宫殿、教堂的上面，各种装饰无所不在，各得其所，不管是有道理还是没道理。在里斯本，没有一条三角楣上面的线条是静悄悄毫无装饰的。

同样引人注意的与植物相似的十八世纪建筑，是我在南锡绕着教堂观赏时注意到的，和黑色悲伤的树干一样的蓬巴杜夫人风格的建筑，其内部是光秃秃、阴郁、沉重而凄凉的。洛可可的风格里有一双难看的脚丫。我于星期天的晚上七点到达的南锡；八点的时候，邮车又出发了。这个晚上比第一天晚上要好一点。是不是我太累了？是不是路况好一些？事实是，我抓紧了马车上的带子，并且睡着了。就这样，我来到了法尔斯堡。

大约凌晨四点的时候，我醒了过来。凉爽的微风吹拂着我的脸庞，马车飞快地前进，车身前倾，我们正冲下著名的萨维尔纳山丘。

这里，给我留下了一生中最美的印象。雨已经停了，雾气随着四处的风消散开去，一轮新月快速地穿过云层，偶尔从碧蓝的天空自由地探出头来，好似小湖上飘荡的小船。来自莱茵河上的微风吹动了路边的树木。树木时不时地被风吹开，让我看见了一个模糊而奇妙的深渊；近处，是遮挡着高山的树林；下面，广袤的平原上蜿蜒流淌着小河，闪闪发光好似一道道闪电；远处，是一片阴暗、模糊、茂密的黑森林——这就是月光下隐约可见的神奇的全景画面。这不太清晰的场景可能比其他景色更具魅力。这是人们触摸得到并且看得到的梦境。我知道，我的眼皮下有法国、德国和瑞士，有斯特拉斯堡和它的剑塔，有黑森林和它的高山，有莱茵河和它的弯道；我寻找着一切，想象着一切，其实我也目空一切。我从未有过如此非同寻常的感受。再加上时间、旅程、下坡时刹不住脚的马儿、滚滚的车轮声、摇下来的车窗格格作响、树影频繁地闪过、清晨的山风、平原已经开始的窃窃私语、美丽的天空，您应该能明白我的感受。白天，这个山谷是那么的神奇；夜晚，它同样令人迷醉。

　　1.25 法里的下坡路足足用了一刻钟。半个小时后，黎明来临；我左边的天际下方露出了曙光，山顶上一排覆盖着黑色瓦片的白房子显露出来，真正的晨光开始冲出了地平线，有几个农民经过，他们要去往葡萄园，明亮、寒冷、紫色的曙光和灰蒙蒙的月光还在做着最后的斗争，群星已经失去了光芒，昴星团七颗星中已有两颗消失不见，拉动马车的三匹马快速地冲向马厩的蓝色大门，天很冷，我都冻僵了，不得不摇上了车窗。过了一会儿，太阳出来了，展现在我眼前的第一件事，是一位村庄的公证员正在窗户的红布窗帘下整理胡须，破镜子里照出了他的鼻子。

　　一法里开外，农民变得生动起来，运货的马车夫也变得更加出色；我数了数其中的一辆马车，链子上松松地系着 13 匹骡子。我们感觉已经快到斯特拉斯堡这座以前的德国城市了。

　　一路飞奔着，我们穿过了瓦斯罗恩，那里挤着一长溜的房屋，就在斯特拉斯堡一侧，位于孚日山脉的最后一个山口。在这里，我只能隐约看见一个奇特的教堂正面，上面叠置着三个圆形带尖顶的钟楼，由于马车的运动，它突然出现在我的车窗玻璃上，可马上它又被神秘地卷走了，就像剧场里的背景一样。

突然，在路的一个转角处，雾气消失得一干二净，我看到了大教堂。此时是早上六点钟。这座巨大的教堂是人类继金字塔之后，手工建造的最高的建筑，阳光沐浴着一个个宽阔的山谷，形状秀美的群山则成为了暗色的背景，在它们的映衬下，整座教堂的轮廓十分清晰地显露出来。一个是上帝为人类创造的杰作，一个是人类为上帝创造的杰作，高山和教堂争奇斗艳，竞显雄伟。

我从未见过比这更让人肃然起敬的景象了。

昨天，我参观了教堂。这座大教堂真是一个奇迹。教堂所有的门都十分漂亮，尤其是那扇罗曼风格的大门，其正面有一些精巧的骑马人像，圆花窗显得高贵大方且线条明快，整个教堂的正面宛如一部精心打造的诗篇。不过，这座教堂真正的成功之处，还是它的剑塔。那是一个真正的石质三头冕，上面架着皇冠和十字架。这是雄伟和精致完美结合在一起的一处奇迹。我见过夏特勒大教堂，也见过安维尔大教堂，可我最欣赏的还是斯特拉斯堡大教堂。

教堂还没有竣工。半圆形后殿看上去惨兮兮的，残缺不全，它是按照红衣主教罗安这个白痴、这个牵涉"项链诈骗案"的家伙的品味而建造的，丑陋不堪。里面的彩绘玻璃采用的是平常的地毯图案，难看至极。其他的彩绘玻璃窗都很漂亮，除去后来仿制的几块，尤其是那块绘有大朵玫瑰的。整座教堂都被可耻地粉刷过了，雕塑的某些部位倒是修复得还有些品位。这座教堂是经过无数双手建造而成的。祭台是一个建于十五世纪的小型建筑，哥特式风格，带有花饰，其绘图和风格令人陶醉。不幸的是，人们以一种愚蠢的方式给它涂上了一层金色。洗礼盆是同时代的产物，修复得极为高明，它的周围雕满了世界上最最奇妙的塑像。旁边是一个阴暗的偏祭室，里面有两座坟墓。其中一座是路易五世时期一个主教的，这里呈现出来的是一个用各种形式的哥特艺术所表达的可怕想法：床及床下的坟墓、沉睡和比沉睡更甚的死亡、人体到尸体、生存到永恒。坟墓共有两层。大主教身着主教服，头戴主教冠，躺在床上，身上覆着华盖；他正在沉睡。床的阴影下方，床脚的下面隐约可以看见一块巨石，上面固定着两个巨大的铁环；这看上去像坟墓的圆盖。然后就看不到更多的东西了。十六世纪的建筑师们将尸体展示出来（您还记得普鲁的坟墓吗）；十五世纪的建筑师则将尸体藏了起来，这让人感到更加恐惧。没有什么东西比这两个铁环更阴森可怖的。

当我陷入更深的思考之中时，一个英国人打断了我的思路，他问了我一些关于项链事件以及拉莫特夫人的事情，他以为这里是红衣主教罗安的坟墓。要是在其他的地方，我可能会忍不住大笑。要真那么做，我可就错了；难道谁还没有对于某个知识点完全无知的时候吗？我认识、您也认识的一位学识渊博的医生，他把牙粉的"牙"这个词说成了DENTRIFICE，这就证明他既不懂拉丁语，也不懂法语。我也不知道是哪个律师，在众议院，他作为文学作品著作权的反对方说道："黑沃谬先生、法亨黑特先生、桑迪格拉德先生。"一个我们同代的从来都不会犯错的哲学家，他臆造出了一个过去时的动词——recollexit。还有霍兰，十五世纪巴黎大学特别博学的校长，对学生们写出"mater tuus, pater tua"感到非常的气愤，他只说了一个词：Marmouseti。他是在用不规范的词语训诫学生们的句法错误。

我还是回到我的教堂上来。我刚才给您讲的那个坟墓是在十字架的左侧。其右侧有一个偏祭台，但是一个脚手架挡住了我的视线。偏祭台旁边贴墙而立处，绕有一排十五世纪的栏杆。一具涂了漆的雕像倚靠在栏杆上，好像在欣赏着它正对面的一根柱子，柱子的上面层层叠叠地布满了雕像，从而产生了一种神奇的效果。依据传统，这个雕像代表的是该教堂的第一个建筑师：伊尔文·德斯丹巴赫。

雕像总是向我讲述许多的事情，同样，我也总是爱向它们提问，如果我碰到一个心仪的雕像，我就会和它相处很长的时间。于是，我同伟大的伊尔文面对面地注视着对方，我沉思了足足一个小时，这时候，一个无赖跑来打搅了我。他是教堂里的侍卫，为了能挣上 30 苏，他毛遂自荐，想给我讲解这座大教堂。您能想象一下一个半是德国人、半是阿尔萨斯人的可怕侍卫向我提议讲解教堂吗？他用夹杂着浓重口音的法语问我："先生，您还没有看过偏祭室吧？"我相当粗鲁地打发掉了这个说话含混不清的生意人。

我未能看到大殿中的天文钟，这是一个 16 世纪的迷人小物件。因为人们正在修复它，现在它的身上正穿着一件用木板做的衬衫。

看完教堂，我便爬上了钟楼。您知道我在游览的时候最喜欢俯瞰。我可不能错过这世界上最高的钟楼剑顶。斯特拉斯堡大教堂高约 500 法尺。其众钟塔都建在靠近带窗孔的楼梯处。在这奇形怪状的石头建筑中行走是一件让人惊叹不已的事情，里面空气新鲜，阳光充足，到处都是镂空，就像第耶普的玩具一样，一阵阵风吹过，其灯笼式的天窗和金字塔状的尖顶就会颤抖、跳动起来。我在上楼的时候正好碰到一个游客下楼，他面色苍白，浑身颤抖，几乎是导游半扶着挽他下楼。不过，里面一点儿危险都没有。确切地说，危险是从我到达剑塔停下来的那一刻开始的。四座带有窗洞的螺旋式楼梯，分别通往四个垂直竖立的剑塔，错综复杂地盘绕在薄薄的、经过精工细作的石块上，按照一定的角度倚靠在剑塔上，一直爬升到一个人们称之为冠顶的地方，距离灯笼式天窗大约 30 法尺，而钟楼的顶端竖立着一个十字架。这些楼梯的台阶又高又窄，人越往上走越变得狭窄。等人爬到最高的地方，台阶窄得刚好容得下脚跟。人们必须这样攀爬个百来法尺，而此时距离路面的高度已有 400 法尺。几乎没有栏杆，或者说栏杆少得根本不值一提。楼梯的入口被一个铁栅栏给封住了。只有得到斯特拉斯堡市长的特批，才能将此栅栏打开，并且还要有两名屋面工人的陪同，他们会将一根绳子系在您的身上，然后隔一段距离就得将绳子的另一头系牢，以便在您往上爬的时候，可以抓住连接中梃的铁棍进行攀爬。一个星期前，有三个女人、三个德国人、一位母亲和她的两名女儿就曾这样爬了上去。除了那些修复钟楼的屋面工人，还没有其他的人一直爬到过灯笼式天窗的位置。因为这里不再有楼梯，只安装了简单的铁条作为阶梯。

从我身处的位置看下去，景色真是令人赞叹不已。整个斯特拉斯堡就在脚下，可以看见这座古老城市锯齿状的山墙、带天窗的大屋顶以及塔楼和教堂，佛拉芒地区的任何一座城市都不像它那样如此的风景如画。伊尔河与莱茵河，这两条美丽的河流用其清澈、碧绿的河水给这些阴暗的建筑群进行润色。城墙的周围是一望无垠的辽阔乡野，布满了树林与村庄。莱茵河在距离这座城市一法里开外处流过，蜷缩穿行在乡野之中。绕着钟楼转一圈，人们可以看到三条山脉：北边是黑森林的圆形山丘；西边是孚日山脉；南边则是阿尔卑斯山脉。

站在这么高的地方，风景已不再是风景，而是，如同我站在海德堡的高山上所看到的一样，风景成了一张地图，一张充满了生机的地图，上面有雾气、青烟、阴影、亮光、微微波动的水流和轻轻摇摆的树叶、云彩、雨水以及阳光。

阳光热烈地拥抱站在钟楼顶端的人们。我在大教堂顶上的时候，太阳突然驱散了天空中一整天密布的阴云，将其火热的金色光芒洒向城市里的炊烟、平原上的雾气，洒满了整个萨维尔纳，透过耀眼的薄纱，我看到了 12 法里以外地平线上的壮丽山坡。我的身后，一大团云彩笼罩在莱茵河上空；我的脚下，城市在低声诉说，随着一阵阵清风，它的呢喃传到了我的耳朵里；百座村庄的钟声同时敲响；那些看上去貌似红棕色或白色蚜虫的东西，其实是一群牛，它们正在右侧的一片草地上哞哞地叫着；另一些蓝色或红色的蚜虫，则是一些炮手，他们正在左边的试炮场上进行着炮弹发射训练；还有一只黑色的金龟子，其实是一辆轻便马车，正在通往梅兹的大道上奔驰；北边，在一座小山丘上，巴德大公爵的城堡仿佛一颗宝石，在阳光的照射下闪闪发光。而我，不停地从一座塔楼转到另一座，就这样轮番观赏着同一片阳光照耀下的法国、瑞士和德国。

每一座小塔楼都朝着一个不同的国家。

下来的时候，我在塔楼楼梯的一扇高大的门前停留了片刻。这扇门的两侧有大教堂两个建筑师的石像。这两位伟大的诗人蹲在那里，背和脸向后仰着，仿佛他们也在惊叹着自己的作品如此高大雄伟。我也照着他们的姿势，像他们一样当了几分钟的石像。在平台上，有人让我在一本册子上写下我的名字；随后我就离开了。至于那些大钟和挂钟，没有一点意思。

从大教堂出来后，我又去了圣托马教堂，这是城中最古老的一座教堂，里面有萨克森元帅的坟墓。他的坟墓就在斯特拉斯堡，就好像布里当的圣母升天图就在夏特勒一样，虽然十分有名，备受吹捧，其实东西很一般。这是一个大型的大理石作品，属于干枯的皮加尔风格，路易十五在上面用碑铭体盛赞萨克森元帅是胜利的创造者和引领者。有人为您打开一个柜子，里面有一个戴着假发的石膏头像，原来是皮加尔的半身像。幸运的是，圣托马教堂还有其他东西可看。首先，教堂本身属于罗曼风格，其粗短阴暗的钟楼就是一大特色；其次，它的彩绘玻璃十分漂亮，尽管人们愚蠢地将其下部刷上了一层白色的油漆；另外，这座教堂里还有大量的坟墓和棺椁，其中一座坟墓是十四世纪的；墙上方正地镶嵌着一块石板，上面雕刻着一位姿态十分优雅的德国骑士。骑士的心脏被放置在一个镀金的银盒子里，盒子位于雕像肚子上挖空的一个正方形的小洞中。公元93年，当地的布鲁杜斯人出于对骑士的憎恨和对镀金银盒的喜爱，将心脏从雕像身上取走了。现在，那里只剩下一个空空如也的方洞。在另一块石板上，雕刻着一名波兰上校，头上戴着一顶头盔并饰有羽毛，身着一副直到十七世纪战士们还穿着的漂亮甲胄。我们以为这是一名骑士，其实不然，这是一位上校。此外，还有两具奇妙的石棺：一具体形硕大，上面刻着十六世纪丰满风格的徽章，这是一个丹麦贵族的棺椁，我不知道他为什么会长眠于此；另一具更加奇特，或者说更加漂亮，好像皮加尔的半身像一样，被藏在一个柜子里。这里有一个普遍的规则：圣器室管理员将他们能够藏起来的全都藏了起来，因为只有付钱，他们才会让人观赏。就这样，人们没有办法，只有为这可怜的花岗岩石棺付上 50 生丁。这个石棺是九世纪的，极为稀罕。它属于一个主教，根据对棺匣的目测，这名主教的身高应该不会超过四法尺。此外，这是一具非常精美的石棺，上面布满了拜占庭式的雕像，有人像以及鲜花，由三只石狮支撑着，一只位于头部下方，另外两只位于脚下。由于石棺被放置在一个靠墙的柜子里，人们只能看见其正面。对于艺术而言，这真让人气愤：石棺本应该放在教堂的正中间才是，教堂、石棺和游客都会觉得这样会更好，可是圣器室管理员是怎么做的呢？圣器室管理员为大，这就是教堂的规则。

不用说，圣托马教堂里罗曼风格的大殿也被涂成了明黄色。

当我正要出去的时候，那个新教徒圣器室管理员拉住了我的手臂，这个三十来岁、满面红光、胖胖的瑞士人问道："您想看看木乃伊吗？"我同意了。这又是一个被隐藏的东西，一个被锁起来的东西。我进入了一个小型地下室。这些木乃伊和埃及的木乃伊一点都不一样。里面是拿索伯爵和他的女儿，人们在发掘地下室的时候发现了他们，尸体当时是用香料保存的，后来人们用玻璃罩将他们放在了这个角落。这两名可怜的死者就在此长眠，暴露在人们的眼前。他们躺在棺椁里，棺盖已经被人拿走。拿索伯爵的棺椁绘有纹章。这位老王子身着剪裁简单的亨利四世风格的衣服。他戴着黄色的皮革大手套，穿着黑色的高跟皮鞋，衣领上有镂空花边，头上戴着一顶饰有花边的棉质便帽。他的面部呈浅褐色，双目紧闭，他的上唇上还看得见有几根胡须。他的女儿则穿着一件富丽堂皇的伊丽莎白样式的服装，头部已经变形，这是一个死尸的头，头上已经没有了头发，仅剩一条粉红色的发带挂在光秃秃的头颅上。死者的脖子上戴着一条项链，手上戴了一些戒指，脚上穿着高跟拖鞋，袖子上有一大堆丝带、首饰和花边，胸前佩戴着一个装饰得十分华丽的修女小十字架。她那灰色干枯的双手交叉着，睡在一张铺着床单的床上，就像是孩子们为他们的玩具娃娃准备的一样。的确，在我看来，这是一个恐怖的死亡玩具娃娃。人们被告知不要摇动棺材。如果触碰一下这位拿索公主，恐怕她马上会掉下来，化作一堆灰烬。

转过身再来看伯爵，我对于他脸上不知从何而来的一层闪亮的黄油色感到惊奇。圣器室管理员——总是那位圣器室管理员——对我解释道：八年前，当人们发现这具木乃伊时，觉得应该给他上点油彩。您怎么看待这件事情呢？在他去世两百年后，竟然被法国粉刷工上了油彩，对于曾经的这位拿索伯爵而言，这是件好事情吗？《圣经》里曾说过，人的尸体会变形、受辱、遭受各种各样的命运，这具尸体应该算是一个例外。《圣经》里说："活着的人会把你当作尘土一样撒播，会把你当作泥土一样践踏，会把你当作肥料一样焚烧。"但是，它可没说过："他们最终会把你当作一双皮靴一样，给你打蜡！"

莱茵河瀑布

　　我的朋友，我该对您说些什么呢？我刚才看到了一件闻所未闻的奇事。我现在就在离它几步远的地方，并听到了它的声音。我给您写信，却并不知道我到底在想些什么。思潮与景象在我的脑子里乱七八糟地混在一起，互相冲击、互相碰撞、支离破碎，化为青烟、泡沫、喧哗和云朵。我体内就像在经历着剧烈的翻腾，就像莱茵河瀑布在我的脑海里一样。

　　我想到什么就随笔写什么，如果您能够体谅的话。希望您能明白。

　　我们到达了劳芬。这是一座十三世纪的城堡，整座城堡十分漂亮，样式也十分美观。城堡的门上装饰着两条吞婴蛇的纹章，蛇正张开了血盆大口，嚎叫着，人们所听到的神秘声音好像就是它们发出来的。

　　我们走进了城堡。

　　我们来到了城堡的院落里，这里已经不再是城堡，而是一个农场。农场里有母鸡、鹅、火鸡、厩肥；院子的角落里有一辆小推车，以及一个石灰池。打开一扇门，瀑布便呈现在眼前。

　　多么神奇的景观啊！

　　骇人的喧嚣！这就是第一感觉。随后，人们望向瀑布。瀑布勾勒出了海湾，里面充满着宽大的白色鳞片。就像在可怕的火灾中，总有一些宁静的地方：泡沫中混杂着一些小的树丛；苔藓里流动着迷人的溪流；微微晃动的树影下是普桑画中阿卡迪亚牧羊人的喷泉。随后，这些细节便消失不见了踪影，整个瀑布又回到了人们的眼前。就像在下着永不停歇的暴雨、飘着密集的雪花。

浪花出奇的透明。黑色的岩石在水下倒映出哀伤的面孔。它们仿佛是从水底十法尺的深度一直触到了水面。在瀑布的两股最主要的水柱下面，形成了两朵怒放的巨大泡沫花柱，化作绿色的云朵四处散开。在莱茵河彼岸，我看到了一排排宁静的小屋，主妇们正进进出出。

就在我观察的同时，导游告诉我：康斯坦茨湖在 1829 年至 1830 年的那个冬季结了冰，之前，此湖已有一百零四年未曾结过冰。那时的人们都乘车渡过该湖。沙福豪森可怜的人们都冻得要死。

我下到更低的地方，靠近了深潭。天色灰蒙蒙一片。瀑布发出了老虎般的呼啸声。骇人的声音，可怕的速度。水雾如烟似雨，穿过这片水雾，人们看到了瀑布的泄流尽情奔腾。五块巨大的岩石将瀑布切分成五面形状各异、宽度不等的水晶帘，人们还以为看到了一座巨型桥梁下面的五根桥墩。到了冬天，黑色桥台上所结的冰就像是蓝色的桥拱。

距离人们最近的那块岩石形状最为独特，它看上去就像是从水里怒气冲冲地探出来一个印度雕像的巨头，脸上没有表情，还长着一根象鼻。岩石顶部的树木和荆棘杂乱地混在一起，就像是它竖立起来的可怕头发。

在瀑布最壮观的地方，有一块大岩石在泡沫中忽隐忽现，好似一个被水吞没的巨人头颅，六千年来一直被这骇人的飞浪冲刷着。

导游继续着他的独白：莱茵河瀑布距离沙福豪森一法里，瀑布到整个河面的落差为 70 法尺。

从劳芬城堡下来，有一条山间小路直通深潭，中间会穿过一座花园。当我经过的时候，尽管瀑布的轰鸣声震耳欲聋，我却像是一个习惯了和这世界奇观和睦共处的孩子，在花丛中尽情玩耍，一边唱歌一边用小手指采撷粉红色的金鱼草。

这条小路上有一些停靠站，时不时，人们要付点钱在那里驻足。可怜的瀑布可不能徒劳地倾泻给人们看，要知道它是付出了多大的努力啊！它将水花飞溅到树木、岩石、河流、云雾之上的同时，也将一些大面值的苏扔进了某人的口袋，这是它最起码能办到的事情。

沿着这条小路，我最终来到了一个摇摇晃晃的观瀑台上，它就建在深潭的上面，甚至可以说就在深潭里。

在那里，您会觉得浑身都在颤抖。人们会感到头昏眼花、目眩神迷，既觉得害怕又沉醉其中。人们倚靠在一根晃动的木栏杆上，只见树木已经变黄——因为现在是秋天——红色的花楸围绕在一个土耳其咖啡屋风格的小亭子周围，在那里人们可以欣赏到瀑布最摄人心魄的景观。女士们都套着油布围脖（每人一个法郎）。大家都被笼罩在可怕的雷雨中。

几只漂亮的黄色小蜗牛在观瀑台边缘的水珠下惬意地漫步。悬在观瀑台之上的岩石正将溅起的一滴滴水珠洒进瀑布。瀑布正中央的岩石上面，站立着一名漆木制成的法国南方行吟诗人打扮的骑士，他用一块画有白色十字架的盾牌支撑着身体。一定是有人冒着生命的危险，将这昂比居剧院的布景放置了耶和华创造的伟大而不朽的自然诗篇中。

两名高昂着头的巨人——其实我想说的是两块最大的岩石，仿佛正在聊天。这如雷般的巨响就是他们讲话的声音。在骇人的水花密集之处，我仿佛看到了一座附带菜地的宁静小屋。好像这只丑恶的七头蛇背上注定要永远驮着这座温馨而幸福的小屋。

我一直走到了观瀑台的尽头，背对着岩石。

这里的景观变得更加可怕，就像发生了恐怖的崩塌。骇人而又绚丽的深潭狂怒地飞溅起如雨般的珍珠，将它们一颗颗地扔向那些胆敢如此近距离观看它的人们。真是令人惊叹啊！瀑布的四根巨柱倾泻而下，反弹升起，继而落下，永不停歇。人们觉得他们眼前的巨柱更像是暴风雨中四个飞快转动着的风驰电掣的马车车轮。

木桥已经浸泡在水中，木板十分湿滑。落叶在我的脚下发出簌簌的声音。在岩石凹陷的地方，我发现了一小丛干枯的野草。在沙福豪森瀑布下竟然还能干枯！在这滂沱的暴雨中，唯独它的身上淋不到一滴水。有些人的心灵也如同这丛野草。在人类蓬勃发展的旋流中，这些人的心灵也干枯了。唉！他们所缺乏的那滴水不是来自土地，而是来自上天，那就是爱！

　　土耳其风格的亭子里安装着彩绘玻璃窗，多么漂亮的彩窗啊！里面还有一个类似书本的册子，要求游客们在上面留下他们的名字。我大致翻阅了一下，注意到这个签名：亨利，还画了一个字母，不知道是不是 V ？

　　我一直沉浸在这片伟大的景色中，到底待在这里有多长时间了？我无法告诉您。在观赏的时候，脑海里的时间流逝就如这深潭中的波涛一样，没留下任何痕迹和记忆。

　　不过还是有人来告诉我已近黄昏。我重新回到城堡里，在那里，我要下到河滩，渡过莱茵河，去到河的右岸。这片河滩位于瀑布的下方，人们在离瀑布几法寻的地方渡河。我们乘坐一艘小船开始了这段冒险的旅程，小船美丽、轻盈、精致、细巧，好似野人的独木舟，用来造船的软木就像是鲸鱼皮一般，坚固并具有弹性，还看得出木材的纹理。小船时不时碰撞在岩石上，船身上仅仅留下了一点擦伤，同所有莱茵河与马斯河上的船只一样，小船靠一个铲子形状的船桨划行前进。在这样的小船上感受水的深度和剧烈的动荡，简直没有什么比这个更加奇特了。

　　当小船驶离岸边的时候，我看见了头顶上的城堡正俯视着我们，还有城堡那覆盖着瓦片的雉堞和山墙。河边的石子上晒着渔民的渔网。难道在这漩涡中也能捕鱼吗？是的，也许可以。正因为鱼儿没办法跳到瀑布上去，因此人们在这里能捕到许多鲑鱼。而且，人类在哪样的漩涡中捕不到鱼呢？

　　现在，我来概括一下所有这些如此强烈、几乎令人心碎的感觉。第一印象：我只能说，我先是被所有这些伟大的自然诗篇压得粉身碎骨。

随后，整体印象才梳理清楚。这种美来自整个瀑布。总之，是那么宏伟、幽深、可怕、壮观，简直难以用语言表达。

莱茵河的另一岸，一些磨坊正在转动着。

一边河岸上是城堡，另一边则是一个叫做诺伍豪森的村庄。

尽管我们在小船上摇来晃去，我还是一直欣赏着河水那美妙的色彩。大家仿佛正在蜿蜒的河水中游泳一般。

还有一件非凡的事情，阿尔卑斯山脉下的两条河流，无论是哪一条，从高山上流下来，其颜色都和它最终汇合的海洋一样。罗纳河在流出日内瓦湖之后，就和地中海一样蔚蓝；而莱茵河，从康斯坦茨湖流出后，就和大西洋一样碧绿。

可惜，天气阴沉。因此，我不能够告诉您我看到了劳芬瀑布最最壮丽的景观。之前，我已经对您说过，没有什么比这里的瀑布朝着远处所溅起的珍珠雨更加绚丽和奇妙。但是，如果有阳光照射，这里的景色会变得更加令人惊叹，珍珠会转化为钻石，彩虹会像一只来到深潭饮水的神鸟，将它那绿宝石般的脖颈浸入炫目的浪花中。

来到莱茵河的另一岸，也就是此刻我给您写信所处的地方，只见整个瀑布分为了区别明显的五大块，每一块都有自己的面貌特征，它们一起构成了一部渐强的音乐。第一部分由磨坊倾注而成，第二部分仿佛是浪花和时光平均构造的凡尔赛喷泉，第三部分是瀑布自身的声音，第四部分如同雪崩，第五部分则是一片混沌之声。

再写几句话用来结束这封信。就在离瀑布几步远的地方，人们正在开采着相当漂亮的钙质岩石。在其中的一处采石场中间，有一个穿着灰黑条纹囚服的苦役犯，手握镐头，脚上铐着双镣，他正在注视着瀑布。偶然这东西有时候似乎热衷于将自然的造物和人类的创作进行反衬，有时让人莫名的忧伤，有时令人感到害怕。

8 月于斯特拉斯堡

夏多勃里昂之死

夏多勃里昂先生于一八四八年七月四日上午八点去世。五六个月之前，他已瘫痪，大脑几乎停止工作，五六天前，他又患胸部炎症，生命突然终止。

安培① 先生将此噩耗带到学士院，学士院决定不举行会议。

国民议会任命一位总务主任接管在六月事件中被杀的内格里耶将军的职务。我离开国民议会，向渡船街一百一十号的夏多勃里昂先生家里走去。

家人将我带至他侄儿的女婿普勒耶先生处，我走进夏多勃里昂先生的房间。

房间内有一张小铁床，围着白色床帏，铁制的圆形床架趣味不雅。夏多勃里昂正躺在上面。他的面孔裸露在外，额头、鼻子、闭着的眼睛，无不显示出他生前具有的那种高贵的神情，此时还带着死的庄严。嘴和下巴被一块细麻布手帕遮着；头上戴着一顶白色圆形棉帽，灰白色的头发从两鬓伸出；一条白色的领带往上拥到了耳边。在这一大片的白色之

---

① 安培（1800 年—1864 年），法国作家、历史学家，是物理学家安培的儿子。

中，他黝黑的脸庞看上去更加严厉了。我们还看得到他被单下坍塌狭小的胸部和瘦削的双腿。房间的百叶窗关着，客厅的门半开着，从门口照进来点点光线。床边的桌子一角点着四支大蜡烛，照着整个卧室和死者的脸。桌子上还有一座银质的耶稣受难像，一只盛得满满的圣水壶和圣水刷。一名神甫在旁边祈祷。神甫身后，壁炉被一架高高的棕色屏风挡住了，只能看见上面的玻璃，屏风后的几幅教条和大教条版画也被挡住了一半。夏多勃里昂的脚边，床和墙壁形成的夹角里，有两只叠放在一起的白色木箱子。大箱子里放有他分装为四十八册的《回忆录》的全部手稿。在他生命的最后几天里，身边的东西被弄的七零八乱，其中的一册是普勒耶先生今天早上擦灯具时，在一个又黑又脏的小角落里找到的。几张桌子、一个衣橱、几把蓝绿交杂的椅子，与其说这是卧室内的家具，毋宁说它们使室内显得更加凌乱。隔壁的客厅里，家具都已被本色的胚布套子盖着，除了放在壁炉上的一座亨利五世的大理石胸像外，并无特别引人注目之处。这座胸像的前面是一座夏多勃里昂先生本人的全身雕像。一扇窗子的两侧，是贝里夫人和她儿子童年时的石膏像。夏多勃里昂先生对共和国没有说过任何话，然而：这样会使你更幸福吗？

　　夏多勃里昂先生的葬礼于一八四八年七月八日举行，刚好是他曾鼎力协助的路易十八第二次回国的周年纪念日。我之所以说是葬礼而不说下葬，是因为在很早以前，夏多勃里昂先生已在圣马洛 ① 大海中间的一块岩石上建好了自己的墓地。

　　六月事件之后，巴黎变得昏头昏脑，仿佛耳边有响不完的枪声、炮声和警钟声，以至于在夏多勃里昂先生逝世后，完全不见伟人走后应有的静寂。此外，这已经是三天来的第三次安葬了，第一天是六月的受害者，第二天是大主教。因此，来参加夏多勃里昂先生葬礼的人并不多，气氛也很一般。举行仪式的地方距夏多勃里昂先生住的房子只有几步路

---

　　① 圣马洛是夏多勃里昂的故乡，法国在大西洋上的港口城市。

远，是渡船街上外国传道团的一个小教堂。这个教堂不但狭小，而且丑陋。教堂墙上垂着黑纱，正中间是青铜色的木质衣冠冢，上面盖着一块黑色天鹅绒，天鹅绒上撒满了银色的星星，挂着白色十字架。衣冠冢的四角是四支青铜色、银色的木质枝形大烛台，托着结束前业已熄灭的绿色火花。灵台的每层有两只大蜡烛，上面没有任何标记。参加葬礼的旁系亲属来了数百人。库赞身穿黑色衣服，安培穿着研究院院士服，维尔曼戴着勋章，莫莱先生穿着燕尾服。再高一点儿的廊台上有七位妇女，此外管风琴下还来了少数群众。唱诗班里有坎佩尔的主教，祭台旁有四名步枪兵，一名上尉带领着三十来名六十一团的士兵也参加了葬礼，两位国民议会议员披着肩带出现在人们面前，此外研究院几乎全体出席。作为弥撒礼，唱了宗教歌曲，两名传道团的神学院学生躲在祭台右边的一尊雕像后面张望。安东尼·图雷先生握着棺罩的一角，由巴丹先生致辞。仪式就是这样。它与朴素无关，毋宁说里面有我说不出的豪华；也与庄严无关，甚至含有某种无可名状的俗气。

这样的葬礼太不够了，太不够了！我真希望夏多勃里昂先生能有王族气派的葬礼，巴黎圣母院、世卿的袍子、研究院院士服、流亡贵族的佩剑、金羊毛勋章，各个团体全部到场，半数驻军站岗，挂着黑色的鼓，每隔五分钟鸣响一次，——否则，就在乡村教堂里，使用穷人的柩车。

教堂里有一位蓄着长胡子的老年传教士，神情可畏。由于海潮，必须等到七月十八日才能将尸体送往圣马洛的墓地。宗教仪式及由巴丹先生主祭的学士院仪式结束后，烈日炎炎之下，妇女们靠着窗子，大家把尸体下到了教堂的地下墓穴。尸体被放在一间穹隆形的单间的支架上。楼梯口的左侧，有一个拱形的门，我走了进去。灵柩上依然覆盖着黑色的天鹅绒，上面还丢了一条银色绳子，绳子上带着成串的流苏。两边燃烧着两只大蜡烛。我在那儿沉思了几分钟，然后走出来。门又关上了。

1846 年 7 月 4 日

探望垂危的巴尔扎克^①

一八五〇年八月十八日，我妻子白天访问了巴尔扎克夫人，回来后告诉我巴尔扎克垂危。我匆匆赶去。

巴尔扎克先生患心脏肥大症已有一年半了。二月革命后，他去了俄国，并在俄国完婚。在他出发前几天，我曾在街上遇到他，当时他已呼吸不畅，说话时喘着粗气，看上去极其痛苦。一八五〇年五月，他回到法国，结婚了，也有钱了，却两腿浮肿，生命垂危。有四名医生为他听诊。其中的一位医生是路易先生，他在七月六日时对我说："巴尔扎克先生活不过一个半月了。"他跟德里克·苏立耶^②患的是相同的病。

八月十八日，我叔父路易将军到我家吃饭。饭后，我辞别叔父，立即乘坐出租马车，直奔博容区福图内大街十四号巴尔扎克先生住的地方。他早先买下了博容先生府邸剩下的几间没有拆除的矮房子，并把这几间破房子装饰得十分华丽，看上去就像是一座可爱的小公馆。大门开在福图内大街上，所谓的花园就是一条长长的庭院，石板路上到处都是插进来的花坛。

---

① 标题为译者所加。

② 苏立耶（1800年—1847年），法国小说家、剧作家。

片片浮云遮住了皎洁的月光。街上空无一人。我按了下门铃，并没有人出来。我又按了一次，这次门开了，一个女仆端着一支蜡烛走了出来。

"先生有什么事？"她说。

她在哭泣。

我报上姓名。她把我带到一楼的大厅。大厅正对面的壁炉上有一座巴尔扎克先生的大理石雕像，这是大卫 ① 雕刻的。客厅中央是一个椭圆形的桌子，桌子上点着一支蜡烛，桌脚是六尊镀金小雕像，华丽而雅致。

又来了一个女仆，她哭泣着说：

"他已经奄奄一息了。太太回国了。从昨天开始医生也都对他撒手不管了。他左腿的创口上长了坏疽。医生们也没有办法了，他们说先生得的是一种血块黄层性水肿，说是会渗透的，这是医生的原话，还说先生的皮肤和肉就像是油脂，已无法再做穿透。唉！上个月，先生在睡觉时撞上了一个家具，家具上有人像，于是先生的皮肤就给擦破了，体内的水分一下子流了出来。医生们看了都很吃惊，他们说，得。以后就开始给先生做穿透了。他们说这是效仿自然。不过先生腿上又生了肿脓，鲁大夫给他做了手术。现在创口又红又干又烫，已不再化脓。昨天医生们把设备都撤走了，他们说先生已经完了。他们不会再来了。我们去了四五位医生的家，没用。他们都说已经无能为力。先生夜里过得尤其不好，今天早上，连话也不说了。主人派人请来了神甫给先生行临终涂油礼 ②。先生示意他都明白。一个小时后，他握了下妹妹叙维尔夫人的手。到现在已经十二个钟头了，他发出嘶哑的喘气声，什

---

① 此处应指皮埃尔·让·大卫·德·安格尔（1788年—1856年），法国浪漫主义雕塑家，以著名人物的现实主义肖像雕像而著称。

② 涂油礼（有时称为终傅）。油代表圣灵。在涂油之前，为临终的人或病人祷告，求主赦免其罪，接受临终的人的灵魂进入天堂。

么都看不见。他过不了今晚了。先生，如果你愿意，我这就去找叙维尔先生，他还没睡。"

女仆走了。我等了片刻。烛光下，已看不清客厅里的家具，也看不清墙上挂着的几幅普尔布斯①和霍尔拜因②的精美油画。唯有大理石雕像，就像那即将逝去的人的灵魂一般，树立在这片朦胧的昏暗中。屋子里充满了一股死尸的味道。

叙维尔先生来了。他证实了刚才那个女仆所说的话。我提出想见见巴尔扎克先生。

穿过走廊，我们登上铺有红色地毯的楼梯，楼梯上到处堆着艺术品，有花瓶、雕像、油画，也有放有珐琅的餐具柜。接着又走过一条走廊，我看见前面有一扇开着的门，从里面传出一阵嘶哑的喘气声，响亮、阴森。

我来到了巴尔扎克的卧室。

房间的正中间放着一张桃花心木的床。床头和床脚上装有横木和皮带。这应该是搬动病人时使用的悬挂设备。巴尔扎克先生正躺在这张床上，头靠着卧室的长沙发上的红色锦缎靠垫，靠垫下来还有一大堆枕头。他的头垂向右侧，脸色青紫，甚至有些发黑。胡子没有刮过的痕迹，头发灰白，被剪得短短的。眼睛直直地盯着哪里。我从侧面看着他，感觉他这样很像皇帝③。

床的两边有一个看门的老妇人和一个男仆。枕头后面的桌子上和靠近门的五斗柜上各点着一支蜡烛。床头的桌子上放着一把银壶。

两人表情恐怖、一言不发，默默地听着面前垂死的病人发出响亮的、嘶哑的喘气声。

---

① 普尔布斯是 16 至 17 世纪的弗拉芒画家家族。

② 霍尔拜因是 15 至 16 世纪德国画家家族。

③ 此处应指拿破仑。

在床头的烛光的映照下，年轻人的脸显得很明亮，红扑扑的，面带微笑。

床上散发着一股难闻的气味。我掀开被子，握住了巴尔扎克先生的手。他的手上都是汗，然而任凭我如何紧紧握住，他都没有反应。

一个月前来看他时，也是在这个房间。那时候他还开开心心，对生活充满希望，还笑着把浮肿给我看，完全相信自己的病能够治好。

当时我们谈了很多，在政治问题方面还起了争论。他责备我煽动群众。他是拥护波旁王朝长系的正统派。他对我说："你怎么能如此镇定地放弃法兰西世卿的称号呢！这是仅次于法国国王的最美的称号！"

他还对我说："我有博多先生的房子。虽然不带花园，但是有朝向街角处小教堂开着的廊台。我楼梯上的门就通往教堂。只需把钥匙一转，我就能做弥撒了。比起花园，我更中意这个廊台。"

我将要离开的时候，尽管走路已经很吃力，他还是把我带到楼梯处看了看这扇门。他对妇人喊道："一定要给雨果看看我所有的画。"

看门的女人对我说：

"他活不过明天了。"

我下楼的时候，依然想着他那张青灰色的面孔。穿过客厅时，我又看到了那尊纹丝不动的雕像，沉着、高傲，散发了朦胧的光芒。死亡就是不朽。

回到家里，刚好是星期天，有好几个人在等我。其中有土耳其代办理扎·贝、西班牙诗人纳瓦莱代以及意大利流亡者阿利伐贝内伯爵。我对他们说："先生们，欧洲将失去一位大人物。"

他在当天夜里逝世。享年五十一岁。于星期三下葬。

他的遗体暂时放在博容教堂内。通往教堂的那扇门的钥匙，对他而言，比以前这位包税人所有天堂般的花园都珍贵。

在他逝世的当天，吉罗为他画了像。有人想做他的面部模型，但是不行，因为很快他的脸就腐烂了。在他去世的第二天清早，来做模型的工人发现他的脸部已经变形，鼻子掉落在脸颊上。大家把遗体放进一个夹有铅层的橡木棺材里。

宗教仪式在木柱圣菲里普教堂举行。我的第二个女儿就是在这个教堂接受洗礼的，自那以后我就再也没来过这个教堂了。在灵柩旁我陷入了沉思。内政部长巴罗什也来参加葬礼了，他坐在我旁边。在灵台前不时跟我说话。

他对我说："这是一位杰出的人。"

我对他说："这是一位天才。"

丧礼的队伍穿过巴黎的条条大道来到拉雪兹神甫公墓。我们从教堂出发的时候和到达墓地的时候下了几滴雨，似乎是老天洒的几滴眼泪。一天就这么过去了。

我手执棺罩上的银球，走在右边为灵柩开路。大仲马在另一头。

墓穴在高处的山冈上，我们到达的时候，已有大批人群在等候。道路又窄又陡，几匹马费劲地拉着想往后退的灵车往上爬。我被夹在车轮子和一座坟墓的中间，差点儿被轧死。几个站在墓旁的围观者把我拉到了他们身边。

我们全程都是步行。

巴尔扎克先生的墓穴在夏尔·诺底耶和卡西米尔·德拉维涅①的墓旁。大家把他的遗体放进墓穴，神甫念了最后的祷文，我讲了几句话。

我讲话的时候，已经到了傍晚。远远望去，巴黎城笼罩在夕阳灿烂的暮霭之中。大家把土块丢到墓穴中，我的话也不时被落下的土块敲打棺材的沉闷声音打断。

①　这两人都是和巴尔扎克同时代的法国作家。

这里恐怕是第一次提起有关于处死路易十六时的一些细节。这是第一次将其记录成为文字,这很有必要。

我们通常认为断头台立在广场正中央,就是今天方尖碑的所在之处。然而并非如此,实际上它是立于临时执行委员会决定所指定的地方,确切说来,即"在台座与香榭丽舍大街之间"。

然而这台座到底指的是什么呢?如今的这一代人见过各种发生的事情,见过各种倒下的雕像,见过各种坍塌的台座,却对这个泛泛的名字指什么不甚了了。他们丝毫不知,这块神秘的石头,所谓被革命执行委员会言简意赅地形容为"台座"的东西,到底是什么纪念性建筑物的"台座"。实际上,这块石头曾经承载着路易十五的雕像。——顺便说一下,这个奇怪的广场没有任何名称,也没有任何纪念性建筑物,尽管它曾先后被叫做"路易十五广场""革命广场""王室家具贮藏广场"和"香榭丽舍广场"。广场上有过的路易十五雕像早已消失不见;曾经计划在雕像处建一座赎罪用的水池,用以冲刷血淋淋的广场中央,

---

① 根据法国国立印刷厂版的《雨果全集》所载,路易十六的处死是由一个叫做勒布谢的人在 1840 年告诉雨果的。本文选自雨果的《见闻录》。

雨　　果

散 文 精 选

然而最后连一块石头都没有立下；曾经试着竖立起一座宪法纪念碑，然而我们见到的仅仅是这座纪念碑的基座；正打算在此处竖立一座代表一八一四年宪章的铜像时，七月革命已带着一八三〇年宪章走来了。正如路易十五的台座业已坍塌，路易十八的台座也已不复存在了。

如今，我们在这个地方竖起了赛索斯特里斯的方尖碑①。茫茫的沙漠历经三千年的时间才将其吞噬了一半，革命广场需要多少个年头，才能把它完全吞没？

共和国元年②，执行委员会所说的"台座"，其实只是一块破陋不堪的石头而已，它象征了某种王权自身的凄惨命运。台座上镶嵌的大理石和青铜装饰物已被人挖走，只剩下到处都是裂缝的石头，方形的大块石头就是用榔头敲下浮雕后残留下来的四壁。同样命运的还有三朝王族的历史，在古老的专制王朝下，早已破碎不堪。台座顶上残留的盖顶，早已无法辨认；檐口下方的带状卵形装饰，粗糙且已被损蚀，也已几乎看不出来；台座的桌面上覆盖着的当年建筑师所谓的"一条弧形的念珠饰"，现在只能勉强看到一堆各种各样的碎石残片，上面还星星点点地长着一簇簇野草。这一无名的事物已经取代了王家的雕像。难道这种象征还不够彻底吗？

断头台竖立在这堆废墟偏后几步远的地方。台上铺着一条长长的木板，遮住了断头台的木头框架。后面是一把没有扶手更没有栏杆的梯子，通向王家家具贮藏所，人们大胆地将其称作这座可怕建筑物的头部。还有一只被包了皮的圆筒形篮子，用以接住落下来的国王脑袋。在梯子右侧盖顶的一角，有一个柳条形长方盒子，这是专为尸体准备的，据说有个刽子手在等国王时曾把帽子压在上面。

现在，我们不难想象，在广场的中央，竖立着两样同样凄惨的东西，即路易十五的台座和路易十六的断头台，换言之，是死去的王权

---

① 赛索斯特里斯指的是埃及第七王朝的诸位法老。方尖碑是拉美西斯三世时建造的。
② 这里指的是法兰西第一共和国成立的那年，即 1792 年。

132

的废墟和活着的王权的受难处。请继续想象下去，在上述两样东西的四周，列着吓人的武装人员，众多围观人群中间是一个空荡荡的大方格。断头台的左侧是香榭丽舍大街，右侧是杜伊勒里宫①，然而王宫已变成一片无以名状的土堆，早已无人问津。继续想象下去，那是一个寒冷的冬天的早晨，天空阴沉灰暗，广场上黑黝黝的树叶早已落尽，一七九三年一月二十一日上午十时零儿分，路易十六被押在巴黎市长的车子里，身穿白色衣服，手握《圣歌集》，前来此处受刑。当时革命广场的情形便是这么个样子。

他像儿子已加冕的去世埃及国王一样，身上绑满布条，将被两层生石灰吞噬，受苦受难，这真是奇耻大辱。法国的王权在死后依然荣耀，在凡尔赛有一真正的王座，在圣德尼有六十座花岗岩石棺，然而这里却只有一座杉木台座和一口柳条棺材。我们现在结束谈论人所共知的内容，进入鲜为人知的细节。刽子手一共有四个人，其中两个人负责行刑，另外的两个人一个守在梯子旁边，一个待在距断头台几步远的车上，他将负责把国王的尸体送往玛德莱娜教堂的公墓。刽子手们身着一种在大革命时被改良过的法式服装，下身穿着短裤，头戴插着三色大帽徽的三角帽。他们给国王行刑时也戴着帽子。桑松②抓住路易十六的头发，将其首级示众，并停留了几分钟的时间，以便让血滴在断头台上。同时，他的下手和助手解开所谓的"绷带"；如前文所述，群众所看到的国王的尸体穿着白色的衣服，两手反绑在背后，这时人们又看到他的首级，和蔼慈祥的侧影映在杜伊勒里宫黑黑的树影上。两名神甫受市里委托作为市府官员前来参加国王的受刑仪式，他们在市长的车里大声谈论着什么，传来阵阵笑声。这其中一人是雅克·鲁，他嘲讽地向另一个人指了指卡佩③壮实的腿肚和大大的肚子。

---

① 杜伊勒里宫原本是王宫，后毁于大火，现为一座公园。

② 桑松（1740年—1793年），法国刽子手，执行了路易十六的死刑。

③ 卡佩是当时人们对路易十六的称呼，本是平民百姓的名字。

雨果

散文精选

当时很少有枪，围在断头台四周的武装人员只持有佩刀和长矛。多数人戴着宽大的圆帽或红帽子。有几队身穿制服，骑着马的龙骑兵稀稀落落地夹杂在这支队伍中。龙骑兵里有一支中队在杜伊勒里宫前排成了战斗队列，所谓的马赛营也在正面的方阵中。

对今天的行家来说，这次的断头机——写下这个丑陋的词总让人产生反感——是极为粗糙的。铡刀被简单地挂在上面横梁中间的一个滑轮上，这个滑轮加上一根大拇指粗细的绳子，便是全套设备了。铡刀上加了点重量，尺寸并不大，刀刃弯曲，形如一顶倒过来的公爵角形帽，或弗里吉亚帽①。没有安装任何可以托住受刑国王首级或者可以挡住和缓冲首级落下的篷布。围观的人群之所以能够看到国王路易十六的脑袋落下来，只是一种偶然。也许是因为铡刀不大，减少了猛烈冲击的程度，于是脑袋才没有蹦出篮子，跑到外面。其实在恐怖时期行刑时，经常发生可怕的意外。如今给杀人犯或者投毒犯行刑时使用的器具已更为合理。不难看出断头机已大为"改进"。

血如泉涌。在国王的脑袋落下的地方，血沿着断头台的木板一直流到地面上。行刑结束后，桑松把国王的莫列顿尼燕尾服扔给人民，一会儿工夫，燕尾服便被撕成了碎片。"他们撕碎了衣服。"

有人爬上了断头台，是一个光着上身的男人。他三次用双手舀满血浆，一边将血浆向远处的人民洒去，一边喊道："让这些血落到你们的头上去！"革命产生了可怕的播种者。这些人向未来播下的是灾难和不幸。半个世纪之后，被吓怕的后人看到他们洒播到田沟里的东西萌芽了。

被称为"义勇兵"的这些武装人员列队从绞刑架四周走过，将他们的刺刀、长矛和军刀蘸上路易十六的血。然而没有一名龙骑兵效仿他们，龙骑兵是士兵。

---

① 法国大革命期间流行的一种红色锥形的高帽。

啊！如果众多的王朝奠基人能够穿过世纪，看到未来阴沉的面容，他们会有多么难过和伤心，他们会深深感到思想的错综复杂！如果他们能知道就好了！如果他们在历史的长河里，能够看到我们的事业、我们的创业、我们的帝国、我们的梦想会突然发生什么情况就好了！看到公共广场如何处置王家的雕像；看到人民如何处置王冠；看到绞刑架如何处置王座；看到众人将如何处置一个人；屈辱如何取代威严；伟大和光荣如何被卑劣、丢人和可悲取代；六十个花岗岩的石棺会以怎样的柳条篮子作为终点！

　路易十六脑袋落地的时候，埃奇沃思神甫还在他的身边。血溅在神甫的身上，他急忙披上一件棕色的燕尾服，走下绞刑架，消失在人群中。可怜的神甫借这件宽大的燕尾服掩饰自己满身的血迹。他心惊胆战，像做梦一样，不知道自己该逃往哪里。好在他还带有梦游者具有的某种本能，他跨过河，穿过渡船街，来到眼神街，总算到达了曼恩城门附近莱扎尔迪耶尔夫人的家里。他一到，就立即脱下脏衣服，接下来的几个小时他都无法集中思想，有气无力，一句话也说不出口。有几个跟在他身后也观看了行刑的保王派分子，不久也赶来，围着埃奇沃思神甫，让他回忆跟国王诀别时所说的话："圣路易的子孙，请升天吧！"真是怪事！这句如此难忘的话却在说话人的脑海里没有留下任何印象。见证了灾难现场的人十分激动，他不停地颤抖，对神甫说："我们都听到了这句话。""可能吧，"神甫回答道，"但我已经不记得了。"他思考了很久，确实不记得自己曾经说过这样的话。这句话仿佛一道闪电，早从他的唇边掠过。

　莱扎尔迪耶尔夫人经不住路易十六之死的打击。已经重病将近一个多月的她，于一月二十一日夜里逝世。埃奇沃思神甫来到她家可以说是某种天意的安排，神甫刚好为她主持临终圣事，给了她最后的慰藉。她离开人世，正如她曾经来过一样。

演

讲

词

各位先生：

从十九世纪伊始,法国对各国来说都是一场精彩的演出。在那时候,一个人充满了法国,他使法国非常强大,强大到充满了整个欧洲。这个人本是默默无闻,来自科西嘉岛一个穷贵族的家庭。他的成果是两个共和国的——从家庭讲是佛罗伦萨共和国,从个人讲是法兰西共和国。他在短时间内登上了可能让历史最为惊叹的最高王位。他是天生的霸主,是命运与行动的霸主。他身上的一切,表明他合法地拥有上天赋予他的权利。他独自具有三个至高无上的条件：天时、人和、超凡入圣。一场革命抚养了他,一个民族选择了他,一位教皇钦点了他。臣服于他的多少国王和将帅,都是命运的安排,连神秘而朦胧的命运本身都承认他是上天的宠儿。他曾经是这样一个人,后来俄国在塔甘罗格②死去的亚历山大一世说起他："您是上天派遣来的"；后来死于埃

---

① 维克多·雨果在 1841 年 6 月 2 日以 18 票赞成 16 票反对入选了法兰西学士院。当天他参加会议,发表了演说。

② 塔甘罗格为俄国地名,现为俄国西南部重要工业城市。

雨 果
散 文 精 选

及的克莱贝尔 ① 说起他："您像世界一样伟大"；牺牲于马朗格的德赛说起他："我是士兵，而您是将军。"在奥斯特里茨死去的瓦卢贝尔说起他："我快死了，但您快要登基了。"他的军威高涨，他的征服强大。

他每年都要扩大自己帝国的边界，甚至超出了上帝给予的庄严而必须的边界。像查理曼大帝一样，他抹去了阿尔卑斯山；像路易十四一样，他抹去了比利牛斯山；像恺撒一样，他跨过了莱茵河；他差一点像征服者威廉 ② 一样，跨过英吉利海峡。他统治下的法国拥有一百三十个省；一边触及易北河的各出海口，另一边延伸到了蒂伯河。他曾经是四千四百万法国人的君主，也是一亿欧洲人的保护人。他用各国国土构筑自己的疆界，其中包括两个大公国和五个古老的共和国，即萨瓦、托斯卡尼以及热那亚、罗马共和国、威尼斯共和国、瓦莱和联省共和国 ③。他在欧洲中部构建自己的国土，好像欧洲是他的堡垒，他用十个封建王朝给这个堡垒搭建前沿工事。是十个封建王朝，他把十个王朝一下子并入自己的帝国，并入自己的家庭。那些曾经和他一起在阿雅克修 ④ 故居的小院子里玩耍过的孩子，还有他的兄弟、表兄弟，他都让他们加冕为君主。他让养子娶巴伐利亚的公主，让最小的弟弟娶符腾堡的公主。至于他自己，他从奥地利夺走了德意志帝国，毫不客气地在莱茵河联邦的名义下据为己有；又从奥地利抢走了罗尔州，并入巴伐利亚；又抢走伊利里亚，并入法国；然后又屈尊娶了一位大公主。他的一切都如此宏大，光芒万丈。他在欧洲上空出现，像是一副奇异的幻景。有一次，人们看到他坐在十四位加冕君主中间，高高地坐在恺撒和沙皇的中间。有一天，他请塔尔玛看戏，正厅里坐满了国王。正当他权力日益膨胀之时，心血来潮，要在意大利的一角刻上波旁王

---

① 克莱贝尔（1753 年－1825 年），法国将军。

② 征服者威廉即诺曼底公爵（1027 年－1087 年），他曾于 1066 年横跨英吉利海峡，征服英格兰。

③ 联省共和国指的是 1579 年至 1795 年间尼德兰联省共和国，约位于今日的荷兰。

④ 阿雅克修是拿破仑的故乡，科西嘉岛首府。

族的名字，于是他按照自己的方式扩充了意大利，使帕尔玛的路易公爵成了伊特鲁利亚国王。同时，他利用一次依靠自己的影响以及自己的军队强加于人的停战机会，让英国国王放弃了他们窃取了四百年之久的"法兰西国王"的名号，并让他们永远不敢再偷走。大革命摘下了法兰西纹章上的百合花；他就从英格兰的徽章上摘下了百合花；别人加给百合花的耻辱，他却能以相同的方式给百合花以荣耀。他通过帝国法令，把普鲁士分割为四个省，封锁了英伦三岛。他宣称阿姆斯特丹是帝国第三大城市，而罗马则是第二大城。他向世界宣称，布拉干撒王室已经不再掌权。他越过莱茵河时，德意志的各位选侯来到边境迎接他，希望他能让他们做个国王。古斯达夫·瓦萨⑤古老的王国没有继承人，想找个主人，请求他派一名将军做王国的君主。查理五世的继承者，路易十四的曾孙，西班牙兼印度的国王，请求他娶自己的姐妹。老投弹兵都习惯于与他们的皇帝以及死亡为伍，这些士兵都理解他，呵护他，欣赏他。大战的第二天，他和士兵作的这些伟大的对话，极好地诠释了他伟大的行动，并把历史改写成了史诗。在他的力量里，就如同在他的统治下，也许会掺杂进些许平凡、突然而又了不起的内容。他与东方的皇帝不同，没有威尼斯的大公给他做大司酒官；和德意志的皇帝不同，没有巴伐利亚的公爵给他做马厩总管。但他有时候会关那些指挥他骑兵的国王禁闭。在两次战争期间，他开凿运河，铺修公路，兴建剧院，创办了科学院，引发了科学发现，造出了巍峨的建筑，或者还在杜伊勒里宫的客厅里起草法典，或者与国务卿顾问争辩，直到他成功地在法律条文里，以天才而天真的理由取代老一套的规定。总而言之，这位伟大的英雄豪杰独特而又天才。请允许我在这里对他做最后一点补充。他的行为是如此深入历史，他可以说，他也曾经说过："我的前辈是皇帝查理曼；"他通过联姻又与各个王朝有着千丝万缕的联系，

---

⑤ 古斯达夫·瓦萨是当时瑞典的国王。

他可以说，他也曾经说过："我的舅父是国王路易十六。"

他是一个奇迹。他的命运，先生们，越过了所有障碍。我刚刚已经提到，最杰出的君主都力求与他结交，最古老的王族都寻求与他联姻，最古老的贵族都希望为他效力。没有一个头颅不向他致敬——不论是高昂或是骄傲。上帝几乎就是用他有形的手，在他头上安了两顶王冠，一顶是王权，用黄金铸成，一顶是天才，由光明造就。一切欧洲大陆上的人物都向他折腰，一切，——先生们，只有六个诗人是例外，——请允许我在这里高声报出他们的名字，并在此为他们感到骄傲，——这六位思想家，他们在全世界都跪下时仍然昂首站立；而这几个光荣的名字，我迫不及待地要向你们报出他们的名字：杜西斯①，古德利尔②，斯塔尔夫人③，邦雅曼·贡斯当④，夏多勃里昂⑤，勒梅西埃⑥。

他们不肯低头，这意味着什么？在这样一个赢得了胜利和力量，赢得了强大与帝国，赢得了统治和辉煌的法兰西，这样一个让欧洲惊异并臣服的法兰西，在欧洲几乎充满了法兰西，参与到法兰西的昌盛的时候，这六位才子起来反抗一位天才，这六位名家奋起怒斥一位英雄，这六位诗人横眉冷对一位权威，这意味着什么？先生们，他们在欧洲代表了当时欧洲惟一缺乏的一样东西——独立。他们在法国代表了当时法国惟一缺乏的一样东西——自由。

但愿此刻我不是在责难那些刻板的人，他们当时对世界的主人拍手称好。他是一个国家的明星，又是这个国家的太阳。有人感到头晕目眩是谈不上有罪的。对于拿破仑想争取的人士来说，如何去捍卫自己的疆界，抗击这个无往不胜的入侵者，也许是更加困难的。因为这

---

① 杜西斯（1733 年—1816 年），法国诗人。

② 古德利尔（1738 年—1813 年），法国诗人。

③ 斯塔尔夫人（1766 年—1817 年），法国作家。

④ 邦雅曼·贡斯当（1767 年—1830 年），法国政治家、作家。

⑤ 夏多勃里昂（1768 年—1848 年），法国作家。

⑥ 勒梅西埃（1771 年—1840 年），法国作家、剧作家。

个人具有压服一个民族的高明艺术，具有迷惑所有人的高超手腕。怎么说呢，先生们，我无法窃取这至高无上的批评的权利！我有什么头衔？在我进入这个团体的时刻，我为种种激动人心的事情而激动，为召唤我来的选举结果而自豪，为欢迎我来的关怀而感动，为眼前可敬可爱的听众而不安，我为你们的重大损失而难过，但我都无力给予你们安慰。最后，我身后的这个可敬的地方洋溢着死者的光辉，杰出的生者的深厚情谊，我为自己的渺小而羞愧，难道我自己不也需要仁慈与宽厚吗？再者，我实话实说，我也绝不认为年轻的一代人对前辈与兄长会有这种严格的责难权利。没有战斗过的人有批评他人的权利吗？我们应当回想起，我们那时都是孩子，生活对于我们来说是无忧无虑的，而对别人却是沉重而艰难。我们继父辈之后来到这个世界，父辈们已经疲倦，我们需要景仰他们。我们既要学会使用进行过斗争的伟大思想，也要学会利用盛极一时的伟大事物。要对人人公平，对接受皇帝是主人的人要公平，对以皇帝为对手的人同样要公平。在充分理解欢欣鼓舞的同时也要尊敬奋起反抗，它们当时都是合法的。

然而，先生们，我再说一次，反抗在当时不仅是合法的，而且是光荣的。

皇帝为此感到很难过，正如他后来在圣赫勒拿岛所说的："本来想让帕斯卡尔[①]当参议员，让高乃依[②]当部长"。先生们，这个人自己过于伟大，不会不懂得别人身上的伟大。一个平凡的人依仗强大的权势，本来是会蔑视有才华者的这种反叛。拿破仑却十分清楚，他知道自己是历史人物，终将名留史册。他感到自己十分富有诗意，因此不会不对诗人感到不安。我们应当大声承认这一点，这位向年轻法兰西共和国开刀，打赢雾月十八日战役的炮兵少尉，这位向古老欧洲王朝开刀，打赢奥斯特里茨战役的炮兵少尉的确是一位将才。他是一个胜

---

① 帕斯卡尔（1623 年—1662 年），法国科学家、作家和思想家。
② 高乃依（1606 年—1681 年），即皮埃尔·高乃依，是法国作家。

利者，如同一切胜利者，这是一位文学的朋友。拿破仑具有登上宝座所需的一切追求和种种直觉，他的方式方法或许与路易十四有些不同，但劲头和他一样。在伟大的皇帝身上，有着伟大国王的架势。他最早的抱负之一就是让文学为自己的权杖效力。仅仅是钳住人民激情的嘴，对他而言是不够的，他本来想要制服邦雅曼·贡斯当；仅仅是击败了三十支军队，对他而言是不够的，他本来想要击败勒梅西埃；征服了六个王国，对他而言是不够的，他本来想要征服夏多布里昂。

　　先生们，这并不因为他们受到个人喜好的影响，他们对拿破仑身上闪现出的大度、罕见与杰出的品质毫不怀疑。只是在他们看来，政治家使胜利者失色，英雄之外兼有暴君，如同西庇阿身上夹杂有克伦威尔。他的一半生命和他另一半生命大唱反调。波拿巴曾经让自己军队的大旗为华盛顿挂孝，但他没有模仿华盛顿；他曾经任命奥韦涅的拉图尔作为共和国第一投弹兵，但他废除了共和国；他曾经把圆屋顶下的荣军院作为伟大的杜雷纳 ① 的墓室，但他又把万塞纳的沟壑作为伟大的孔代 ② 孙子的墓地。

　　虽然他们有着高傲贞洁的态度，但皇帝毫不犹豫地主动采取一切行动。他提供了一切名誉——各种驻外使馆，各种捐助，荣誉团的高级头衔，元老院，可以说是能够提供的一切。而我们可以看到，这几位高贵的倔强者将一切都拒绝了。

　　安抚之余，我很遗憾地补充说，便是迫害。他们没有一个人让步。幸而有了这六位才子，这六位君子，在这个诸多自由被取消，诸多王室屈尊的政府统治下，自由思想的堂堂尊严得到了维持。

　　先生们，不仅如此，这对于整个人类也有好处。不仅是抵制专制的暴政，同时也是在抵制战争。但愿大家不要误解我这些话的意思和意义。我认为战争经常是好事。在看待一部历史仅仅只是一次事

---

　　① 杜雷纳（1611 年—1675 年），法国元帅。

　　② 孔代（1621 年—1686 年），法国政治家、军事家。

件，看待一部哲学仅仅只是一个思想这样的高度上看，战争给人类带来的创伤未必比田沟对土地造成的创伤要大。五千年来，一切收获都始于犁刀，一切文明都始于战争，先生们，不管今后的结果有多么美好，人类正在受苦受难。风俗习惯中的细腻部分，在粗暴思想的摩擦下正在消失、退步；佩刀成为社会惟一的工具，武力给自己赋予了权力，这本应照亮各国人民脸上的宗教信仰。其神圣的光辉正在慢慢消失。消失在酝酿一个个条约，一次次分割王国的过程中。贸易、工业、智慧的蓬勃发展，一切和平的活动都宣告消失，人类融洽的社会关系也岌岌可危。在这样的时刻，先生们，我们应该响起强有力的呼喊声，我们理所应当地应该理智面对武力，大胆直言。面对胜利，面对强大，思想家应当对英雄们提出告诫，诗人们这些冷静、耐心、和平的文明使者，应该劝诫征服者这些蛮横的文明使者。

在这样一些杰出的劝诫者中间，有一个波拿巴曾经喜欢过的人，他差一点就会像另一个独裁者对另一个共和主义者说："你也是！"这个人，先生们，就是勒梅西埃先生。他本性诚实，含蓄，朴素，又聪明得体，善于推理，想象力准确，可以说即便是异想天开，也有数学般的精确。他是贵族出身，但却只相信有才智的贵族；他生来富有，却深谙穷且高贵的学问；他的谦逊是清高的谦逊，他的温和是带有一点固执的温和。他安静而不折不挠，在公共事务上严肃，有自己的原则。他讨厌有人迷惑别人。勒梅西埃先生，这是一个以思想从事理论工作的人十分难得的细节，他只根据事实构筑他的政治观点。而且，他是以自己的眼光来看待事物的。这个人在因果关系中更加重视因，更喜欢根据根来评判植物，喜欢根据源头来评判江河。他顾虑重重，时刻准备着勃然大怒，对于那些不可一世的事情，充满着隐蔽的，常常又是勇敢的憎恨。别人的自尊心是跑在局势的前面，而他似乎把自尊心放到局势之后。

1789 年时，他是保王派，或者如当时人们所说的，是 1785 年的"专制王朝派"。到了 1793 年，正如他自己所说的，是 1789 年的自由派，而到了 1804 年，正当波拿巴自认为称帝的条件已经成熟时，勒梅西埃先生却自认为自己对共和派已经成熟了。

正如你们所看到的，先生们，他的政治观点对在他看来是事过境迁的事情不屑一顾，他总是在追求去年的流行款式。

此地，请允许我对勒梅西埃先生度过童年的环境提几件小事。探寻一生的起点，可以研究一个人性格的形成。而当我们想要去认识那些散播光明的人时，可不应该只了解他们的天才，而不熟悉他们的性格。天才是燃烧的火焰，而性格才是内部的灯芯。

1793 年，在恐怖的高潮时期，勒梅西埃先生当时还很年轻。他饶有兴趣地注视着国民公会的所有会议。先生们，这是一个需要静心考虑的题目，一个阴沉、哀伤、可怕而崇高的题目。我们要公平，我们今天在这里讲公平是没有危险的，我们要对这些人类文明发生过的庄严和可怕的事情，对那些一去不复返的事情讲公平！在我看来，法兰西头上总是有着某种伟大的东西，这是上天的意愿。历代先王在世的时候，它是一条原则；在帝国时代，这是一个人；在大革命时期，这是一个大会。这个大会粉碎了王座，拯救了国家，这个大会和克伦威尔一样，和王权进行斗争，和汉尼拔一样，和天下进行决斗。这个大会既像一个民族一样有天才，也像一个个人一样有天才。这个大会，总而言之，在犯下了一次次罪行的同时也创造了一次次奇迹。对于这个大会我们可以厌恶和诅咒，但我们也应该有所赞美！

然而，我们必须承认，在那个时代的法国，精神上的光明在减弱，因此——我们要注意，先生们，——智力的光明也在减弱。这就好像夜晚降临时那种半明半暗的情状，弥漫在某些时代，对于人类今后的利益，对古老的社会完成这些粗暴的行为是必不可少的。这样粗暴的行为若是某些人下的手，便是一桩桩罪行，若是来自上帝，那便叫做一次次革命。

这团阴影，如果笼罩在人民的头上，正是天主亲手造成的阴影。

正如我刚刚指出的，1793年并非是这些豪杰清高孤傲的年代。当时看来，似乎是上天发现人类过于渺小，无力胜任上天想做的事情，于是将人弃之一边，亲自登台。确实，在那一年，在完成法国革命的三个巨人之中，第一个巨人是社会事实，第二个巨人是地理事实，最后一个巨人是欧洲事实，其一是米拉波①，已经作古；其二是西埃耶斯，也已经销声匿迹，他"成功地还活着"，正如这位伟大的懦夫以后所说；其三是波拿巴，在历史生活面前还尚未出生。西埃耶斯无声无息，丹东则可能是例外。所以，国民公会里没有了第一流的人物，没有了智力杰出的人物；只是他们有伟大的激情，有伟大的斗争，有伟大的闪光，有伟大的灵魂。当然，这已经足够使人感到迷惑，人民是可怕的观众，注视着这场决定性的大会。还要说明一点，在那天天都发生大事的时代里，情况变化如此之快，欧洲与法国，巴黎和国境线上，战场与群众广场，会有那么多的意外事件，任何事物都发展得如此迅速，以至于国民公会的讲坛上，可以说演说者的话刚一出口，便是发生了大事。演说者让人民感到头晕目眩的同时，也使人民伟大起来。还有，正如巴黎、正如法国那样，国民公会在世纪末这片暮色中左右进退，这给最渺小的人物留下了长长的身影，使最羸弱的脸颊上抹上了朦胧巨大的轮廓。而且，对历史本身而言，这个异乎寻常的大会似乎蒙上了某种难以言表的阴森和超自然的气氛。

这些异常可怕的集会常常使人们感到困惑，如同九头蛇怪②使海鸟感到迷惑一般。长期国会吞噬了弥尔顿，国民公会吸引住了勒梅西埃。后来这两个人都以我难以表述的对这两座阎王殿的模糊反光，把一部阴暗史诗的内部照的通明透亮。我们在《失乐园》里感觉到有克伦威尔，在《泛伪记》里感觉到有1793年。国民公会对当时还年轻的勒梅西埃

---

① 米拉波（1749年－1791年），法国政治家、演说家。
② 九头蛇怪是古希腊神话中一种生物，象征着邪恶。

来说，就是革命的幻觉，它细致地呈现在他眼前。他每天都来会场上，他自己说得也很精彩，"制定无法无天的法律"。每天早晨，他都按时来到会场的公众席上，四周那些奇奇怪怪的妇女每天把纷杂的家务活计掺杂在这最恐怖的场面中。历史为她们取了一个恶心的外号，叫做"编结女郎"。她们认识他，等他，并为他保留这座位。只是他在年轻时期，在他的不修边幅之中，在他慌乱的注意力中，在他争论时的不安情绪中，在他的僵直的眼神中，在他不时脱口而出、断断续续的话语中，有某种对她们来说过于稀奇古怪的东西，她们以为他是一个没头脑的人。有一天，他到的比平时晚些，他听到其中一个女子对另一个人说："别坐那儿，那是白痴的位子。"

　　四年以后的 1797 年，白痴给法国写下了《阿伽门农》。难道，是这个大会偶然让诗人写下这部悲剧的吗？在埃癸斯托斯和丹东之间，在阿尔戈斯与巴黎之间，在荷马式的野蛮和伏尔泰式的道德败坏之间，有什么共通之处吗？究竟是什么古怪的思想，要让史前时代天真简单的行为观视衰败腐朽文明的谋杀的镜子？让希腊悲剧中高大的鬼魂，可以说走近法国大革命的绞架附近游荡，把家族激情造成的古代弑君者和群众激情所完成的近代弑君者对照比较！我承认，先生们，每当想起富有才华的勒梅西埃先生的时代，在国民公会的讨论和《阿伽门农》人物之间的争执中间，在他的亲眼所见和他的想象中间，我经常在寻找一种联系，但我至多也只找到一种一致性。为什么，究竟是他大脑里思想经过了什么样的神秘改造，才诞生了《阿伽门农》？这才是灵感喷涌时阴暗的产物之一，只有诗人才掌握其中的奥妙。无论如何，《阿伽门农》是一部作品，就恐怖与怜悯两方面而言，就悲剧成分的简单而言，就风格的厚重而言，毫无异议，是我国舞台上最美的悲剧之一。这部严厉的诗篇果真有希腊的遗风。我们审视这部作品时，感到这是达维德给雅典浮雕以色彩的时代，是塔尔玛给雅典浮雕以言语与气势的时代。我们在作品中不仅感受到了时代，还感受到了人。我们猜想，诗人在写作时很痛苦。的确，某种深沉的忧伤掺杂着我几乎说不出的革命的恐怖，充满了整个作品。请你们看看这部作品——作品值得看看，先生们，——看看全局，也看看细节。阿伽门农和斯特罗菲尔斯，靠岸的帆桨战船，人民的欢呼，国王间的亲切问候。尤其请注意克吕泰捏斯特拉，脸色苍白而血腥的人物，决心要弑君的淫妇，她环顾四周，但并不理解各位国王，可怕的是，她并不因此而感到害怕，女囚卡珊德拉和幼年的俄瑞斯忒斯，这两人看起来弱小，实际上可不简单！未来借着前者的嘴说话，而活在后者的身上。象征着威胁的卡珊德拉是一位女奴，扮演着惩罚的俄瑞斯忒斯还是个孩子。

我刚才说过，那时勒梅西埃先生在受苦，在创作。那时大家都还没有清醒。他努力理清自己的思想，为这份吸引那些勇敢的人观看可怕的场面的好奇心而感到好奇。他尽可能地靠近国民公会，也就是说在靠近大革命。在未来这尊雕像还在熔炉里沸腾翻滚的时候，他向熔炉俯身张望，他看到炉子里有东西在发出强光，听见炉子里革命的伟大原则吼声震天，如同火山口里的熔岩，革命的原则是青铜，铸就我们今天的思想，我们的自由和我们的法律的基础。未来的文明当然是上天的秘密，勒梅西埃先生并没有尝试去猜测。他只是静静地，以坚忍不拔、逆来顺受的心态接受对自己的一切灾难。值得我们注意的是，我情不自禁地想要强调，他太年轻，太默默无闻，在恐怖时期看刽子手们牵着一位位大师穿街走巷，这使他最隐蔽的感情深处留下了强烈的印象。他是路易十六的忠诚臣民，几乎可以说是路易十六的奴仆，他看到一月二十一日的马车经过；他是郎巴勒夫人的养子，他看到九月二日的标枪经过；他是安德烈·舍尼埃①的朋友，他看到热月七日的大车经过。这样，他二十岁时，看到过除了他父亲外他最亲近的人被斩首，砍下了除了上帝、王国、美和天才外，这个世界上最耀眼的三

---

① 安德烈·舍尼埃（1762 年—1794 年），法国诗人。

样东西!

　　经历了这些之后，柔弱的人会终身愁眉不展，坚忍不拔的人会始
终面容严肃。勒梅西埃先生接受了沉重的生活。热月九日为法国打开
了新的纪元，这是任何革命的第二阶段。勒梅西埃先生看到了社会解体，
他又热切期望着社会生活的重新形成。他过着出入社交界的文学生活。
他微笑着研究和分享督政府时代的民风。罗伯斯庇尔以后的督政府相
当于路易十四以后的摄政时期。一个聪明的民族摆脱烦恼和害怕以后
开开心心，吵吵闹闹，风趣活泼而又无所顾忌，他们借狂欢抗议虔诚
的专制制度的伤感，借狂欢抗议清教徒式专制暴政的愚昧。勒梅西埃
先生因《阿伽门农》的成功而大名鼎鼎，他希望结交当代的一切精英
人物，一切精英人物也希望结交他。他在杜西斯家中认识埃古夏尔·勒
布兰①，如同他在普拉夫人家中认识安德烈·舍尼埃。勒布兰非常喜欢
他，从未写过一首短诗讽刺他。菲茨·詹姆斯公爵，塔列郎亲王，拉
美特夫人，弗洛里昂②先生，阿吉永公爵夫人，塔利安夫人，贝尔纳
坦·德·圣皮埃尔和斯塔尔夫人盛情款待他，欢迎他。博马舍愿意帮
他出版作品，如同二十年后，杜皮特朗③愿意做他的老师一般。他的地
位如此之高，已经不能不陷入党派纷争，和一些上层的人物平起平坐，
他成为参与审判国王的达维德的朋友，同时也是曾为国王哭泣的德利
尔的朋友。正是在这些年代，他和各种人物交流思想，静观世风变迁，
观察具体的个人，以应付生活里的各种应酬。在勒梅西埃先生身上我
们可以看到两个影子，——两个自由的人，他是独立的政治人物，他
又是独立的文学人物。

　　稍微早一些的时代，他认识了时来运转的军官，此人后来取代了
督政府。几年时间内，两人的生活擦肩而过。两人都默默无闻，一人破产，

---

　　① 勒布兰（1729 年—1807 年），法国诗人。

　　② 弗洛里昂（1755 年—1794 年），法国作家。

　　③ 杜皮特朗（1777 年—1835 年），法国外科医生。

而另一人贫穷。有人责备说前者的第一篇悲剧是学生的作业，责备后者的第一件业绩是雅各宾党人的功劳。两人同时因为一个绰号而声名鹊起。人们称呼"勒梅西埃—莫勒阿格洛斯先生"，同时又称呼"葡月将军"。真是奇怪的法则，一时间，竟然在法国所有高层人物中兴起。博阿尔内夫人①考虑嫁给受巴拉斯保护的人时，就这件不美满的婚事征求勒梅西埃先生的意见。勒梅西埃先生对土伦的年轻炮兵有兴趣，建议他娶她。后来，这两个人一个成了文学家，一个成了军事家，两人几乎是平行地成长。两人同时取得个人最初的胜利。勒梅西埃先生在阿尔科尔和洛迪②战役那年上演了《阿伽门农》，在马朗格战役那年上演了《宾多》。早在马朗格战役之前，他们的联系就已经很紧密了。在尚特雷那街上的客厅里，曾经见过勒梅西埃先生向埃及大军的总司令朗读《奥菲斯》这部埃及题材的著名悲剧。克莱贝尔的德赛在一旁倾听。在执政府期间，他们的联系变成了友谊。在马尔梅宗城堡，首席执政以这种真正大人物常有的孩子般开心的心情，夜里突然闯入正在熬夜的诗人的卧室，闹着吹灭诗人的蜡烛，接着哈哈大笑转身逃走。约瑟芬已向勒梅西埃透露结婚计划；首席执政向他透露建立帝国的计划。那一天，勒梅西埃先生感到，他正在失去一位朋友。他不接受一位主子。他们和一个相同的人在一起，放弃平等的想法是困难的。于是诗人高傲地走开了。我们可以这样说，在法国，他是最后一个不向拿破仑称"您"的。十二年花月十四日，元老院第一次给国家的宠儿以皇帝的称号——陛下。而勒梅西埃在一封值得纪念的信中，仍然亲切地用这个伟大的名字称呼他——波拿巴！

两个人的友谊给两人都带来了荣誉，但接踵而来的是斗争。诗人并非配不上统帅。勒梅西埃先生是世间罕有的大才子。今天，我们有比以往更多的理由这么说。他的纪念碑已经宣告完成，今天，由这位

① 博阿尔内夫人（1763年–1814年），即约瑟芬皇后，拿破仑的第一任妻子。
② 阿尔科尔和洛迪是意大利地名，拿破仑1796年在这两地击败了奥地利的军队。

作家建立而成的大厦上，放下了上帝之手注定要安上的最后一块命运之石。你们当然不会这样要求我，先生们，对这部鸿篇巨著逐页加以审视。这部作品和伏尔泰的作品一样包罗了一切。颂歌，诗简，寓言，歌曲，滑稽模仿，小说，戏剧，哲学遗产以及文学遗产。洋洋洒洒，跌宕起伏，作品之上是出类拔萃的十首诗歌，十二部喜剧和十四部悲剧。这一座丰富而奇异的建筑有时形影模糊，有时又亮的耀眼，在大厦的拱门之下，在这似明又暗的背景下，寓言里、圣经中以及历史上的重要鬼魂都纷至沓来。阿特里德斯，以实玛利，以法莲的利未人，里库尔格斯，卡米耶，克洛维斯，查理曼大帝，柏杜安，圣路易，查理六世，理查三世，黎塞留，波拿巴，每个人都被刻在作品的三角墙上。他们被四个象征性的巨人所支配：摩西，亚历山大，荷马和牛顿；即是说被立法、战争、诗歌和科学所支配。诗人心中所有的这组人物和思想，被诗人放进我国的文学宝库中，巍峨高大。请允许我在分析贯穿作品的主线后，提出了其中一些有突出特征的细节。这部葡萄牙革命的喜剧，十分生动诙谐，风趣深刻。这个普劳特和莫里哀的阿巴贡不同，对这一点作者说得很俏皮，"莫里哀的主题是吝啬鬼丢失一笔财富，我这儿的主题是普劳特找到了一个吝啬鬼"。这部《克里斯托弗·哥伦布》里，一律严格遵守了地点，因为剧情发生在大船的甲板上，又被大胆地破除，因为这艘船，——我简直想说这部剧，——从旧大陆驶向新大陆。这部《弗雷格龙德》的构思则像是克雷比永①的一个梦，写的好像是高乃依的思想。这部《亚特兰蒂阿德》中，大自然照进来第一束光，虽然此剧中的自然也许是从科学的角度，而不是从诗的角度解释。最后，最后是一首诗，由上帝把人的戏剧演给魔鬼看，这篇《泛伪记》从整体上看就是一首史诗、喜剧或者是讽刺诗，它是某种文学的怪作品，它是头三个脑袋的怪物，又唱、又跳、又叫。

---

① 克雷比永（1674 年—1762 年），法国剧作家。

这一部部作品，搭建起一部高高的人字梯，这位思想家用这张梯子或下沉到地狱，或攀升至天堂。现在，先生们，我们不可能不对这位高贵的智者感到有某些真挚的情感。他勇敢地为难以满足的法国绝妙的情趣尝试过多种路子而并未气馁。从伏尔泰看来，他是哲学家；从莎士比亚看来，他是诗人。这位先驱在多拉 ① 又借用德穆思捷的名字重现了那个时代，把一首首史诗献给了但丁。这位高瞻远瞩的人，一只翅膀在原始的悲剧，另一只翅膀却在革命的喜剧，他那篇《阿伽门农》近乎是普罗米修斯的诗人，《宾多》则是费加罗的诗人。

　　先生们，初一看，批评的权利当然是来自赞颂的权利。人的眼睛——是完美？还是残疾？——生来总是在寻找一切事物的缺陷。布瓦洛也没有毫无保留地赞扬莫里哀。这样能为布瓦洛增光吗？我不知道，但似乎的确如此。二百三十年前，天文学家约翰·法布里修斯在太阳里发现有黑子；两千两百年前，语法学家佐伊勒发现荷马有缺点。我此地可以并不违反你们的惯例，这对于我介绍的人并不有失恭敬，在我赞赏的同时加上几句责备，当然，为了艺术我会用婉转的提法。但是，先生们，我不这样做。你们只要想一想，我只会一生忠于我的信念，如果我偶然对勒梅西埃先生提出保留，这样的保留也许主要关于敏感而关键的一点，我看这会事关作家们的前途，也就是说关于风格，想到这些，我毫不怀疑，先生们，你们将会理解我的谨慎，会同意我闭口不谈的。再说，我在开始时说的话，我现在应该再次重申，我是谁？谁给我资格来解决如此复杂，如此严肃的问题呢？为什么我感到的自己身上的信念会化成对别人的权威呢？只有后代，——这又是我的一个信念，——对杰出的人物具有最终评议和评判的权利。只有在后代看到他们作品的全貌，范围以及前景，才能说他们有怎样的迷惑，怎样的失误，现在要在你们面前扮演后代这样严肃的角色，对一个杰出

---

① 多拉（1508 年－1586 年），法国诗人、人文主义者。

的人物提出责备或者责难，自己至少应该是，或者自信是杰出的同时代的人。而我既没有是同时代人的幸福，也没有成为同时代人不幸的狂妄。

此外，先生们，每当谈起勒梅西埃先生时，总要谈到这一点。不论他的文学如何天才，他的性格或许要比他的文学更加全面。

只要他相信，他有责任和他认为不公正的政府作斗争，他就可以为此牺牲自己的财产，本来在革命后已经恢复，但又被帝国夺走。他牺牲自己的时间，牺牲他的休息，牺牲在外面的安全，这像是家庭幸福的保护墙。更难能可贵的是，作为诗人，他牺牲了作品的成功。从来没有哪一位诗人比他更加英勇地用悲剧、用喜剧进行战斗。他给审查机关寄去剧本，就如同一位将军将自己的士兵派去冲锋陷阵。一篇剧被除掉，立即有另一篇补上，但命运相同。先生们，我有可悲的好奇心想去了解，想评估这一场斗争对《阿伽门农》的作者的名声造成多大的伤害。——不算被公安委员会因为有害哲学而被禁演的《以法莲的利未人》；不算因不合共和国需要而被国民公会禁演的《革命的达尔杜弗》；不算因敌视王权而被王政复辟禁演的《痴呆的查理五世》；也不算据说 1823 年被侍卫们喝倒彩的《堕落者》；我仅仅根据帝国审查机关的文书，我找到的结果如下：《宾多》上演了二十次之后被禁，而《布劳特》则是上演七次后被禁，《克里斯托弗·哥伦布》有军人守卫，在刺刀前上演了十一次后被禁，《查理曼大帝》，禁演，《卡米耶》禁演。这场当政机关可耻，而诗人光荣的战争中，勒梅西埃在十年中有五部大剧被刺杀身亡。

有时，他为了自己的权利，为了他自己的思想辩护，他曾经直接对波拿巴本人提出强硬的抗议。有一天，在一次几乎是要让两人彻底决裂的讨论中，主子停了一停，突然对他说："你怎么啦？你怎么涨红了脸啦。""而你的脸白了。"勒梅西埃先生骄傲地反驳道。"我们俩，你和我就是这副样子。有事情发火时，我的脸涨红，你的脸煞白。"不

久以后，他根本不去见皇帝了。只是有一次，1812年1月，在拿破仑青云直上走上顶峰的时代，在他的《卡米耶》无端被禁演后的几周，在他已经绝望，不再在帝国上演任何剧本的时候，他作为研究院的院士必须要到杜伊勒里宫去。拿破仑看见他，径直走了过去。"你好哇，勒梅西埃先生，你什么时候给我们写一部漂亮的悲剧呀？"勒梅西埃先生盯着皇帝看了看，说了一句话："快了。我等着。"这句话好可怕！这是先知的预言，不是诗人的话！这句话是在1812年初说的，这里跨越了莫斯科，滑铁卢和圣赫勒拿岛！

在这颗无声而严肃的心里，对波拿巴的同情并没有完全熄灭。到最后的那段时间，年龄非但没有熄灭他的热情，反而使他重新燃烧起来。去年，几乎是在这个时候，在那个5月的下午，巴黎有消息传来，说英国终于为自己在圣赫勒拿岛上的行为感到害羞，决定把拿破仑的棺材还给法国。勒梅西埃先生已经疾病缠身一个多月，他叫人拿来报纸。报纸上果然报道说有一艘三桅战船将要驶向圣赫勒拿岛。老人站了起来，他脸色苍白，摇摇晃晃，眼里闪出泪光，有人给他念道："贝特朗将军去迎接他的主人皇帝……"时，"我呢？"他喊道："我要是能去迎接我朋友第一执政该有多好！"

八天之后，他离开了。"哎！"他可敬的妻子对我讲起了这些痛苦的细节："他不是去迎接他，他更加诚心，他去与他相聚了。"

我们刚刚对这位伟大诗人的人生做了匆匆的回顾，现在我们要从中得到他这一生包含的教训。

勒梅西埃先生是这等罕见的人物，他迫使自己从精神上提出，并帮助自己的思想提出这样一个严肃而深刻的问题：时代不同，民族不同，政府不同，那么文学究竟应该如何对待社会？

今天，路易十四古老的王座，国民大会政府，光荣的专制国家，绝对的君主政体，独裁的共和国，军人独裁，所有的一切都已经烟消云散。随着我们新一代人一年年向着未知的目标滑行，勒梅西埃先生

雨　果

在自己的路上碰到的三个巨大的对象，他先后热爱过，审视过，后来又反对过，而从今以后都僵硬和死去，逐渐消失在往昔记忆的深处。列王们只是几个幽魂，国民公会只是一个回忆，而皇帝，则是一座坟墓。

只是这三者包含的思想还并未消失，死亡与崩溃分析出他们固有的本质价值，仿佛是透过了他们的灵魂一般。上帝有时候将一些思想放入某些事物中，放在某些人身上，如同在花瓣里放上芬芳。花瓶碎了，思想散发出来。

各位先生，代代相传的王族包含了历史的传统，国民公会则包含了革命的发展，拿破仑包含了国家团结。传统诞生稳定，发展诞生自由，团结诞生力量。而传统与团结和发展，换而言之，就是稳定，力量和自由，而这就是文明。文明包含了树根、树干与树叶以后才是一棵完整的树。

各位先生，传统对于这个国家是重要的。法国并不是一块殖民地猛然变成的国家，不是美洲国家。法国是欧洲不可分割的部分，不能脱离土地，更不能与过去割裂开来。因此，据我看来，我们最近的这次革命非常严肃、有力和智慧。我们以令人赞赏的本能懂得：既然王权国家需要王族，那么王族就应当在某些时候以支系间的继承来取代君主间的继承；这次革命非常理智地选择了宪政元首，——杜穆里埃和克勒曼 ① 副长官，亨利四世的孙子，路易十四的侄孙；这场革命用充分的理由把古老的王族改造成为年轻的王朝，这既是君主的，又是人民的，他的历史充满过去，他的使命充满未来。

但是，如果说历史传统对法国是重要的，自由的发展对她来说会更重要。思想的发展是她特有的运动。法国借传统而存在，靠发展而存续。先生们，我刚才让你们回想起三十年前法国的强大和美好，但愿我不会有大逆不道的想法，借助那些所谓不言自明的反差来贬低、凌辱今天的法国，使她泄气。我们可以平静地说，——我们无需为这

---

① 杜穆里埃（1739 年—1823 年）和克勒曼（1735 年—1820 年）都是法国将军。

样简单而真实的事情提高嗓门，——法国的今天和以往任何时候一样伟大。自从法国五十年前开始对其自身的改造以来，她开始了一系列返老还童的过程，法国似乎把她的时间和任务分成了两个相等的部分。二十五年间，她把自己的军队强加给了欧洲；二十五年间，她对欧洲强加自己的思想。法国靠她的新闻界治理各个国家。靠她的书籍治理人们的思想。她通过战争实现的统治，这是一个创举；她又以和平实现统治，这是法国起草世界思想界的历程。法国提议的事情立即由全人类加以讨论，她的精神慢慢注入各个政府，使他们得到净化。其他各国人民慷慨的颤动来自法国，由此，每个个人都在实现由恶向善的不断转变，让各国免受激烈的震荡。各个谨慎的为未来思考的国家让法国有益的思想深入自己古老的血液，不是作为疾病，而是在接种进步的、预防革命的疫苗。也许法国的物质边界暂时已经缩减，不，当然不，不是在上帝用江河、海洋和山脉标记的永恒的世界地图上，而只是在这张一朝一夕都勾勒着红蓝笔迹的，由胜利与外交每隔二十年重画一次的地图上。有什么关系？在一定的时间内，上帝总会把未来的一切收进他的盒子里去。法国的形状是命定的。此外，如果各种联盟，各种对抗，各种代表大会建成一个法国，而诗人和作家建成另外一个法国。那么，除了那可见的边界外，这伟大的国家还有不可见的另一条边境，一直延伸到没有人类语言的地方，即是说，一直延伸到人类文明世界的边界上。

还有几句话，先生们，还请你们再耐心听片刻，我的话就要完了。

你们看到，我不是会绝望的那种人。请原谅我的缺点，我赞赏我的国家，我也同样热爱我的时代。不管别人怎样去说，我都不相信人类正日益渺小，我更加不会相信法国正在逐步衰弱。我觉得上天不会这样安排。天主为古人建成了罗马，又为今人建造了巴黎。我觉得，上帝之手是看得见的，在一切事情上不断地借优秀民族的手去改造宇宙，借杰出人物的劳动去改善优秀的民族。对，先生们，尽管有人抨

雨　果
散　文　精　选

击和诽谤，不喜欢我这个观望的盲人，但我相信人类，我对我的时代
有信心；尽管有人怀疑和审视，不喜欢我这个倾听的聋人，但我信仰
上帝，对天主有信心。

　　所以，我们的国家没有什么东西在退化，没有。各国各民族的火
炬永远高举在法国人手中。这是个伟大的时代，我想是如此，——我
是不值一提的，我有权利这么说！——法国在科学上是伟大的，在工
业上同样是伟大的，在雄辩、诗歌和艺术上也同样伟大。一代代新人，
但愿至少会有他们中间最渺小的人来说句迟来的公道话。已经虔诚地，
勇敢地继承了他们父辈的事业。歌德死后，德国的思想销声匿迹；拜
伦和华尔特·斯科特死后，英国的诗歌默默无闻；此时，只有法国是
惟一发光的生动的文学。从彼得堡到加的斯①，从加尔各答到纽约，大
家只读法国文学。世界从中得益，比利时赖以维持生命。在三个大洲
的土地上，哪儿有一种思想在发芽，哪儿就曾经种下一本法国的书。
所以，我们要向年轻的一代代的成就致敬！今天在座的有高超的作家，
高贵的诗人，杰出的大师，都温情地指望着在思想这片永恒的田野里
有俊杰出现。啊！但愿这些俊杰之才能信心十足地转身面向这座会议
大厅！如同在十一年前，我杰出的朋友马丁先生在你们中间就座时说
的那样："你们不会让任何一个人留在门外！"

　　愿这些年轻的俊杰，这些天才，这些法国文学伟大传统的后继者
不要忘记：新的时代有新的责任。今天的作家，任务没有以往那么危险，
但更加崇高。不再如1793年要保卫王权，反对断头台，或者如1810
年拯救言论的自由，但仍有文明需要传播。作家无需再如安德烈·舍
尼埃②那样，交出自己的脑袋，也不用像勒梅西埃那样牺牲自己的作品，
他只需要奉献自己的思想。

　　奉献自己的思想，——请允许我在此庄严地重复我曾经说过的

———————————

　　① 加的斯是西班牙的城市。
　　② 安德烈·舍尼埃（1762年—1794年），法国诗人。

话，我处处写下的字。在我有限的能力范围内，这始终是我的法则和目的。——把自己的思想贡献于不断发展的人类和平；鄙视群氓，热爱人民；既要适时的远离政党，又要尊重多方面的丰富的创新；既要在需要时抵制政权，又要向政权寻求支点。有人认为这支点是神圣的，有人认为这支点是人性的，但人人都认为它是神秘而有益的。没有这个支点，任何政府都会动摇。要时时对照人间的法律和天主教的律法，对照刑罚制度和福音书；每当新闻界的工作符合世纪的正确方向时，写书帮助新闻界；要对人们传播鼓励和同情，他们处在黑暗中，缺乏空气和空间，我们听得到他们的激情、痛苦和思想，它们喧闹地撞击着未来的大门；要借助剧院，通过笑声和眼泪，通过历史庄严的教训，通过奇异的想象，撒播令人心碎的脉脉温情，在观众的心灵中化作对妇女的怜悯，对老人的尊重；让自然如同上帝的活力一般进入艺术；总而言之，教化人，使思想安静的光辉照耀在人们头上，这就是今天，先生们，诗人的使命、职责与荣耀。

我对孤独的诗人说的话，我对被孤立的作家说的话，先生们，我斗胆认为也是可以对你们说的。你们对人心，对心灵有着巨大的影响。你们是这精神权利的主要中心。这个权利从路德以来已经转移了位置，三个世纪以来，它们不仅仅属于教会。对于当今的文明，有两个领域属于你们，智力的领域和道德的领域。你们的价值，你们的桂冠，并不只限于才华，而是直达道德。法兰西学士院通过哲学家和勤于思考的人士达到永远的一致；通过历史学家和务实的人们达到一致；通过诗人和青年，与妇女相一致；通过制定语言并改写语言与人民相一致。你们立足于国家主要的团体内，并在此水平上补充各个团体的作用，在社会的一切角落里发出光芒，并且让思想这股微妙的力量，可以说是有生命的力量，去到法典这僵硬的文本不能深入到的地方。所有其他的权力确保、调整着国家的外部生活，而你们，治理内部生活。其他权力制定法律，而你们，制定风俗。

　　然而，先生们，不要走过了头。不要进入宗教问题，不要进入社
会问题，甚至不要进入政治问题，任何人都不会有最终的解决方法。
在现代社会中，真理的镜子已经摔碎了。每个政党捡起一块碎片，思
想家努力拼合这些碎片，但大部分碎片摔成奇形怪状，有些还沾上了
泥巴，有的，哎！还沾着鲜血。要把这些碎片好歹拼凑起来，除了几
块破损外，重现总体的真理，只需要一个智者；而把碎片连成整体，
还其完整形貌，则需要有上帝。

　　没有任何人更像这位智者，——先生们，请允许我在结束时念出
这个令人尊敬的名字，我对他永远有一种特殊的恭敬之情；——没有
人比马勒泽布更像这位智者，他同时是伟大的作家，伟大的法官，伟
大的大臣和伟大的公民。只是，他来得太早，他更像是要结束革命的
人，而不是开始革命的人。未来的震动不知不觉地被当前的进步所吸
引；民风的淳朴，由学校、工厂和图书馆负责教育；而由法律和教育
逐步提高人的素质，这就是任何一个良好的政府，任何真正的思想家
都应该向自己提出的严肃目标；这就是马勒泽布在他几次过于短暂的
担任部长期间给自己规定的任务。1776 年以后，他感到以后十七年将
要扫荡一切的风暴来临，他匆匆忙忙地将摇摇欲坠的君主制度系在这
个结实的基础上。若不是缆绳断了，他本可以拯救国家，拯救国王的。
可是，——愿这对于任何想要模仿他的人都是一种鼓励，——如果连
马勒泽布本人也不复存在，至少，在这进行革命，忘怀一切的岁月里，
人民对他留下来的记忆是不可磨灭的。如同沉没在暴风雨中的大船，
古老的铁锚永远地留在海底，一半被埋进了沙中。

1841 年 6 月 2 日

在巴尔扎克葬礼上发表的演说

各位先生：

　　刚刚被葬入坟墓的这个人，全国上下将无一人不哀悼他。对我们来说，一切假象都已消失。从今以后，为人注视的将不是统治者，而是思想家。每当有这样的一位思想家消失，举国上下将为之震惊。今天，人民和国家将哀悼这位天才之死。

　　各位先生，巴尔扎克这个名字将长留于我们这一时代，也将流传于后世的光辉业绩之中。

　　正如17世纪随黎塞留而来的那批杰出作家一样，巴尔扎克先生属于19世纪拿破仑时代的强有力的作家之列，——仿佛在文明的发展中，有这样的一条法则，促使武力统治者之后出现思想统治者。

　　在最伟大的作家中间，巴尔扎克名列前茅；在最优秀的作家中间，巴尔扎克是佼佼者之一。他至高无上、才华卓越，但他的成就在这里是说不尽的。尽管他所有的作品仅仅形成了一部书，然而这是一部生动、辉煌、深刻的书，在这部书中我们可以看到我们整个现代文明的走向，真实、形象，又带着无以名状的惊惶与恐怖。这部精彩的作品，诗人称之为戏剧，其实更应该叫它为历史，这部作品形式多样，风格各异，

雨 果

散 文 精 选

它超越塔西陀①，上溯至苏埃托尼乌斯，穿过博马舍②，直逼拉伯雷③。它既是观察，又是想象。这里有大量真实、亲切、庸俗、琐碎、具体的内容，有时候却又突然撕破表面，让人看到现实深处最阴森悲壮的理想。

这部庞大而又奇特的作品的作者，或许他本人并没有意识到，也不管他是否同意，是否愿意，已经加入了革命作家的强大阵容之中。巴尔扎克抓住现代社会，径直走向目标。他从每个人身上都揪出一点东西，有幻想，有希望，有呼喊，也有虚伪和面具。他搜索罪恶，解剖激情。他发掘和探索人、灵魂、内心、肺腑、头脑和每个人的深渊。巴尔扎克天性自由、刚强的秉性和他的聪明才智使他能够预见人类的结局，更好的明白天意。在进行了莫里哀式的忧郁、卢梭式的愤世嫉俗的研究之后，依然能够游刃有余，从容淡定。

他就是他为我们完成的事业。就是他给我们留下来的作品，崇高、坚实，这是一尊花岗岩建造的纪念碑！从今以后，他的英明将在作品中熠熠生辉。伟人们亲自为自己打造基座，未来负责为他们树立雕像。

他的去世震惊了整个巴黎。他返回法国有几个月了。他觉得自己不久于人世，希望再看一眼自己的祖国，如同人们在远行之前，要回来拥抱一下自己的母亲一般。

他的一生是短促的，却又是充实的，他的作品多过岁月！

唉！这位坚强的、不知疲倦的作家，这位哲人，这位思想家，这位诗人，这位天才，在同我们一起旅居在这世上的期间，经历了充满风雨和斗争的一生，这是一切伟人的共同命运。今天，他安息了。他走出了争论与仇恨。也是在今天，他进入了坟墓，同时也进入了光荣的殿堂。从今以后，他将和祖国的星星一起，在我们上空的云层之上闪闪发光。站在这里出席葬礼的诸位先生，你们心里不羡慕他吗？

---

① 塔西坨（55年—120年），古罗马历史学家，编著了《历史》、《编年史》等。
② 博马舍（1732年—1799年），法国喜剧作家。
③ 拉伯雷（1494年—1553年），即弗朗索瓦·拉伯雷，著有《巨人传》。

各位先生，面对着这样一种巨大的损失，不管我们怎样悲痛，也只能节哀。灾难再令人伤心，损失再惨重，也只能先接受。在我们这样一个时代里，一个伟人的逝世，将不时给那些疑虑重重受怀疑论折磨的人以某种宗教式的震动。这也许是并不是坏事，或许是必要的。上天在让人们面对死亡之谜，并对死亡这种人类最大的平等和自由加以思考的时候，知道自己在做什么。

　　上天知道自己在做什么。当一个崇高的英灵庄严地走进另一世界的时候，当一个有目共睹的天才张着翅膀久久飞翔在群众的上空的过程中忽然展开另一种无形的翅膀，冲入未知之乡的时候，我们的心动中只能充满庄严和肃穆。

　　不，那不是未知之乡！不，我曾在另一个沉痛的场合已经说过，现在，我将不厌其烦地重复，不，这不是黑夜，这是光明！这不是结束，这是开始！这不是虚无，这是永恒！在座的各位，我说的难道不是实话吗？这样的棺木，就是不朽的明证！这些大人物，虽与世长辞，却让我们更加清晰地感受到他的睿智，感受到他神圣的使命。他来到人间是为了受苦和净化，他生前是天才，死后将化作灵魂！

1850 年 8 月 20 日

《悲惨世界》出版后，维克多·雨果来到布鲁塞尔。长篇小说出版商拉克鲁瓦先生邀请了来自多个国家的著名作家为其庆祝。众多的著名人士能为一个流亡者举行如此隆重的欢迎，雨果深受感动，作了如下发言。

各位先生：

我激动的心情无以言表，如果我因此而失语，请你们包涵。

此刻，如果只需对尊敬的布鲁塞尔市市长先生表达谢意，那么这个任务简单而轻松。我只要颂扬一番这位高官的德高望重和这座城市的慷慨好客即可。这样的话，我只用充当一只传话筒，重复一次大家耳熟能详的好听话。但是，我完全没有想到会有这么多人对我热情地讲话，我该如何感谢你们呢？在座的各位都是有威望的出版商，你们提出了各种各样丰富的思想，包括创办一家国际书店，它可以成为各国人民之间文化的纽带。通过你们，我看到了文学的荣誉，文明世界的荣誉。而我万万没有想到，自己仅仅是拥有一颗安于牺牲、接受责任的心灵，竟会成为这次知识界盛大节日的中心，各种荣誉竟然投放到了我的身上。我对此实在是不敢当。

我再说一遍，感谢这座城市的市长相对简单，但是，我该如何感谢在座的各位？如果是借一次拥抱握住大家的手，那也不难实现。你们各位，无论是作家还是报纸发行者、出版商、印刷商或者记者、思想家，你们代表着什么？你们代表着智慧的全部活力，代表着公共关系的所有形式，你们是新社会的新机关，你们是新闻界。我为新闻界祝酒！

　　我为新闻界举杯！为自由的新闻界干杯！为强大、光荣而丰富的新闻界干杯！

　　各位先生，说到光明，总觉得是上帝赐予我们的，而新闻界就是社会大家庭的光明。

　　没有思想，人类就不能呼吸，它大于一切权利。谁束缚思想，谁就是在侵犯人类。无论是说话还是写作，是印刷还是出版，都拥有相同的权利。这是智力对行动的一层层渗透，是思想之声的一圈圈声波。

　　这一个个圆圈中正象征着人类思想的传播，其中，最大的那个就是新闻界。也就是说，新闻界的直径就是文明的直径。

　　限制新闻的自由，也就是限制文明的自由；新闻的自由在哪里被阻拦，也就是说，人类的营养就在哪里就被中断。先生们，改变社会旧的基础，创建真正的新秩序，是以真实替代空想，这是时代给我们的使命。在完成这项大工程的过程中，新闻界发挥了无穷的力量，它拽住天主教，拽住军国主义，拽住专制，拽住了最顽固的行为和思想。

　　新闻就是力量。为什么？因为新闻就是智慧。

　　新闻正如生动的军号，吹响各国人民的号角，高声宣布权利的来到。它祝福曙光，于是关心黑夜，它预言白昼的到来，并向世界发出警告。然而有时候，新闻界反而被人警告，这就像是猫头鹰斥责报晓的公鸡，真是件怪事。

　　的确，新闻界在某些国家确实是受到了压制。它甘为奴隶吗？不。哪儿都没有"奴隶的新闻"这样的说法。

　　而且，同样是做奴隶，也分斯巴达克斯的方式和艾比克泰德①的方式。前者砸碎了自己的锁链，后者却证明了自己的灵魂。当作家们被套上枷锁时，他们不但可以选择第一种方式，更可以选择第二种方式。

　　不，无论那些暴君如何专政，今天能够来到这里听我说话的都是自由人。并且，佩尔唐先生，你最近说得很精彩。此外，你们这么多人，你们就是高贵的榜样，你们向人们证明，精神不受奴役！

　　各位先生，在我们这个世纪，如果没有了新闻的自由，到处都会充满着迷途、覆灭和灾难，这就等于没有解放。

　　今天，某些问题无法回避，它们是世界的问题。没有折中，或者在这些问题上垮台，或者藏身于其中。社会正朝着这个方向前进，这种力量是无法抗拒的。这些问题正是这本痛苦的书的主题，刚才大家对这本书谈得非常精彩。各种各样的问题，包括贫困、寄生生活，还有财产的产生和分配、金钱、劳务、信贷和工资问题；还包括消除贫困阶级，逐步减轻刑罚，贫穷，卖淫；以及实现妇女的权利，人类的半边天如今还处于未成年的状态；保障儿童的权利，要求——我是说要求——免费的义务教育；保障包括宗教自由在内心灵的权利。新闻自由了，这些问题才能被光线照射，问题才可能被发现。只有我们看到了问题的危险性和它的出路，才可以深入问题，处理问题。只有深入地处理问题，解决问题，才能拯救世界。没有新闻的夜晚，就如漫漫长夜，我们只看得到悬崖峭壁，却无法深入进去，一切将变得非常可怕，社会可能就此沉沦。你关上灯塔，海港将变成暗礁。

　　各位先生，有了自由的新闻，就不会犯错误，不会动摇，人类的进程就不会走弯路。有一些黑暗的十字路口分布在各种各样的社会问题之中，是新闻在指引着我们往前走，让我们不再犹豫不决，直奔理想、正义和真理。因为，行进本身是不够的，我们必须前进。问题的根本

————————
　　① 艾比克泰德（约55年—约135年），古代哲学家，早年去罗马的时候是奴隶身份，后成为自由人。

在于往什么方向走。假装有所动作是不可能取得进步的；原地踏步也只能算是消极服从；在老路上没玩没了地踏步，这种机械动作与人类毫不相称。我们要有目的，要知道我们要去何方，要取得怎样的成果，付出多大的努力。我们前进的每一步都需要有思想，合理并符合逻辑。思想将带来问题的解决之道，权利会带来胜利，我们要前进永远不要后退。只有头脑空虚的人才会犹豫不决，有志者要有所作为。谁犹豫、谁后退、谁拖拉，谁就是在不动脑子。这是更可悲的事情！至于我，比之于没有罗马的意大利，我更难以接受这种没有头脑的政治。

既然提到了罗马，请允许我停顿一下，让我的思绪转个弯，此刻这位勇士正躺在那边痛苦的床上。当然，光荣和权利是与他在一起的，他有理由微笑。但是令人吃惊、令人难以接受的是，竟然在意大利，这样一个高贵、杰出的意大利，会有人拿起武器反对他这样的美德。这些意大利人竟然会不承认一个罗马人？

这些自称是意大利的人，高喊着意大利的胜利，却丝毫没有意识到意大利已被斩首。啊！这实在是令人深感伤心和意外。面对这样丑恶的胜利，意大利为了不要罗马竟杀死加里波第，历史愤怒了，它决定不再进步而后退！

不说也罢，心里实在难受。

各位先生，什么是爱国者的助手？是新闻界。是什么让懦夫与叛徒感到害怕？是新闻界。

我知道，一些人憎恨新闻界，这也是另一些人之所以喜欢新闻界的理由。

新闻界被一切的道德败坏、迷信和狂热尽其所能地告发、侮辱和咒骂。我想起教皇有一篇著名的手谕，里面有几句话很不简单。在这篇手谕里，有一位名叫格列高利十六世的教皇，他与我们同属一个时代，但是，很不幸，他是这个世纪的敌人。他的思想中，时常显现出启示录里的古代的龙与恶兽，他用自己那圣罗密阿尔修道士的拉丁文把新

雨　果
散 文 精 选

闻界说成是：口中喷火，浓烟滚滚，迅猛异常，轰然有声①。真是形象啊。
对，这就是行进中的火车头啊！进步、庞大又神圣的火车头，这就是
新闻界！

　　火车头去向何方？它将载着文明、带着全世界人民走向何处？隧
道很长，很黑暗，令人害怕。实际上是，正如黑夜笼罩，物质仍紧紧
包裹着、折磨着人类，迷信、偏见和暴政仍然压在人们的头上，人类
就是处于这样的水深火热之中！唉！自从人类存在以来，丝毫见不到
上帝的光芒，全部历史都是在地下完成。到了十九世纪，法国大革命
给人类带来了智慧、希望和信念。远远望去，天边出现了一个亮点，
一个逐渐变大的亮点，一个每时每刻都在膨胀的亮点。这就是未来，
这就是我们期待的成果，它将结束贫困，开启幸福，这里是迦南福
地②。这是未来的大地，我们四周全是兄弟，头顶便是天空。神圣的火
车头要勇敢！思想必须勇敢！科学要勇敢！哲学要勇敢！新闻界也要
勇敢！你们各位贤者也要勇敢！人类终于要冲出这六千年的黑暗隧道
了，这一时刻终于临近了，突然面对理想的太阳，沐浴在其崇高的光
辉之中，人类怎能不欣喜若狂，欢呼雀跃！

　　各位先生，我还要说一句话，这是我个人要说的话，请你们多多
包涵。

　　我感到很幸福，因为能够身处你们之间；我要感谢在我严峻的人
生里给我这样美妙的时刻的上帝。明天，我将重返默默无闻之中。但是，
在这里我见到了你们大家，我和你们说了话，听你们说了话，我与你
们握手，这一切将伴随着我回到自己的孤独中去。

　　我法国的朋友们，我所有在场的朋友们，你们将感到我对你们讲
的最后一句话是颇为自然的。十一年前，你们目睹了一个年轻人整装
待发、踏上行程，现在与你们重逢的是位老人，他头发变白了，但心

---

　　① 这一段原文为拉丁文。
　　② 这里是指的《圣经》中上帝赐予以色列人的福地。

情依旧。我必须感谢你们还想得起我这样一个人，我感谢你们的到来，请接受，——还有你们，年轻人，我久仰你们的大名，但今天是第一次见到，请接受我深深的感动之情。身处你们之间，我仿佛呼吸到了故乡的空气，我仿佛觉得你们每个人都分给了我一点法兰西，我仿佛觉得从你们的灵魂里飞逸出某些东西，美好而庄严的东西，像是光明，又像是祖国的微笑。

我为新闻界干杯！为它的力量和光荣，为它的成功干杯！我为比利时、德国、瑞士、意大利、西班牙、英国、美国的自由而干杯！有些地方自由已经解放，我为他们干杯！

1862 年 9 月 16 日

为乔治·桑的葬礼发表的演说

女作家乔治·桑的葬礼在她的家乡诺昂举行，雨果的朋友保尔·莫里斯在乔治·桑的墓前，代雨果宣读了这篇演说词。

朋友们：

她去世了，我对此感到难过，同时，我也祝福她的不朽。

我曾经喜欢她，钦佩她，崇敬她。今天，在死亡的庄严肃穆中，我静静地注视她。

我祝贺她所做的如此高尚的事业；我感谢她所做的一切美好的事情。我记得，我曾经为她写道："感谢你有一颗如此高尚的灵魂。"

我们失去她了吗？没有。

这些高大的形象相继离去，但是并没有消失。不止如此，我们甚至可以说，他们正在实现自己。他们正在进行某种崇高的脱胎换骨，虽说他们的形体不见了，但却以另一种形式出现了。

人的形体只是个躯壳，它掩盖了理念这一神性的真面目。乔治·桑就是一个最好的证明：她摆脱了皮肉，获得了自由；她死了，实现了真正的活着。"大家看见过她是女神。"

在男性主宰的这个世界中，只有乔治·桑是一位伟大的女性，她在当代的地位无人可比。

完成法国大革命，开始人类大革命是本世纪的任务。其中，男女平等是人人平等的重要组成部分。必须有伟大的女性来证明她们不但拥有自己天使般的女性性格，还拥有男性所有的一切品质；不但不失其应有的温柔，还有男性的阳刚之气。乔治·桑就是这样的一个例证。

有人在为法国丢脸，也有人在为法国争光。乔治·桑是本世纪和法国的骄傲之一。她拥有巴尔贝斯般宽广的心胸，巴尔扎克般卓越的才智，拉马丁①般伟大的灵魂。她的身上携带着一把诗琴。在这个时代里，加里波第创造了一个个奇迹，乔治·桑创造了一部部杰作。

我们无需一一列举这些杰作。何必再重复大家已经牢牢记住的东西。善良，是这些杰作最重要的特征。乔治·桑是善良的人，因此，她曾被人憎恨。钦佩的背面是仇恨，赞扬的反面是侮辱。仇恨和侮辱终归站不住脚，反而证明了钦佩和赞扬。历史再来统计嘘声时，会发现，那是一声声欢呼。谁头戴冠冕，谁就会被众人砸石头。这是规律，有多么伟大的欢呼，就会有多么卑劣的凌辱。

像乔治·桑这样的人物，是公众的恩人，他们一个个从我们面前经过。他们刚一离去，就在我们以为留下了空白的位置上，我们却看到了进步的成果。

每当有这样一位大人物去世时，我们似乎都能听到一声声拍打翅膀的声音：有些东西走了，又有些东西来了。

天上有日食月食，人间也一样。但是，无论天上和人间，消失之后紧跟着就会重现光明。某个男人或者女人的火炬以这样的形式熄灭后，将以理念的形式重新燃起。如此一来，我们发现，我们以为熄灭了的东西是不可熄灭的。这把火炬比以往更明亮，从今以后，她将成

---

① 拉马丁（1790年—1869年），法国浪漫主义诗人。

为文明的一部分，成为人类浩大的光明的一部分。革命的长风晃动它，只会让它更加明亮飘曳，因为，神秘的气息将吹灭虚假的光亮，维持真正的光明。

工匠已经走了，工作已经结束。

埃德加·基内①走了，但是他的离开给人们带来了高深的哲学，这哲学从坟墓里走出来，向人们提出劝告；米什莱②走了，但是他身后树起的历史为人们勾画出了未来的历程；乔治·桑走了，但她让我们看到了她身上所体现的妇女的权利。正是这样，革命才得以日益完整。我们为死者哀悼，但也要看到，正有新的东西降临。感谢这些自豪的先驱者，是你们带来了进步。我们听到的拍击翅膀的声音，正是一切真理，一切进步正朝我们走来的步伐。

让我们珍视我们杰出的死者离开时留给我们的东西，让我们面向未来、从容淡定地祝福这些伟人离去时向我们宣布的伟大事物的到来。

1876 年 6 月 10 日

① 埃德加·基内（1803 年—1875 年），法国历史学家。
② 米什莱（1798 年—1874 年），法国历史学家。

一百年前的今天，一颗巨星陨落了。但他是不朽的。他拥有长寿的岁月，留下了等身的著作，还挑起过最荣耀的、最艰巨的责任，即培育良知，教化人类。他走了，受着诅咒的同时又受着祝福：来自过去的诅咒和来自未来的祝福。先生们，这是荣誉的两种美好的形式。在他弥留之际，一边是同时代人和后代的欢呼和赞美，另一边是对他怀有深仇大恨的旧时代洋洋得意的嘘叫和仇恨。伏尔泰不仅是一个人，他代表着一个世纪。他行使过一个职能，他完成过一个使命。显然，他生来就被选定从事这个高尚的事业，这个需借助他在命运法则和自然法则中最最崇高的愿望才能完成的事业。他活过的八十八年，经历了登峰造极的君主政体和曙光初现的革命时代。他出生的时候，路易十四还在统治，他去世的时候，路易十六仍然戴着王冠。所以，他的摇篮映照着王朝盛世的余晖，他的灵柩投射着大深渊最初的微光。（鼓掌）

在此，各位先生，我要再补充下"深渊"的含义，这是恶势力跌落的深渊，这是善的深渊。（喝彩）

各位，既然我已经停下来了，就请允许我把话说清楚。在这里的讲话必须谨慎和有益。我们到这儿来，是为了做出文明的行为；是为了肯定进步；是为了享受哲学的恩惠；是为了向十八世纪见证十九世纪；是为了向高贵的战士和优秀的仆人表达敬意；是为了庆祝各国人民在工业、科学等方面的努力、奋斗和付出；是为了巩固全人类的和谐。一句话，是为了歌颂和平，它是普天之下人人向往的崇高的愿望。和平是文明的美德，战争是文明的罪行。（鼓掌）我们在此伟大、庄严的时刻来到这里，是为了虔诚地服从道德的法则，是为了倾听法国对世界的呐喊：只有为正义服务的良心，才是强壮的；只有为真理服务的天才，才是光荣的。（活跃）

好的，我继续说。

各位先生，在大革命前，社会的建筑是这样的：人民处于最底层；人民的上面，是由神职人员代表的宗教；宗教的一边，是由法官代表的司法。

而在那个阶段的人类社会，人民代表着无知；宗教毫无宽容可言；司法与公正无关。

我还要继续说下去吗？在此，我仅仅列举两个案例，但都是决定性的案子。请大家听了这两件事情之后自己做出判断。

1761 年 10 月 13 日，在图卢兹一栋房子低矮的客厅里，有个年轻人上吊死亡了。群众们聚集围观，教士暴怒，法官开始查证。这是一起自杀，然而，为了宗教的利益，却被人说成谋杀。那么控告谁？控告这名男子的父亲！理由是他是新教徒，企图阻止儿子成为天主教徒。这种说法违背伦理，客观上是根本不可能的。但是他们不管这些！他们咬定这位父亲杀死了自己的儿子，他吊死了这个年轻人。司法判定的结果是这样的。1762 年 3 月 9 日，让·卡拉斯，一位白发苍苍的父亲，被带到公共广场。他被人扒光了衣服，垂着脑袋躺在一个轮子上，手脚也被捆绑着不能动弹。绞刑架上站着三个人。一位是名叫达维德的行政长官，他负责监视行刑；一位是手拿十字架的神甫；还有就是刽子手，手里握着一根铁棒。受刑者不看神甫，盯着刽子手，万分恐惧。刽子手挥起铁棒，砸断了他的一只胳膊。受刑者一声惨叫后昏死过去。行政长官有些坐不住了。有人给犯人吸了一点盐，他又醒了过来。接着，又是一次铁棒，又是一声惨叫。卡拉斯再一次失去知觉，人们再一次弄醒他，他再一次受刑。由于每只手脚都要挨两次铁棒，都要被打断两次，他一共受了八次刑。当他第八次昏过去以后，神甫把手中的十字架给他亲吻，他转过脸，刽子手用铁棒粗笨的头部打烂了他的胸部，给了他最后致命的一击。让·卡拉斯终于断了气，前后一共用了两个小时。他死以后，有很多证据都证明了这是一起自杀案。但是，另一起谋杀罪已经成立了。这次是谁犯的？法官们。（十分激动。鼓掌）

另外一起案子。这次是个年轻人。3 年后的 1765 年的某一天，阿布维尔经历了一夜的狂风骤雨。第二天，有人在桥面上捡到了一个木质耶稣受难十字架。三个世纪以来，它一直被固定在栏杆上，已经老得生蛀虫了。是谁丢弃了耶稣受难十字架？是谁亵渎了这个圣物？不知道。也许是路人，也许是风。罪行检举命令书规定要所有信徒上报对此案情知晓或以为知晓的情况，否则将被罚入地狱。这个狂热的命令书显然是要谋害无辜。然而亚眠主教的这份罪行检举命令书奏效了，人们粗鄙的嚼舌竟成了控诉。司法部门发现，或者说他们认为，在耶稣受难十字架被丢弃的夜里，有两位喝醉了的军官，一个叫拉巴尔，另一个叫代塔龙德，他们唱着一首警卫队的歌经过阿布维尔桥。此法院是阿布维尔司法总管辖区的法院，这里的司法总管地位与图卢兹的行政长官相当，按理说他们的执法应当更加公正合理。然而却签发了两张拘留票。代塔龙德逃跑了，拉巴尔被捕，被移交至司法机关。他否认自己曾经过桥上，但承认唱过歌。阿布维尔司法总管辖区判他有罪，他向巴黎的最高法院提出上诉。他被带到巴黎，最高法院承认判决书有效，又把他戴上手铐带回阿布维尔。我尽可能简单说。可怕的时刻降临了。拉巴尔骑士开始被迫回答一些常规的和特殊的问题。他们要他交代自己的同谋犯。同谋什么罪？同谋走过一座桥，唱过一首歌。他们对他严刑拷打，还敲碎了他的一个膝盖。他的忏悔师听到骨头碎掉的声音后晕了过去。第二天，1766 年 6 月 5 日，拉巴尔被带到阿布维尔的大广场，广场上架着熊熊燃烧的火刑堆。他们向拉巴尔宣读判决书，接着砍断了他的手腕，用铁钳拔掉了他的舌头，最后，才大慈大悲，砍下他的脑袋，并把他扔进火堆里。拉巴尔骑士死了，他才十九岁。（长时间地深为激动）

于是，伏尔泰啊，你发出厌恶的呐喊，这是你永恒的光荣！（爆发出掌声）

你开始和腐朽的过去打官司，你为人类的诉讼案辩护，驳斥暴君和凶神，你胜诉了。伟大的人，你将永远受到祝福！（新的掌声）

各位先生，我刚才所提到的那些可怕的事情，发生在一个文质彬彬的社会中。人们的生活开心、轻松，大家你来我往，既不抬头看天，也不低头看地。漠不关心被视为无忧无虑。一些文雅的诗人，如圣奥莱尔①、布夫莱尔②、"可爱的贝尔纳"，写写漂亮的诗句；宫廷里到处是游园会；凡尔赛灯火通明；巴黎愚昧无知。而在同时期，宗教的凶残使得法官对老人施以车轮酷刑，年轻人只因唱了一首歌被神甫们将舌头拔掉。（非常激动。鼓掌）

伏尔泰独自面对这种轻薄、凄惨的社会，他不畏眼前各种力量的联合，宫廷、贵族、金融界，他们是不自觉的力量，是盲目的一大群人；这批无恶不作的法官，他们媚上欺下，俯伏于国王之前，凌驾于人民之上；（喝彩）这批虚伪、狂热、阴险的神职人员，伏尔泰，我再说一遍，他独自一人对这个社会一切丑恶力量的大联合，对这个无比恐怖的世界宣战，他接受战斗。他的武器是什么？这武器轻如和风，猛如雷电。这是一支笔。（鼓掌）

---

① 圣奥莱尔（1643 年—1742 年），法国诗人。

② 布夫莱尔（1738 年—1815 年），法国诗人，曾任塞内加尔总督。

他用这支武器进行战斗并打败了敌人。

各位先生，让我们记住这些。

伏尔泰打败了敌人。他孤军奋战，打了响当当的一仗，这是一次伟大的战争。这是思想反对物质的战争，是理性反对偏见的战争，是正义反对非正义的战争，是被压迫者反对压迫者的战争，是仁慈的战争，是温柔的战争。他同时具有女性的温情和英雄的怒火，他拥有伟大的头脑，有着宽广浩瀚的心胸。（喝彩）

他战胜了古老的法典、陈旧的教条，他战胜了封建君主、中世纪式的法官、罗马天主教的神甫。他赋予黎民百姓以做人的尊严。他教导人、安抚人、教化人。如同他为卡拉斯和拉巴尔斗争，他也为西尔旺 ① 和蒙巴伊 ② 战斗。他不畏一切威胁，一切侮辱，一切迫害、污蔑、流亡。他不屈不挠，坚定不移。他用微笑战胜暴力，用嘲笑战胜专制，用讥讽战胜所谓的永不犯错，用坚毅战胜顽固，用真理战胜愚昧。

我刚才用了两个字，微笑。是的，微笑，就是伏尔泰。

我们之所以这样说，是因为，这位哲学家在任何时候总是心平气和，他总是带着一副平衡的心态。无论他正义的怒火有多烈，总会过去，心平气和的伏尔泰总会替代恼羞成怒的伏尔泰。于是，我们从这深邃的双眸中看到了微笑。

这是睿智的微笑。这微笑，我再说一遍，就是伏尔泰。这微笑有时变成放声大笑，但是，其中不乏哲理的忧伤。他嘲笑强者，安抚弱者。他使压迫者不安，使被压迫者安心。他以嘲笑应对权贵，以怜悯安抚百姓。啊！我们应为这微笑感动。这微笑里藏有黎明的曙光。它照亮真理、正义、仁慈和真诚；它把迷信的内部照得透亮，它让里面

---

① 皮埃尔·西尔旺与妻子在 1762 年被指控杀死自己的女儿，之后被缺席判处死刑。在伏尔泰的帮助下于 1769 年平反。
② 蒙巴伊夫妇在 1770 年被误判为杀死自己的父亲，两人均被处死。在伏尔泰的呼吁下，重新审查了此案，证明了两人的无辜。

的丑恶显现出来，历史的进步需要看到这样的丑恶。它散发着光芒，催促着新事物的诞生。我们在这伟大的微笑中看到了新的社会，平等、让步的愿望和被称作宽容的博爱已崭露头角，我们看到了相互的善意，给人以相应的权利，承认理智是最高的准绳，取消偏见和成见，看到了心灵的安详，宽厚和宽恕的精神，和谐，和平。

在不久的将来，人们会承认，睿智即是仁慈。到那一天，当大赦颁布时，我敢肯定，伏尔泰一定会透过天上的星星向我们微笑。（三阵掌声。高呼：大赦万岁！）

各位先生，有两位人类的仆人相隔一千八百年来到人间，他们之间有着奇特的相似之处。

和假仁假义斗争，揭露招摇撞骗，打倒暴政、篡权者、偏见、谎言和迷信，铲除神庙并建真庙以取代之，指责凶残的法官和嗜血的神职人员，拿起鞭子驱赶出卖神殿的人，要求恢复被剥削者的财产，保护弱者、穷人、受难的人，为被剥削者和被压迫者战斗。这是耶稣基督的战斗，同时，也是伏尔泰的战斗。（喝彩声）

哲学事业与福音事业相辅相成，宽容的精神将追随宽厚的精神。让我们带着深深的敬意说：耶稣哭泣了，伏尔泰微笑了，正是耶稣神圣的眼泪和伏尔泰人性的微笑构成了当代文明的温和。（经久不息的掌声）

伏尔泰总是在微笑吗？不，我开头的讲话你们已经听到了，他经常义愤填膺。

当然，先生们，理智的最高法则是保留、适度、有分寸。我们可以说，稳重之于哲学家，就相当于呼吸之于人类。智者应努力将"差不多"组成的哲学浓缩为某种泰然的确信。但是，有些时候，求真的激情如同席卷广袤天地的飓风，会愤然而起，让人暴跳如雷，这样的激情有权奋起。如果法官体现公正，人人都会尊敬他；如果神甫代表希望，人人都会崇敬他。但是，如果法官的名字叫酷刑，如果教会的名字叫宗教裁判所，那么人们会站在他们面前，对法官说：我们不需要你的法规！对神甫说：我们不要你的教条！我们不要你地上的火刑架，不要你天上的地狱！（十分激动！经久不息的掌声）于是，愤怒的哲学家站出来了，他们向司法揭露法官，向上帝揭露神甫！（掌声越来越响）

这就是伏尔泰所做的，他真伟大。

我前面已经说了伏尔泰是怎样的一个人，接下来，我要说说，他的世纪是一个怎样的世纪。

各位先生，大树挺立在一片森林之中才能显得更加高大，才能显示其价值。伟人们也一样，他们很少是孤独的，在伏尔泰的周围，有一片精神的森林。这片森林，便是孕育他的十八世纪。在这些才子中间，有一些颇为突出，他们是孟德斯鸠、布封和博马舍。还有两位是伏尔泰之后的顶峰：卢梭和狄德罗。这些思想家教导人们学会思考，只有好好思考，才能好好行动，正确的思考将带来心中的公正。他们所做的都是有益的：布封创立了博物学；博马舍第一次找到了莫里哀之外的喜剧，几乎是社会的喜剧；孟德斯鸠对法律深入研究并成功挖掘出了权利。至于卢梭、狄德罗，他们的名字必须单独列出。狄德罗学识渊博，性情温和，正义感强，他致力于将一定的概念作为真实思想的基础，并创建了《百科全书》。卢梭为妇女做出了巨大的贡献，他作为乳母与母亲一起，使摇篮边的两位陛下并驾齐驱；卢梭的作品，雄辩有力，真挚感人，他是永不疲倦的沉思者，他提出了无数的政治真理；他的理想扎根于现实；他是法国第一位自称公民的人，这，是他的荣誉；卢梭身上凝聚着公民的情感。而伏尔泰，他的身上凝聚着对天下人的情感。我们可以说，在思想如此丰饶的十八世纪，卢梭代表了人们，而伏尔泰则更加无私，他代表了人。这些有才能的作家已经谢世，但是，他们把大革命留给了我们，这是他们的灵魂所在。（鼓掌）

是的，他们的灵魂、他们思想的精髓就是法国大革命。他们造就了大革命，在这个美好的受人祝福的革命中，处处可见他们的身影。大革命终结了过去，开启了新的未来。透过原因，可以看到结果，透过前景，后景也会隐现。大革命是透明的，透过它，我们可以看到狄德罗之后是丹东，卢梭之后是罗伯斯庇尔，伏尔泰之后有米拉波。是他们成就了后来的一代。

　　各位先生，以个人的名字来给某个时代命名，来概括某个世纪，这种情况恐怕只会在三个国家出现：希腊、意大利和法国。我们历史上有过伯里克利①的世纪，奥古斯都的世纪，利奥十世②的世纪，路易十四的世纪，伏尔泰的世纪。这是希腊、意大利和法兰西特有的现象，只有这些国家享有以人名来命名时代的特权，这是文明的最高标志。在伏尔泰之前，只有以某些国家领袖的名字来命名时代的先例；伏尔泰比国家领袖更重要，他是思想的领袖。他开启了一个新纪元。我们感到，从今以后人类最高的统治权力将属于思想。过去文明曾服从武力，以后文明将服从思想。权杖和刀剑已经折断，光明将取而代之，换言之，权威将被自由取代。人民只有法律，个人只有良心，再也不会有别的最高权力。对于我们每个人来说，有两个方面清楚地显示了时代的进步，这就是：做一个人，我们要行使自己的权利；做一个公民，我们要恪尽职守。

　　伏尔泰的世纪，就是这句话的意义所在；法国大革命，就是这一庄严的事件的意义所在。十八世纪之前的两个世纪已经对此做出了预言，拉伯雷在《巨人传》中警告过王权，莫里哀在《达尔杜弗》里告诫过教会。这两位伟大作家的作品明显地表达了对武力的憎恨和对权利的尊敬。"武力胜过权利"，这是中世纪的思想，如果今天还有人这么说，那他便落后于时代三百年了。（反复鼓掌）

　　各位先生，十九世纪颂扬十八世纪。十八世纪提出建议，十九世

---

　　① 伯里克利（约公元前495年—前429年），古代雅典伟大的政治家。
　　② 利奥十世（1475年—1521年），罗马教皇，曾让罗马成为西方文化中心。

纪给出结论。我今天的最后一句话，将平静而坚定地见证进步。

时代逐个走来。权利找到了属于自己的公式：人类的联盟。

今天，武力被视为暴力，并因此受到审判，战争被告上法庭；文明接受人类的诉讼，对案件进行预审，为征服者和统帅者们建立庞大的罪行案卷。（活跃）历史这名证人已被传唤出庭。事实逐渐显露，虚假烟消云散。在许多情况下，主角甚至就是凶手。（鼓掌）各国人民终于懂得，犯下几千倍几万倍的重罪未必就等于没有犯罪；如果说杀人是罪行，杀很多人不可能会被减轻罪行；（笑声和喝彩）如果说偷盗是可耻的行为，那么侵略不可能会变得光荣；（反复鼓掌）懂得感恩赞美诗对光荣不起任何作用；懂得杀人就是杀人，流血就是流血，不管叫恺撒还是拿破仑都无济于事；懂得在永恒的上帝的眼中，不会因为一个人没有戴苦役犯的帽子而是头顶皇冠就改变了他杀人凶手的形象。（长时间欢呼。三阵鼓掌）

啊！让我们来宣布真正的真理，让我们羞辱战争。世界上绝没有血淋淋的光荣。制造尸体绝非好事，并且毫无意义。生命不能为死亡耕作。母亲们啊，战争这个窃贼不能再继续偷窃你们的孩子。妇女们在痛苦中分娩，男人出生，各国人们辛勤耕作，农民给田野施肥，工人使城市富饶，思想家沉思，工业产生奇观，天才创造奇迹，人类面对星光灿烂的天空，努力创新，永不停歇。这一切难道就仅仅是为了上战场！（十分激动。全体与会者起立，向演讲者欢呼。）

真正的战场，就在这儿。巴黎将向世界展示这一人类劳动杰作的聚会①。

真正的胜利，是巴黎的胜利。（鼓掌）

哎！我们不能自欺欺人。虽然眼前的一切确实值得我们钦佩和尊敬，然而令人难过的一面依然存在。地平线上仍然飘浮着一团团黑雾；

---

① 指的是 1878 年 5 月 1 日，巴黎世界博览会的开幕。

各国人民的悲剧并没有结束；战争，可恶的战争依然存在，它放肆地抬着头颅，望着这个和平庄严的盛会。两年来，君主们顽固地坚持自己愚蠢的行为，丝毫不在意有多少人为此丧生，他们的纷争阻碍着我们的和谐，让我们看到，民意和统治者的愿望之间有多大的反差！何至于此！

　　说起这种反差，我们可以再谈谈伏尔泰。面对岌岌可危的事态发展，我们比任何时候都更需要和平。让我们转身望着这个死者，这个生命，这个伟大的精神。让我们在这令人肃然起敬的墓前鞠躬。让我们向这个人讨教，他那对人类做出重大贡献的生命在一百年前已经熄灭，但他的作品是不朽的。让我们向其他伟大的思想家讨教，向这些光荣的伏尔泰的助手们讨教，向让·雅克·卢梭、向狄德罗、向孟德斯鸠讨教。借这些伟人的声音制止人类再流血。够了！够了！暴君们。啊！野蛮还在，好吧，让哲学抗议。刀剑猖狂，让文明愤然而起。让十八世纪来帮助十九世纪；我们的先驱哲学家们是真理的倡导者，让我们祈求这些杰出的亡灵；让他们面对策划战争的君主王朝，公开宣布人的生命权，良心的自由权，理性的最高权威，劳动的神圣性，和平的仁慈性。既然黑夜出自王座，就让光明从坟墓里出来！（全体一致的经久不息的欢呼。从四面八方高呼："维克多·雨果万岁！"）

1878 年 5 月 30 日

维克多·雨果先生当选主席。科布登先生当选为副主席。维克多·雨果先生起立发言。

各位先生：

你们中的许多人都来自世界上遥远的地方，心中都怀有一个神圣的宗教思想。你们中有记者、哲学家、基督教牧师，还有杰出的作家。在你们这些非凡的人物中，这些很有声望的公众人物中，有不少都是自己国内出类拔萃的人物。你们来到这里，来到这个有信念的、严肃的聚会，不是仅仅为了一个国家的幸福，而是为了各个国家的幸福，你们愿意在巴黎发布这次会议的各个宣言。（鼓掌声）你们为今天的指引政治家、当权者、立法者的原则，加上了一个更高的原则。可以说，你们翻开了福音书最后的、同时也是最庄重的一页，这里规定了同一个上帝的孩子都公平地享有和平，并在这座仅仅颁布公民博爱精神的城市里，颁布人类的博爱精神。

欢迎你们！（长时间欢呼）

对你们这样的思想，这样的行为，已经无须再致以个人的谢意了。

雨　　果

散文精选

所以，请允许我在致辞的开始，把眼界放得更高，可以忽略你们刚才授予我的巨大幸福，而仅仅关注你们想要的那伟大的事物。

各位先生，这个宗教的思想——全世界的和平，互相紧密联系的国家，以福音书为最高法则，用调解来代替战争——这个思想是一种实际的思想吗？这样一个神圣的思想能够实现吗？很多讲求实际的人，很多老政治家，他们都回答说不行。而我呢，让我和你们一起回答，我毫不犹豫地回答："行！"（掌声）我马上来加以证明。

事实上我想得更远，这不仅是可以实现的目标，而且是无法回避的目标；人们可以推迟它，或者加速这个目标的实现，仅仅如此而已。

世界的法则并不能有别于上帝的法则。而上帝的法则并不是战争，而是和平！（掌声）人类始于搏斗，正如万物始于混沌。（叫好声）人是从哪里来的？来自战争；这无须怀疑。但是人类将前往何方？向和平走去——这同样不需怀疑。

你们肯定这些高深的真理时，很容易遭到反对；你们的信念很容易遇上怀疑；在我们身处的，四分五裂的混乱时代，普天下和平的思想很容易使人惊讶，使人反感，被认为是异想天开或者让人惊呼这是乌托邦；而我，这个十九世纪这些伟大事业中平凡的匠人，我看到这阻力，但它并不使我吃惊，也没有让我泄气。当你们在笼罩着我们的黑暗中，猛然打开未来那光芒四射的大门，你们能不转回头颅，不在某种头晕目眩中闭上眼睛吗？（掌声）

各位先生，如果在四个世纪之前，在村落之间、城镇之间、省份之间都有战争存的时代，某个人竟然对洛林、对皮尔卡迪、对诺曼底、对布列塔尼、对奥夫捏，对普罗旺斯，对多菲内，对勃艮第① 说："将会有一天，你们相互之间不再有战争，将会有一天，你们不再征召士兵互相讨伐，将会有一天，大家不再说诺曼底的人攻打了皮尔卡迪，洛林人

---

① 以上八个地名都是法国的旧行省名称。

挡住了勃艮第人的攻击，那该有多好！"你们还要解决纷争，讨论利害，处理争执吗？但你们知道，你们要以什么来代替士兵吗？你们以什么来代替步兵、骑兵、大炮、小炮、长枪、利矛还有刀剑吗？你们会放上一个小小的杉木盒子，你们把它称为投票箱，而从这只木箱出来的是什么？一次大会！一次让你们人人都感到你们活着的大会，一次仿佛是感受到自己灵魂的大会，一次至高无上的人民的主教会议。一切都由大会决定和评判，用法律解决一切的问题，大会打落每个人手中的刀剑，大会在每个人心中树立正义，对每个人说，你的权利到此为止，你的责任由此开始。打倒武器！和平地生活吧！（掌声）到了那一天，你们大家会感到大家有共同的思想，共同的利益，共同的命运；你们会互相拥抱，互相认出是来自同一支血脉的子孙；到了那一天，你们不再敌对，你们将是同一个民族；你们不再是勃艮第、诺曼底、布列塔尼、普罗旺斯，你们将是法兰西。你们将不再叫做战争，你们的名字叫做文明！

如果某人在那个时代这样说，当时一切讲求实际的人，一切严肃的人，一切的政治家，就会大叫："唉，梦想家！唉，空想！这人太不了解人类了！简直是做梦，荒唐透顶！"——先生们，时代进步了，这荒唐透顶的梦成为了现实！（欢呼）

我强调这一点，这个提出崇高预言的人，因为他看到了上帝的意图，会被聪明人当作疯子！（又一次欢呼）

好吧！今天，你们说，我也和你们一起说，我们出席会议的每个人，我们对法国、英国、普鲁士、奥地利、西班牙、意大利、俄国，我们对每个国家说：

总有一天，武器也会从你们手中掉落！总有一天，在巴黎与伦敦之间，在彼得堡与柏林之间，维也纳和都灵之间，战争也会显得荒唐，成为不可能。如同今天在鲁昂和亚眠①之间，费城和波士顿之间发生战

---

① 鲁昂和亚眠都是法国的城市。

争一样。总有一天，你们法国、俄国、意大利、英国、德国，你们大陆上每一个国家，你们并不会丧失自己的品质，不会失去自己的个性，而是严密地组成一个更高层次的统一体，你们会组成欧洲的兄弟姐妹，正如诺曼底、布列塔尼、勃艮第、洛林和阿尔萨斯①，即我们所有的行省组成法兰西，是绝对的一样。总有一天，将不会有别的战场，只有贸易上的市场，只有思想上的人才。——总有一天，大小炮弹将被选票、被各国间的普选，被一个至高无上的大元老院的可敬仲裁取代，对于欧洲来说，就如同是英国的、德国的议会，如同是法国的立法会议！（鼓掌）总有一天，我们在博物馆里指着一门大炮，如同我们今天在博物馆里指着一种酷刑的刑具，为刑具能出现过而感到惊讶！（笑声，喝彩声）总有一天，我们会看到两大群体——美利坚合众国，欧罗巴合众国（掌声），面对着面，隔着大海，彼此伸出手来，交换各自的产品、贸易、工业、艺术和天才，共同开垦地球，殖民沙漠，在造物主的指引下改造万物，为谋取大家的幸福，共同把这两股力量结合起来，即人类的兄弟情谊和上帝的威力！（长时间的掌声）

　　无须再等四百年，便会有这样一天，因为我们生活在一个飞速的时代，我们生活在推动各国人民前进的最为迅猛的激流之中。我们的时代，一年经常可以完成一个世纪的工作。法国、英国、比利时人，还有德国、俄国、斯拉夫人，欧洲人，美洲人，我们凭借什么来尽快达到这伟大的一天？我们相爱！（雷鸣般的掌声）

　　我们相爱！这件缔造和平的伟大事业，是帮助上帝最好的办法！

　　因为这崇高的目标，也是上帝的意愿！请看上帝都为这个目标做了什么，请看他用人的天才造就了多少发现，而所有的发现都是为了和平这一目标！多少进步，多少方便！大自然越来越被我们人类制服！物质变得越来越成为智慧的奴隶、文明的仆人！而战争，痛苦的起因，

———————
　　① 阿尔萨斯是法国的一个行省。

全部烟消云散！相隔千里的人们彼此接触，相互靠近！靠近，这正是他们兄弟般情谊的开始！

欧洲因为有了火车，不久便会比中世纪的法国更加广阔！今天，因为有了汽船，穿越大洋比从前穿越地中海更加方便！用不了多久，人类跨越地球，就如同荷马的众神三步便跨越天空。再过几年，融洽和谐的电线将要围绕地球，拥抱世界！（掌声）

说到这里，先生们，当我细说这一切时，这广泛的不留上帝痕迹的人与事即将达成的时候，当我想起人类的幸福、和平的美好目标时；当我审视这天意所赞成、而政治所反对的结果时，我心中涌起一种痛苦的感情。

从统计数字和预算的对比可以得知，欧洲各国为了维持军队，每年支出总数不少于二十亿，如果还加上对战争物资器材的保养，支出要达到三十亿。这还要加上两百多万男子浪费了的劳动力，这是最健康、最强壮、最年轻的男子，是人口中的精华，这些人的劳动成果估值不少于十亿。你们就此可以算出欧洲每年为常规的军费花费四十亿。先生们，和平才维持了三十二年，这期间为战争却花费了一千二百八十亿的惊人数字！（激动）请假设一下，如果欧洲各国人民不是相互不信任，不是相互嫉妒，不是相互仇恨，而是相亲相爱；请假设一下，他们在想着自己是法国人、英国人或者德国人之前，先想到大家都是人类，想到各国都是祖国，那么人民就是一家；而现在，这笔巨额的钱被不信任疯狂地花掉，冤枉地花掉，请让信任来花这一笔钱！这给予仇恨的一千二百八十亿，请给予融洽和谐！这给予战争的一千二百八十亿，请给予和平！（掌声）这笔钱，请给予就业，给予智慧，给予工业，给予贸易，给予航运，给予农业，给予科学，给予艺术。请你们设想一下结果会是如何。如果说，这三十二年间，有这样一笔巨款，而美国又能帮助欧洲，你们可知道结果会怎样？世界的面貌将会改变，地峡将被打通，大河将被挖好，大山将被凿通，铁路将会布满整个大洲，

雨　果
散文精选

全球的商船队将增加百倍，任何地方将不再有荒原，不再有闲地，不再有沼泽；孤独的地方将建起城市，暗礁将成为港口，亚洲会还给文明，非洲还给人类；财富将从所有人的劳动中，从地球所有的血脉中，从各个角落中喷涌出来，而贫穷将会烟消云散吗？是革命！（长时间的喝彩）对，世界的面貌本来会改变！我们不是自相残杀，而是在普天之下和平地繁衍！我们不是发动革命，而是开辟移民地！我们不是给文明带来野蛮，而是给野蛮带来文明！（再次鼓掌）

请你们看看，先生们，关心战争使得各国的当政者如此的盲目：如果欧洲在三十二年间为了并不存在的战争支出的一千二百八十亿，给了存在着的和平，我们说，我们必须大声说，我们本来不会是一座战场，而是一座工厂，本来不是这样悲惨可怕的景象，皮埃蒙特①被踩躏，永恒之城罗马受到人间政治的可怕影响而摇摆不定，匈牙利和威尼斯英勇地挣扎，而法国则不安、穷困和凄惨，充满哀伤与内战，前途昏暗；我们本不该看到这样凄惨的景象，我们的眼前本会是希望、欢乐和善意，人们为了大家的共同幸福而努力，我们看到文明在努力劳动，从中发出天下大同的万丈光芒。（叫好声，鼓掌声）

这件事情值得我们深思！正是我们对战争的预防措施导致发生了革命！我们做了一切事情，花了很多钱，为了对付假想的危害！我们武装起自己，对付虚幻的危险；我们将视线转向不存在的乌云；我们看到了战争，战争没有来，而我们没有看到革命，革命来了。（长时间的鼓掌）

不过，各位先生，请不要绝望。相反，我们应当比任何时候都更加抱有希望！我们不要被暂时的震荡吓坏了，也许，这是巨人诞生之前必然的震动。不要用不公正的态度对待我们所处的时代，不要戴着有色眼镜来看待它。总之，这是一个神奇而精彩的时代，而十九世纪，

———
①皮埃蒙特是意大利北部地区。

我们要大声说，将是世界历史上最伟大的一页。正如我刚才对你们提起的，一切的进步，都在揭示和表现出来：进步是互相促进的。国际上的敌意失败了，地图上的边界同人们心中的偏见一并消失了；联合的倾向出现了，民风变得温和，教育水平得到提高，而刑罚水平降低；最富于文学性的语言，即最人性的语言占据主导地位。一切都在同时运转，政治经济学、科学、工业、哲学和立法都为了同一个目标，创造福利，创造善意，也就是说，对于我来说，这是我永远为之努力的目标，对内消除贫困，对外消除战争。（掌声）

对，我在结束时要说，革命时代终结，而改良的时代开始了。各国人民将用进步来脱离暴力的方式，采取和平的方式；这个时代来临了，老天将以和平者的平静作用来替代煽动者的搅乱作用。（叫好声）

从今以后，高尚的政治目标，真正的政治目标，是这样的：让大家承认每个民族的个性，恢复各国民族的历史统一，和平地结合统一与文明，不断扩大文明的群体，为仍未开化的各国人民树立榜样，用仲裁代替战斗。最后，概括来说，就是让正义做出从前让武力做出的最后决断。（非常激动）

各位先生，我将要结束了，我要说，这个思想可以鼓励我们，人类并不是今天开始才在这条上天指定的路上行进的。在我们古老的欧洲，英国走出了第一步，英国以百年的榜样对各国人民说，你们是自由的。而法国走出了第二步，法国对各国人民说，你们是自主的。现在，让我们走第三步，各国一起，法国、英国、比利时、德国、意大利，欧洲和美洲，让我们共同对各国人民说：你们是兄弟！（巨大的欢呼声。演讲者在掌声中坐下）

1849 年 8 月 21 日

巴黎和平代表大会闭幕词

各位先生：

你们曾经允许我对你们说过几句欢迎词，那么也请允许我对你们说几句闭幕词。

我的话很短，时间不多了，我会牢记第三条章程，请放心，我不会让主席提醒我遵守秩序的（众人笑）

我们即将离别了，但我们的心将会团结在一起的。（对！对！）我们今后有同样的思想，先生们，而同一个思想，也可以说就是同一个祖国。（激动）对，就是从今天开始，我们在场的每一个人，我们都是同胞了！（对！对！）

你们在三天期间，明智地、有尊严地讨论了一些重大的问题，关于这些问题，这些人类所能够讨论的最高尚的问题，你们体现出自由人民的高贵品格。

你们向各国政府提出建议，一些友好的建议，他们一定会理解的！（对！对！）你们中间有的发言很有力，你们对个人对人民的感情发出呼吁；你们不顾偏见和国际上的敌意，在人民心中播下了和平的不灭的种子。

你们可知道我三天来看到了什么？我们的眼前出现了什么？是英国和法国握手，是美国和欧洲握手，而我呢，真不知道还有什么比这更伟大，更美好的事情！（雷鸣般的掌声）

　　现在，请返回你们的家园，带着满怀的喜悦返回你的国家，请告诉国内说，你们是从法国同胞那儿回来的。（台下长时间地欢呼）请说你们在法国打下了世界和平的基础，请四处传播这个好消息，请四处传播这个伟大的思想！

　　我们听到过非凡的声音发言，我不再重复已经给你们解释过和证明过的事情，但是请允许我重复我开幕时说过的话。一定要有希望！一定要有勇气！最终的巨大进步，有人说是你们梦想的进步，而我说是你们产生的进步，它一定会实现。（叫好声）请想一想人类之前走过的路，人类走过的每一步！请思考过去，因为过去经常照亮未来！请打开历史，让我们从历史中吸取前进的力量。

　　对，过去的历史，这是我们的支点。今天早上，请记住本次会议的开始，记住有一位可敬的基督教演讲者①，他是一位热心肠的人，他以精辟的口才抓住你们激动的心灵，这时有一位与会代表，我不知道他的姓名，他提示今天的日子，8月24日，是圣巴托罗缪节②的周年纪念日。

　　这位天主教神甫转过可敬的脸，他拒绝这个可悲的回忆。好吧！这个回忆，我接受！（产生与会者共鸣）对，我接受！（长时间的欢呼）

　　对，是这样，距今277年前，同样的一天，巴黎城，在你们所在的巴黎城，在半夜里忽然恐怖地醒来。钟声，当时被称为银钟，在司法大楼被敲响。天主教徒们奔出去拿武器，新教徒在睡梦中被抓住，这一次伏击、一次屠杀、一桩罪行里包含了一切宗教的仇恨、民事的仇恨和政治的仇恨，那一天，一桩令人发指的罪行发生了。好吧，今天，

---

　　① 此人是玛德莱娜教堂的本堂神甫德·盖里神甫。

　　② 即1572年8月23日夜，巴黎部分天主教徒有组织地对新教徒进行屠杀。

雨　　果
散 文 精 选

在这同一天，在这同一座城市，上帝与这一切的仇恨有个约会，他命
令仇恨化为爱心。（潮水般的掌声）上帝在这个凄惨的纪念日中抽走不
祥的意义：上帝在洒下一滴血的地方，洒下一缕阳光（会场长时间活
跃）；他在出现过复仇、狂热和战争的地方，放上和解、宽容和和平。
感谢上帝，依靠上帝的意志，藉由他带来并指挥的进步，在这 8 月 24
日，这个注定的日子，可以说就在敲响圣巴托罗缪节的银钟的古塔下面，
不仅是英国人、法国人、意大利人和德国人，不仅是欧洲人和美国人，
还有称为教皇派的人和称为新教徒的人，彼此以兄弟相待（长时间活
跃），在紧紧拥抱中团结起来，从此以后不再分开。（雷鸣般的喝彩和
掌声。——德·盖里神甫和科克雷尔牧师在主席的座位前拥抱。——
会场上和公众席上的欢呼声越来越响。——维克多·雨果先生继续讲）

　　现在，敢不敢否认进步？（再次鼓掌）但是，要知道，谁否认进
步，谁就是在亵渎宗教，谁否认进步，谁就是在否认天意，因为天意
与进步就是同一件事情，进步只是永恒的上帝在人间的一个名称！（会
场上群情激动——叫好声）

　　兄弟们，我接受你们的欢呼，我把这些欢呼声送给未来的一代代人。
（掌声再次响起）对，祝愿今天成为一个纪念性的日子，祝愿今天标志
着人类流血的结束，祝愿今天标志着屠虐和战争的结束，祝愿今天成
为世界大同与世界和平的开端，祝愿大家说："1572 年 8 月 24 日消失，
它被 1849 年 8 月 24 日抹去！"（长时间一致欢呼。激动的情绪达到了
顶点：到处爆发出喝彩声，英国人和美国人站起来，向演讲者挥舞手
帕和帽子，并在科布登先生的示意下高呼七声"乌拉"）

1849 年 8 月 24 日

在参议院讨论大赦
问题会议上的演说

　　议长先生：“会议议程上将讨论维克多·雨果先生和多位同事就大赦问题提出的议案。下面由维克多·雨果先生发言。”维克多·雨果先生走上讲台。肃静。

各位先生：

　　我政治上的朋友们和我，我们认为，在涉及这个如此重要、如此困难的问题时，出于对问题本身和对这次大会的尊敬，发言时必须严谨慎重。因此，我把我将要说的话都写了出来。况且，到了我这样的年纪，也只能说些经过斟酌、深思熟虑的话。我希望，参议院能赞成这种谨慎的做法。

　　当然，以上说法只限于约束我自己。

　　各位先生，我们经历了被称为社会问题的悲惨误解，经历了分裂和斗争，经历了内战，它让人们认识到，权力有错，要受到惩罚。人类社会历尽一切痛苦的动摇之后，需要重新树立起绝对的真理，人们感到有双重需要，即对希望的需要和对遗忘的需要。

　　当大家走出了长时间的暴风雨，当人人想做好事却做了坏事，当有待解决的深刻问题有了眉目，当又可以重新劳动的时候，从四面八方提出的要求，人们所祈求、所希望的，是平心静气。先生们，平心静气，就是遗忘。

各位先生，换用政治语言来说，遗忘就是大赦。

我要求大赦。

我要求充分、完整、没有任何条件和限制的大赦。大赦就是大赦。

只有遗忘会带来原谅。

大赦没有量的多少。如果问起需要多少大赦，就仿佛在问需要恢复多少健康。答案是，需要完全恢复健康。

需要治愈一切伤口。

需要平息一切仇恨。

我宣布，五天来所说的话，所做的表决，丝毫没有改变我的信念。

问题重新完整地摆在各位面前，你们有权独立、权威地审查这个问题。

本是最容易达成共识的问题现在却使我们分裂！这真是巨大的不幸！

各位先生，对于任何随意的内容，在这场讨论中都请允许我删除。我只寻找真理。每个政党都有自己的判断，大家都是真诚的，这绝非在演戏。但是，只把两种观点对立起来是不够的。一方说，大赦使大家释怀，另一方反驳，大赦使人不安。有人说，大赦是法国的问题，又有人反对说，大赦只是巴黎的问题。有人说，城市要求大赦，也有人回答，乡村反对大赦。这一切说明了什么？这只是一些不同的观点。我要对那些反驳我的人说：我的观点和你们的观点同样有价值，无所谓是我们驳倒你们还是你们驳倒我们。让我们把自己的见解放置一旁，来重新审视事情本身。我们要让事实说话，让事实看看大赦究竟是对还是不对。

如果是对的，大赦是政治性的。

问题就在这儿。

让我们来看看。

在纷争的年代，每个党派都会要求公正。然而，公正就是公正，她不是某一个党派说了算的，她对人们的激情视而不见，她是每个人的保护者，不是任何人的仆人。公正不参与内战，但她并非不了解内战，她干预内战。她将在内战之后到来。

她先让特别法庭自己干，等他们的事儿完了，她才来临。

这时，她改名换姓叫做宽大。

宽大就是公正，是比公正还要公正。审判只看到错误，而宽大看到了罪犯。对审判而言，错误的出现总是孤单一人；而对宽大而言，罪犯出现时，他周围总围着一个个无辜的面孔，其中有父亲，有母亲，有妻子，有几个孩子，他们和罪犯一起接受判刑，忍受刑法。罪犯或进监狱，或被流放，他的亲人也将受苦受难。这些原本不该受到惩罚的人却在忍受着惩罚。因此，宽大认为审判并不公正，公正的做法应该是调解赦免。特赦是神界对此所进行的神圣的修正。（活跃）

各位先生，宽大是合理的。

她不但在涉及民事和社会事务时是合理的，在涉及政治事务时更是合理的。因此，在面对公民之间的战争这样的灾难时，选择宽大不仅是有益的，也是必需的；在面对公众巨大的良心受到困扰时，宽大超越原谅，我刚才说过，干脆走向遗忘。先生们，内战可以说是一种普遍的错误。它的发起者是每个人，又不是任何人。由此，我们必须要大赦。这两个深刻的字眼既表现了人们的宽厚，又表现了人们的大度。之所以说大赦是了不起的有效的，是因为它里面包含着人类的团结。这不仅是某个最高权力的行为，更是兄弟之间友爱的行为。这是对纷争的否认。大赦将彻底地消灭愤怒，结束内战。为什么？因为大赦深含着对彼此的原谅。

我要求大赦。

为了和解，我要求大赦。

此处，有人对我提出反对意见，或者说，有人几乎是在控告我。他们认为这种大赦是不道德的、不人道的，说我这是在破坏社会秩序，甚至视我为纵火犯和社会犯的辩护者，说我在为谋杀辩护，在帮助坏人。

我停下来。我扪心自问。

先生们，五年来，我在自己能力所及的范围内，一直在承担一个痛苦的责任，其实，有人比我的条件好，更适合承担这个责任。我经常地，尽可能经常地，怀着敬重的心情访问贫困。是的，五年来，我经常沿着伤心的阶梯，走进夏天不通风、冬天没有火的住所。一八七二年，我见过一位母亲，她两岁的孩子，因为缺乏食物患上肠道狭窄病死去。我见过装满了发着高烧和痛苦呻吟的人的卧室；我见过合掌哀求的双手；我见过绝望挣扎的胳臂；我听过老人、妇人、孩子的喘息和呜咽；我见过苦难、悲痛、难以名状的贫困、褴褛衣衫、饥饿苍白的面容，每当我问起这一切贫困的原因，大家的回答是：因为男人不在家！男人，是支点，是劳动力，是生机和活力的中心，是家庭的支柱。男人不在家，贫困便当家。所以，我说，要让男人回家。我这样说，有人诅咒我，甚至对我挖苦讽刺。我承认，我很吃惊。这些忍饥挨饿的人、这些老人、这些孩子、这些妇女、这些守活寡的女人、这些父亲活着的孤儿，他们做了什么错事？他们什么都没有做却接受着这样的惩罚，这公平吗？我要求把父亲还给他们。我感到惊讶，我只是想同情弱者，我只是不想看到残疾人在饥寒交迫中瑟瑟颤抖，我只是在无法安慰的老太太面前下跪，我只是想温暖幼童的双脚，却因此激起阵阵的愤怒。我真想不通，我保护家庭，怎么就变成了动摇社会；我替无辜辩护，怎么就成了庇护罪行！

怎么！因为我看到了根本不该有的、人们闻所未闻的不幸，我看到了可悲的贫穷，看到了做母亲和做妻子的人在哭泣，看到有的老人甚至没有一张简单的床，看到孩子没有摇篮，我对他们说："我来了，我能为你们做点儿什么？我能为你们帮点儿什么忙？"于是做母亲的对我说："把我们的儿子还回来！"做妻子的对我说："把我们的丈夫还回来！"孩子们对我说："把我们的父亲还回来！"我回答道："我试试！"就因为这些，我就是做了坏事！我就做错了！

不！你们不会这么想的！我可以为你们说句公道话，你们没有人会在现在这样想！

好吧，我现在就试试，试试为他们做点儿什么。

各位先生，请你们如同在听一个人在辩护一般，耐心地听我说。我在你们面前行使神圣的保护权。我在倾听了人们贫困潦倒的原因时，由于我对他们的深深同情，有时候可能会做出一些超出自己范围的举动。但这至少证明我是一个宽大的人，如果说宽大是一种冒失的行为的话，那它对我这把年纪的人来说也是美好的和被允许的。如果怜悯也能过头的话，在活了一大把岁数的人身上也是可以原谅的。受过苦的人有权保护正在受苦的人，这是一个老人在为妇女、为孩子恳求你们，这是一个流亡者在为失败者说话。（全体在座的人深为感动）

各位先生，在内战之中隐藏着一个深深的疑问，我将请出官方报告来佐证它。报告在第二页承认"（三月十八日）运动的不明朗性让每个人（我这是引文）隐隐约约看到是在实现某些也许是正确的思想"。这正是我们历来所讲的话。先生们，如果没完没了地提起公诉，也应该没完没了地实施大赦。只有大赦，完全的大赦，才能消除这件对群众起诉的案子。这件案子在一开始便逮捕了三万八千人，其中有八百五十人是妇女，有六百五十一人是十五、十六和十七岁的孩子。

各位先生，我相信在座的没有谁在今天经过巴黎的某些街区时能不感到揪心。比如，当大家走到罗什舒阿尔街和林荫大道的拐角处，看着那堆被撬起来的丑陋的铺路石。这些铺路石下面掩藏着什么？是从受害者口中阵阵发出的模模糊糊的叫喊声，有时候这些叫喊会远远地传向未来。我停顿一下，我给自己规定过一些限制，我不想越轨。

但是，这些刺耳的叫喊声，要由你们来平息。先生们，五年来，历史的双眼盯着巴黎这块伤心的土地，只要你们没有合上死者的眼睛，只要还没有颁布遗忘的法律，就永远会在巴黎听到这种恐怖的声音。

公正之后，怜悯之后，我们再来考察出于国家需要的理由。请想一想，此刻，流浪犯和放逐国外的人数以千计，还有无数感到害怕的无辜者出逃在外，这是个无从统计的巨大的数目。少了这么多的人，势必将削弱国家的劳动力，我们要求把劳动者归还工厂。众议院里有人说得好，请把这些具有艺术家和工人双重身份的人们还给巴黎。让我们缺失的人们回来吧，让我们原谅他们，让他们安心。据市议会估计，走掉的人不少于十万，过于严厉打击民众的行为同时对公众的生活也产生了影响。驱逐摩尔人①是西班牙破败的开始，驱逐犹太人标志着其破败的完成；撤销南特赦令②肥了英国和德国，却伤了法国。我们不能重复这些无法挽回的错误。

为了社会、道德以及政治的理由，为了所有的一切，请表决通过大赦，请理直气壮地通过大赦，请让一切虚假的警告走开，请人们看看，取消戒严令并不难，颁布大赦令也会很简单。（极左派席上：太好了！）宽恕吧。

我不想回避什么。这里，问题并没那么简单。政府插进来，对我们说：宽恕，是我的事儿。

各位先生，我们要明白，宽恕可分为大宽恕和小宽恕两种。以前的君主制度用两种方式实行宽恕，一种是颁布特赦证书用以勾销刑罚，另一种是废除证书，用以勾销罪责。在他们眼里，实施宽恕完全是为了自己的利益，而实施废除却是为了公众的利益。今天，在王权的这两项权力中，在宽恕权和废除权中，宽恕权为有限权，归政府所有；而废除权是无限权，属于在座的各位。诚然，你们拥有至高无上的权力，

---

① 摩尔人是非洲撒哈拉沙漠西部的原住民。常常指征服西班牙的穆斯林。
② 南特赦令指的 1598 年亨利四世为了缓和宗教矛盾签署的特赦令。

最高的权力废除权归你们所有，废除权，就是大赦。现在，政府提出想要替代你们实施这项权力，也就是说，政府想用小的宽恕替代大的宽恕。这完全是过去专制制度的残留。政府的某位委员天真地对大家说，"请让位"，这就是所谓的政府提的建议。

如此一来，你们将无法完成这项急需实现的大事业。请各位鼓起勇气实施只有你们才拥有的这项权力吧！让位！你们站起来，带着人民的全部尊严，从人民手中接过庄严的委托书，你们熄灭仇恨，愈合伤口，安抚人心，你们给共和国带来公正，给和平带来宽大。怎么！你们不想这么做吗？你们会抛弃这份委托书，会不顾公众的信任，拱手相让自己的最高权力？在涉及这个需要每个人付出努力的痛苦的问题时，你们会以国家的名义，放弃国家的全权！怎么！在大家将一切希望寄托你们的时候，你们会废除自己！怎么！难道你们不想实施这个最高的废除权以反对内战！怎么！一八三〇年曾实行大赦，国民公会曾实行大赦，一七八九年的制宪会议曾实行大赦，亨利四世也同样对神圣同盟实行了大赦，奥什对旺代实行了大赦，难道你们会无视这些可敬的传统！难道你们要以渺小和胆怯来回应我国历史上的这一切崇高的行为！怎么！难道你们要实施毫无成效的权宜之计来保留所有伤痛的回忆、所有怨恨、所有心酸！难道你们要赞成长期的不可靠的部分赦免，以夹杂着私情的慈悲，以伪装成反悔的虚伪，以暧昧而险恶的办法重新查处过去已判决的案件，以王家的气派来拒绝这桩巨大的好事！祖国本应张开自己的双臂，对流浪的人说：都回来吧！我已经全都忘了！

不！不！请不要让位！（活跃）

各位先生，你们要对自己有信心。大无畏的宽恕是我们最好的选择。此处的宽恕绝非冒失，它是智慧，它将终结愤怒和仇恨，将给未来解除武装。先生们，平安无事的未来是你们将带给法国的，也是法国人民所期盼的。

　　治国的良药是怜悯和和善。要想让革命服从文明，就必须将道德的法则置于政治的法则之上。对民众说，要仁慈，就是对他们说，要公正。大难过后必须大立。可怕的灾难要靠实施公正和明智的政策来补偿。面对公众面临的灾难，我们要在其精神深处增加一条真理，而又有哪条真理比这条更高尚：原谅吧！它将抚平伤口！

　　请表决通过大赦。

　　最后，请想想这一点：

　　大赦是无法回避的。如果你们通过大赦，问题结束；如果你们拒绝大赦，问题将重新出现。

　　我很想到此结束，但是反对意见没有放手的意思。我听到了。怎么！一切都是大赦？对！怎么！不但政治罪，而且民事罪？我说：对！于是有人反驳我：怎么可能！

　　先生们，我的回答很短，这将是我最后的发言。

　　我简单地给你们看一页历史，你们自己下结论好了。（活跃。寂静）

　　二十五年前，有一个人，原本承担着保卫共和国的使命，却将共和国杀死在血泊中。十二月的一天，说得更确切的话，是一夜，他抓住共和国的衣领，将她打倒在地。这是历史上最为罪大恶极的谋杀。（极左派席上：太好了）关于这起谋杀，说起来非常复杂。任何罪行都不是单一的，它背后总有其他罪行支撑。此人和他的同谋还犯下了无数的普通刑事罪：偷盗，他们从银行强行借出两千五百万；贿赂官员，他们将警察局长变成罪犯，逮捕不可侵犯的议员；招募军人，收买军队，他们往士兵口袋里塞满金钱，将其推上背叛合法政府的道路；侮辱法官，排长从法官席上赶走法官；毁坏建筑物，他们拆毁国民议会宫，炮击并扫射萨朗德卢兹公馆；谋杀，他们杀害波丹、杜苏，甚至连七岁的孩子都不放过，蒙马特尔大街上遍地横尸。之后，这件可怕的罪行遍及全法国，马丁·比多雷被枪杀，沙尔莱、西拉斯和屈西尼耶被杀害在广场的断头台上。此外，犯下这些罪行的是个惯犯，仅限于普通刑事罪，他曾企图犯下谋杀罪，他曾在布洛涅用手枪向一位名叫科尔·皮日里耶上尉的军官开枪。先生们，我所提及的这些事实，这些发生在十二月的可怕的事实，不仅有政治罪，更有普通刑事罪。在历史的注视下，这些罪行被分解成：持械偷盗、贿赂、粗暴对待法官、招募军人、拆毁建筑物、谋杀。我还要补充说，这些罪行全是为了一个人所做，全都是针对人民所为。（极左派席位上的声音：太好了！太好了）

二十年以后，又一次震荡动摇了巴黎，你们今天将决定这次事件的后果。

历经五个月凶险的攻城之后巴黎患上了被军人称之为"被围困热"的可怕的高烧。巴黎，这个令人钦佩的城市，走出了长期的顽强坚固的围困；她曾经忍饥挨饿，曾经被监禁，因为被围困的城市是一座大监狱；她曾忍受日复一日的战争、炮轰、扫射，但是她拯救的不只是法国，而是或许更为重要的，法国的荣誉（活跃）；她在流血，然而她高兴。敌人能够使她流血，然而只有法国人才能让她受伤，她受伤了。有人取消了她法国首都的称号，她现在只是，世界的首都。然而，第一位的城市希望至少可以和最后一位茅屋平起平坐，巴黎想当一个公社。（右派席上喧哗声）

由此，出现了愤怒和冲突。不要以为我会淡化什么。对，我今天原本没有准备说这些，你们可明白？对，正如谋杀波丹和杜苏是一桩罪行一样，谋杀勒贡特将军和克莱芒·托马将军也是一桩罪行；正如拆毁国民议会宫是一桩罪行一样，焚烧杜伊勒里宫和市政厅也是一桩罪行；正如屠杀大街上的行人是一桩罪行一样，屠杀人质同样是罪行（极左派鼓掌）。对，这些都是罪行，如果要加上这些罪行，大可重新审判。加上向科尔·皮日里耶上尉射击的案件，将更加严重。这些情况我全都承认，我要说，这边和那边，两边的情况是相同的。（极左派喊：太好了）

这两组事实，十二月二日和三月十八日，中间相隔二十年。这两桩事实相互照应，尽管起因不尽相同，但都是政治事实，同时也包含着你们所说的叫做普通刑事罪的情况。

　　事实提出后，让我们加以研究，我们要做的是审判。

　　显然，同样的罪行，应接受同样的审判。如果说有什么不同的地方，则是应看到一边是面对敌人英勇的民众，对他们要有所保留。说到底，我们要惩罚的罪行并非针对巴黎的人民所为，而是针对几个人的所为。如果要研究冲突的真正原因，巴黎有权自治，这和雅典叫过卫城一样，和罗马叫过"城"一样，和伦敦叫过"城"一样。作为审判，要看到另一边几乎可以称得上是亲王的暴发户，他们为了统治而谋杀，其埋伏是多么的卑劣；要斟酌一边是有权，一边是篡权。对绝望、狂热的民众应给予宽大，对该死的亲王冒险家应毫不留情，他贪得无厌，爱丽舍宫①到手后还想要卢浮宫，他刺杀共和国，也玷污了自己的誓言。（极左派喊：太好了）

　　让我们来看看历史做出的回答：萨托里②的绞架；努美阿③的苦役犯；对一万八千九百八十四人的判刑；囚禁起来的流放、服苦役；远在离祖国五千古里之外的监狱，审判就是这样惩罚三月十八日的。至于十二月二日的罪行，又判了什么？审判向它宣誓效忠。（长时间活跃）

　　就司法事实而言，我就说这么多，其实我还见证了其他更为悲惨的事实。

　　对，这些都是真实的。喀里多尼亚岛上挖的墓坑，好大的墓坑；注定不幸的一八七一年以来，一声声垂死的呼喊和由戒严令制造的某种和平气息此起彼伏；一个二十岁的孩子，因为报上的一篇文章被判死刑，后被赦免，改被带去苦役犯监狱，然而，监狱远离母亲五千古里之外，想家的煎熬犹如死刑。刑罚在过去和现在都是绝对的。有些

----

　　① 法国总统府。
　　② 凡尔赛南部的高地，建有军营。
　　③ 西南太平洋新喀里多尼亚的首府和主要港口。在新喀里多尼亚岛的西南端。

军事法庭的庭长禁止律师说宽大和心平气和这样的字眼。这几天发生了很多事情，四月二十八日，一份判决书在五年之后，判定一个工人流放到一个设防的地方。尽管所有证人都认为他是一个诚实、勤劳的工人，判决依然生效，它抢走了他家里的劳动力，抢了他妻子的丈夫，他孩子的父亲。就在几个星期之前，三月一日，尽管我们反对，一批新的政治犯和苦役犯一起被装船运往努美阿。赤道的季风阻止了船只的运行，也许这是老天给予人们的某种启示，宽大的风暴带来了一次缓刑。然而，风暴结束后，船依然开走了。（激动）毫不留情的镇压。这就是对三月十八日进行的惩罚。

至于十二月二日，真是可笑，它不但免于惩罚，而且受到颂扬。它不是受罪，而是受到崇拜;它竟是合法的罪行，不可侵犯的大罪。（极左派鼓掌）神甫们为他们祈祷；法官们按他们的意思办案；这件罪行对某些人民代表先是猛揍一番，之后又接见他们，还收下他们（左派有笑声），他们便成了罪行的仆人。罪行的凶手，他发动十二月二日事件之后是色当战败；他叛变却在统治上缺乏智慧；他推翻共和国，最终使法国走向衰败，在床上一命呜呼。至于他的同谋们，莫尔尼、皮佑、马尼昂、圣阿诺、阿巴图齐，他们把自己的名字留给了巴黎的一些街道（激动）。这样。对于相隔二十年的两次叛乱，对于三月十八日和十二月二日事件的不同判决，刚好反映了掌握着大权的人们的两种表现：面对人民，无情镇压；面对皇帝，卑躬屈膝。

这种骇人听闻的丑事该结束了。是时候抛弃这种可耻的双重标准了。我为三月十八日的事件要求充分完整的大赦。（极左派经久不息的掌声。大会停下。演讲者回到座位上，受到同事们的祝贺）

（注：该议案赞成者有雨果等十人，与会其他人员都表示反对，最终被大会否决。）

1876年5月22日星期一

在支援里昂工人
演讲会上的讲话

　　1877 年 2 月初，由于严重的丝绸出口危机及其带来的大量失业，里
昂工人生活极其贫困，引起社会各界关注。各工会组织发起全国性的募捐
活动。2 月 17 日，雨果捐助两千法郎。3 月 25 日，巴黎举行演讲会，以
支援里昂工人。雨果主持大会。路易·勃朗 ① 在大会上发言。1877 年 3
月 27 日《集合报》上的雨果谈话摘要如下。

各位先生：

　　巴黎的工人正在帮助里昂的工人渡过难关。巴黎的工人啊，你们
尽了你们的责任，这很好。你们为大家做了榜样，文明感谢你们。

　　我们生活的时代需要团结友爱。因为行善终归是件好事，过去也
不会心甘情愿地消失，当看到未来各个国家将联邦并变得和谐，过去
会尽可能唤起仇恨。（鼓掌）

　　让我们用团结、用联合，来回应仇恨。

　　各位先生，我是严肃和认真的。能够面对巴黎人民演讲，是一种

---

① 路易·勃朗（1811 年—1882 年），法国空想主义者，历史学家。

崇高的荣誉。只有自己拥有正直的品行，才不会愧对这样的荣誉。

我再补充一个，温和。因为，如果正直是威严的话，那么温和就是力量。

那么现在，既然明白了这些，我可以向你们说出我的真实想法了。

此时此刻，世界正在被两种相反的力量折磨。

一句话足以指出这种矛盾的特性。统治者在想什么？战争。各国人民在想什么？和平。（经久不息的掌声）

各国政府烦躁不安，与此相对，各国人民生活安宁。通过这个对比，我们得到了一个教训。各国政府忙军备，而人民在忙生产。各国人民相互团结，相互友爱。人们以崇高的和平行为来应对政府蓄谋已久的暴力事件。

这是庄严的抵抗。

民众们相互理解，相互团结，相互帮助。

所以，请看吧：

里昂受苦，牵动巴黎。

在此集会的各位爱国听众们，请允许我谈谈里昂。

里昂是一座光荣、勤劳和奋斗的城市。在法国，里昂仅次于巴黎。如果只看历史的话，我们甚至可以说，法国是在里昂出生的。里昂是座历史悠久的古老城市，凯尔特人① 神权政治曾在此与拉丁民主政治相遇；高卢在里昂演变并脱胎换骨成为意大利的继承者；里昂是曾经的罗马和今天的法国的交接点。里昂是我们的第一个中心。阿格里帕② 视里昂为高卢行军路线的枢纽，他的这种行军方式为后来的旺代军所仿效。所有具有非凡命运的城市都历经了各种考验，里昂也不例外：在公元二世纪、五世纪和十七世纪，里昂先后经历了火灾、水灾和瘟疫。历史应该铭记的是，尼禄焚毁了罗马，却重建了里昂。里昂无论在历

---

① 公元前二千年欧洲出现的部落总称。

② 阿格里帕（公元前63年—前12年），罗马将军、政治家。

史上还是在政治上都是杰出的。今天，在欧洲的城市里，里昂以其顽强苦干、高效的劳动以及孜孜不倦的发明创造和精益求精的努力代表着创业精神；同时，由于里昂工人在受苦，里昂还代表着"贫穷创造财富"这样一种感人崇高的精神。（活跃）是的，各位，我想强调，劳动中有美德。社会发展要求变革，要求相应的冒险精神。法国人，里昂人，肩负着社会进步的使命，他们为完成这个使命不知疲惫。里昂曾经是，现在也依然是高卢人的大都会。现在它还增加了民主。这是一个商业城市，又是一个艺术的城市，是机器设备服从人类心灵的城市。在这个城市里，人们既是工人又是思想家，既是雅卡尔又是伏尔泰。（鼓掌）里昂是我们国家的第一个城市，它是名副其实的法国之城，因为巴黎已经超越了国家，成为人类之城，需另当别论。巴黎支援里昂，从某种意义上也就是世界之都在支援法国之都，这就是为什么我们视其为一件让人钦佩的大事情。（喝彩）

这两座城市值得我们热情歌颂。代表过去的党派似乎正在密谋削弱法国，使得君主政体的首府替代革命的首府。正是在这种时刻，我们更应该肯定法国文明的体现者，它们是代表着劳动的城市里昂和代表着光明的城市巴黎。（激动。反复喝彩）

让我们围绕这两座城市，将我们所有杰出的城市团结起来。这其中有姐妹，有女儿，更有马赛，这座地位特殊、让人钦佩的城市。因为在法国，如果说里昂代表着意大利，那么马赛便代表着希腊。

不过，各位，为了文明，现在让我们来放眼看看欧洲，看看世界。在我们看到我们的城市之间互相团结的同时，世界各处也显现出了人类和谐发展的各种迹象。

这种迹象从四面八方涌来。

正如我在刚开始所说的，在当今这个混乱的时代，令人不安的现象全都来自统治者，人民的行为是让人安心的。

七年前，两个皇帝发动了战争，在随时可能出现杀戮和破坏的威胁面前，和平依然存在。证据如土耳其杀害保加利亚时，在一切军事动员和阴险的喧嚣之下，我们依然可以感受到人们向往和平的理想。

在此，我要再一次强调：统治者谋求战争，各国百姓渴望和平。战争代表着属于过去的旧势力的愿望，而和平代表着属于未来的平民的愿望，此刻，在两者之间，似乎正酝酿着一场新的斗争。（鼓掌）

公民们，和平会胜利的！

和平的胜利已经临近了，我们将看得到，摸得着。1878 年将要举行的博览会就是和平胜利的象征。什么是国际博览会？这可是一通友好的文书，是由各国人们署了名的和平公约。它是工业与艺术合作的公约，是产业与思想交汇的公约，是进步促进福利的公约，是理想与现实共进的公约。这表明了各个国家对和平共处的向往是息息相通的。也可以说这是一场斗争，但是，这是丰饶的斗争，是劳动者之间丰富多彩形式各异的较量，斗争后留下的不是尸体，而是生命，是杰作！在这场精彩的斗争中只有胜利者。（长时间鼓掌）

只有巴黎能够向世界展现这种壮美的景象。

1870 年打埋伏起战争的是普鲁士，1878 年，法兰西给出的回答是和平的胜利。

1878 年世界博览会，这代表着和平将打败战争。

世界需要和巴黎重归于好。

和平，这是代表着未来的词汇，是欧罗巴合众国发出的通告，是二十世纪的代名词。我们哲学家，要不知疲倦地向世界倡导和平。让我们把这个崇高词汇所包含的一切内容都阐释出来吧！

我们必须明确法国、欧洲和世界文明今后的目标。我们要求理智取代教条，不再有排斥异己的宗教；惩罚取代制裁，不再有死刑的责罚；福利取代贫困，不再有剥削的劳动；自由取代捆绑，交往可以跨越国界；仲裁取代战争，不再有对抗的民族性。（活跃）一句话，除了良心的武装外，我们要解除一切武装。（反复喝彩）

雨　果
散　文　精　选

　　各位，我必须坚持这个特权，良心需要武装。这是因为，只要政治还包含战争，只要刑罚还包含绞架，只要教条还包含地域，只要社会力量仍是制裁性的，只要权利的原则与法律的事实不同，只要民法不可分割，刑法仍无可挽回，只要自由还在被捆住手脚，只要真理还能被封上嘴巴，只要法官能够蜕变为刽子手，只要长官还能蜕变成暴君，只要我们可能会自己给自己挖掘深渊，只要还有被压迫、被剥削、被欺负的人，只要还有正义者在流血，还有弱小者在哭泣，各位公民们，良心就必须保持武装。（经久不息的掌声）

　　武装起来的良心，是可怕的尤维那利斯，是塔西佗①，是但丁鞭笞卜尼法斯，也就是正直的人惩罚不犯错误的人；是伏尔泰为卡拉斯②报仇，即司法也要法官遵纪守法。（激动。三阵热烈的掌声）武装起来的良心，是永恒不变的法律为极不公道的法律挡驾，是用哲学消除酷刑，是用宽容废除宗教法庭，是让真正的阳光在心灵中替代虚假的阳光，是让曙光的光芒替代火刑的火光。是的，只要历史还在向我们诉说，人类的司法满足于貌似上帝的公正，只要国家在借助理由生气，只要还有人将宽恕的呼喊当作叛乱的鸣叫，只要还有人拒绝打开那唯一可以避免内战的大门——大赦，良心就要保持，而且要永远保持武装。尤维那利斯和塔西佗要永远高高矗立！（十分激动。经久不息的掌声）

　　接下来我要说说我的结论。我的结论是怀有希望。

　　对祖国，我们要有绝对的信心。法国的命运主宰着人类的未来。三个世纪以来，世界之光一直是属于法国的。人类不会轻易改换前进的火炬。

　　或许，各位高贵的爱国的听众，或许你们以为我的希望是一种幻想。我自儿时就对法国抱有坚定的信念，我承认，它是充满激情的。但是，

---

① 塔西佗（约公元 55 年－120 年），古罗马历史学家。
② 卡拉斯（1698 年－1762 年），即让·卡拉斯，图卢兹新教徒，后受天主教迫害而被误判死刑。

这种信念，也是某种深思熟虑的结果，它是哲学的和思辨的。先生们，我不想有所隐瞒，我说的话都是肺腑之言，但同时又是豪言壮语。不，我完全没有忘记我是在对巴黎人说话。有多少听众，就应负多少责任。只有一个东西能配得上在座的各位，那就是说实话。我的责任就是说出实话。

好吧，实话，就是我们正在经历一个可怕的时刻——就是黑夜已经到来，随时会有翻船的可能性。灾难之后就是危机，而我却对此满怀着希望。我可以肯定，我所做的已不仅仅是在希望。原因何在？我会对你们说的，这也是我最后要对你们说的话。

人类进步的过程，就像是做一次探险旅程，会遇到所有的复杂情况。而且这次旅程往往是夜航。我们甚至可以说，人类这艘大船，正航行在大海上，正在波涛激烈的拍打中颠簸着慢慢前进。途中有很多危险的时刻。有时天空变成一片黑暗，人类不知所措，惊吓着走向深渊。有时我们会碰上一块礁石，叫帝国；有时我们撞上一处浅滩，叫《当代主要谬误集》；我们穿过一场飓风，是色当（活跃）；教皇越是不犯错，法国越是败落；除了风暴还有雷电交加；我们的头顶之上，是滚滚乌云，隆隆雷声；这次闪电，是剑，下次闪电，是权杖；这次打雷，是战争，往后又会怎样呢？大家最后会自相残杀？会遇上一只"墨杜萨之筏①"？是一场饿汉与沉船的人之间的血搏？是一场暴风雨中的战斗？大家要完蛋了吗？人们不安到了极点，抬起头，想向上天找寻一点暗示，一点希望，一点建议。出路在何处？突然，云消雾散，仿佛乌云阴险的计划中出现了一道裂缝，在这片黑暗之中出现了一个白色的窟窿。片刻间，战栗的人们隐隐看到，在天边，在深渊之上，在云层上方，有一把巨大的火炬。那是八十年前几个巨人在十八世纪的顶峰上燃起的火炬。熊熊火焰，向下面无所适从的人们显示着通往未来

① 墨杜萨是一艘船的名字，1816 年前往塞内加尔时在非洲海岸沉没。149 名失事船员在救生筏上待了 12 天，最后仅 15 人生还。其余人被推下大海，或者为活人吞食。

的启示：自由、平等、博爱。（经久不息的掌声）

　　它告诉每个国家的人，要自由；告诉每个人，要平等；告诉每个心灵，要博爱。

　　遇难的航行者啊，请靠在共和国这片广大的海岸上吧！

　　港口在这里！（长时间的欢呼。高喊：共和国万岁！大赦万岁！维克多·雨果万岁！）

《巴黎圣母院》第一百场演出后的发言

自六月六日起，由《巴黎圣母院》改编的剧本在民族剧院上演。结束第一百场演出后，剧院的经理向雨果表示谢意，并为其在大饭店举行晚餐会。参加这次晚餐会的还有一些演员和戏剧新闻界的代表。雨果的发言摘录如下。

朋友们：

我简单说几句。

这个剧本并不是我写的，我只是写了一部小说。然而大家却给我了这么多荣誉，我必须在此表达我的感谢之情。

我欣然接受自己的年龄，接受是一种恭敬。刚才大家听到的这些诗词歌赋，大家对我表达的动人情意，我都接受，我鞠躬致谢。同时，也请你们接受我的激动和感激之情。我将我的情意献至每位先生的心头，每位女士的脚下。

我把我欠挚友保尔·莫里斯的情意奉还给他。

亲爱的同事们，亲爱的助手们，让我们把我们团结一致、和睦友爱的景象给外界看看。这个景象是有益的，是可爱的，人们看到我们的微笑，必然会清除心中的怒气。

如今，各处都充斥着宗教争论和政治仇恨，但愿在今天，大家能感到我们有一个亲密无间的文学友情。我们在创造文明。

有一个古老的传统，它象征着一切美好的事物，即："圣言创造世界。"大家都在这么说，好吧，既然如此，现在就无须对它进行批判，我想，也可以说，如果上帝和人民真是一致的话，那么文学便是人民的语言。是文学造就了民族的伟大，我们要坚信这一点。雅典因荷马和埃斯库罗斯的存在而伟大；罗马因塔西佗和尤维那利斯而不朽；法国因拉伯雷、莫里哀和伏尔泰而享誉世界。"都城"似乎可以代表某个时期整体意义上的人类精神，而历史上只有三座城市无愧于"都城"的美名。这三座城市便是：雅典、罗马和巴黎。但丁的名字代表了整个意大利，莎士比亚的名字表达了整个英国。让我们来庆祝这些美好的结果，圣言开创的事业由文学来继承。圣言创造世界之后，文学撒播文明。

我将为各位的健康干杯，也就是说，我在为法国文学干杯。

国际文学代表大会开幕词

各位先生：

今年是值得回忆的一年，它之所以伟大，是因为这一年里，纵然有喧哗和叫嚷，却高屋建瓴、势不可挡地让惊讶的敌对情绪停了下来，并让文明讲话发言。我们可以称之为听话的一年。今年想做的事情都做成了。在这一年里，进步这一新的议事日程替代了战争这一旧的议事日程。在这一年里，人们克服了种种阻力。各种威胁熙熙攘攘，但团结一致的各国人民对此一笑了之。1878 年所达成的事业是不可摧毁的，是全面的，是永恒的。我们感到，发生的这一切事情之中含有某种难以名状的决定性意义。在这光荣的一年里，我们通过巴黎博览会宣告了各种工业的联盟；通过伏尔泰的一百周年纪念宣告了各种哲学的联盟；通过在此举行的代表大会宣告了各种文学的联盟。（掌声）这是各种形式的劳动大联合；是人类的博爱所构建的庄严建筑，农民和工人构成了它的基础，精英们充当了它的顶层。（喝彩）

工业追求实用，哲学追求真，文学追求美。人类一切付出的三个目标便是实用、真和美。这种伟大付出的胜利，先生们，就体现于各国之间的文明和人与人之间的和平。

雨 果

散 文 精 选

你们为了见证这样的胜利，从文明世界的各地奔向此地。你们是各国受人喜爱和尊敬的有为之士，你们是著名的才子，有着高贵的令人敬仰的声音，你们是为进步努力的文人雅士，是安抚人心的战士，是人类精神驻巴黎的大使。欢迎你们，各位作家、各位演说家、各位诗人、各位哲学家、各位思想家、各位斗士，法国向你们致敬。（经久不息的掌声）

你们和我们都是生活在世界之城里的同胞。我们每个人都肯定我们的团结和我们的联盟。让我们携手走进伟大和平的时代，走进正义这一信仰，走进真理这一理想。

你们相聚在此，是为了全世界的幸福，而非个人的狭隘的利益。什么是文学？它代表着人类精神的进步。什么是文明？它是人类精神每向前迈进一步所做出的永不停息的发现。我们可以说，文学与文明是相通的。

文学到底具有怎样的分量，想必各国人民都心中有数。一支两百万人的军队过而不留，但一部《伊利亚特》传诵至今。薛西斯① 有大军，却没有史诗，他已销声匿迹。希腊领土狭小，有了埃斯库罗斯② 便显得伟大。（活跃）罗马只是一座城市，但是有了塔西佗，有了卢克莱修③ ，有了维吉尔，有了荷拉斯和尤维那利斯，它就能享誉全世界。提起西班牙，就不得不说塞万提斯；说起意大利，首先想到的会是但丁；谈到英国，就不得不谈莎士比亚。而说起某时某刻的法国，就不得不谈伏尔泰，巴黎的光彩照人与伏尔泰的灿烂光芒不分彼此。（反复喝彩）

各位先生，你们肩负着崇高的使命。你们代表着某种文学的立宪会议。你们所做的决议，即使不能成为法律，至少也能成为某种规定。因此，你们要做出正确的言论，发表自己真实的想法。如果你们的意见无人听从，那好，就让法律犯错误去吧。

你们将创建出文学产权这种新事物。这是一项权利，你们将把它

---

① 薛西斯（约公元前 519 年—前 465 年），又称薛西斯一世，是波斯帝国的国王。
② 古希腊的悲剧诗人。
③ 卢克莱修（公元前 98 年—前 55 年），拉丁诗人，著有《物性论》。

引入法典。因为,我敢肯定,政府将会重视你们提供的解决方案和建议。

那些立法者认为文学只是一个局部事实,你们会让他们明白,文学,是一个普遍事实。文学,是通过治理人的精神来治理人类。(喝彩)

设立文学产权是件有益的事情。一切古老的专制制度的立法者都曾否认,并且依然在否认文学产权。目的何在?在于奴役。有产权的作家,是自由的作家。剥夺了作家的产权,就等于剥夺了作家的独立。至少,他们希望能够这样。他们认为,思想是属于每个人的,因此不能成为产权,所以文学产权也是不存在。由此可见,这些奇怪的诡辩,即使不能称作卑鄙,也是幼稚的。首先,这混淆了普遍的思维能力和个人的思想,思想,是自我;其次,也混淆了抽象的思想和物质的书籍。作家的思想,是任何人想抓也抓不住的,它可以从一个灵魂飞入另一个灵魂,这个思想有这样的天赋和能力,能够“从嘴上飞到嘴上”。但是,书籍有别于思想,完全可以被人抓住,有时候确实被抓住查禁了。(众笑)书籍是印刷厂的产物,属于工业产物,它会借助各种形式进入商业流通领域;书可买可卖;书是产权,它的价值是被创造的而非获得的,它是作家向国家财富做出的贡献。当然,从一切观点来看,书的产权是最不容置疑的产权。尽管如此,不可侵犯的产权也会受到专制政府的侵犯,他们没收书籍,妄想借此没收作家。由此创造王家的年金。他们夺走了一切,就为了这么点年金。他们掠夺作家,束缚作家,之后再收买作家。然而,这一切都是徒劳的。作家逃跑,即使他变成了穷人,也是自由的。(掌声)试问谁能买得了这些骄傲的良心——拉伯雷、莫里哀、帕斯卡尔?收买的企图固然有,然而结果是可悲的。专制政体如此这般凶残地吸吮着一个民族的有生力量,史官给了国王“民族之父”和“文学之父”的头衔,一切都被纳入了有害的专制体制之内。所有的这些,献媚的当若①知道,严厉的沃邦②更明了。而上述国

---

① 当若(1638年—1720年),路易十四的亲信。
② 沃邦(1633年—1707年),法国元帅,因思想自由而晚年失宠。

雨　果

散　文　精　选

王被称作"民族之父"和"文学之父"的"伟大的世纪"所带来的结果，便是下述两个可悲的事实：人民填不饱肚子，高乃依衣不蔽体。（长时间鼓掌）

太平盛世被一笔勾销！

这就是没收作为劳动成果的产权的结果，他们没收人民，也没收作家。

各位先生，让我们回到问题的核心上来：尊重产权。了解文学产权并设立公用著作权。并且，我们可以走得更远些，扩大公用著作权。希望法律能够给予一切出版社在著者死后出版其一切书籍的权利，只需向其直接继承人支付不超过纯收益的百分之五到十的费用。这样就可同时实现作家无可置疑的权利与公用著作权同样无可置疑的权利。具体解决办法和相关的进一步资料本人早在一八三六年的委员会①中已经指出，大家可以在当时由内政部长出版的会议纪要里找到。

原则是双重的，这点我们也不能忘记。作为著作，书是属于作者的，但是作为思想，书属于全人类。任何有智力的人都对此具有权利。如果说作者的权利和人类精神的权利之中必须牺牲一项的话，那么无疑应该是作者的权利。因为，我们唯一关心的是公众的利益。我声明，人人都应优先于我们。（很多人表示赞同）

但是，我也说过了，这样的牺牲并非必须的。

啊！光明！无时无刻不要光明！无处无地不要光明！它是我们所有的需要！光明就在书里，请把书翻开，尽情沐浴书籍的光芒吧。不论你是谁，都要培育后代，孵化生命，启发良心，感动人心，抚慰灵魂，因此请处处留下书籍吧，请教导、指点、证明，请增设学校，因为学校是文明的亮点。

大家都关心自己的城市，祈祷自己家里的安全，担心街道有变成

---

① 指的是当时内政部长组成的专家委员会，主要研究制定相关法律，当时雨果也在其中。

漆黑一片的危险。请设想，还存在着更可怕的危险，即让人的精神漆黑一片。智者贤人就是一条条大道，大道上人来人往，人们心怀各种好的坏的用意观摩学习，这里面可能有想害人的行人。正如夜间窃贼，灵魂也有坏人，也有坏的思想。我们要处处撒播阳光，让人的精神里没有这些黑暗的角落，我们要藏匿迷信，躲避错误，埋没谎言。无知正如黄昏时刻，罪恶在黄昏下游荡。好吧，我们要想到街道上的照明，但是更要想到如何照亮人的心灵。（经久不息的掌声）

为此，我们必须大大地撒播光明。三个世纪以来，法国便致力于撒播这样的光明。先生们，请允许我讲一句忠孝的话，我相信你们的心里也是这么想的：没有任何事物能够超过法国。法国是公益国家，它从各国人们的地平线上升起。啊！人们说，天亮了，就有法国在！（对！对！反复地喝彩）

不可思议的是，竟然会有人反对法国，法国竟然有敌人。这些人视教条为永恒的主子，视人类为永远的未成年的孩子，他们是文明的敌人，是书籍的敌人，是自由思想的敌人，是解放、研究和拯救的敌人。但是，他们是在白费力气，过去的终归过去了，各国人民不会重复过去的过失，盲目终有结束，无知和错误是有限的。遗老们，尽管放马过来，我们不怕你们！行啊，你们行动吧，我们站在一旁看笑话！试试你们的力量，尽情羞辱八十九年吧，你们摘掉巴黎的王冠吧，你们咒骂信仰自由、新闻自由、言论自由，咒骂公民法，咒骂革命，咒骂宽容，咒骂科学，咒骂进步吧！只要你们还在，就不要放松下来！这就像是法国的一部大大的《错误学说汇编》，就像太阳头顶上巨大的熄灯罩！（全体一致欢呼。三阵热烈的掌声）

我不想以刺人的话结束。让我们泰然自若，我们在开始时曾肯定过和谐和和平，现在，我们将继续高傲、镇定地肯定和平。

这已经不是我在第一个地方第一次提起，人类的全部智慧在于这四个字：调和、和解。调和思想，和解人类。

雨　果

散文精选

　　各位先生，各位在座的哲学家，这是一次难得的机会，让我们不要拘谨，讲出真话。（微笑，表示赞同）我这里有句真话，有句可怕的真话：人类有一种顽疾——仇恨。仇恨是战争之母。母亲可怕，女儿更可怕。

　　我们以牙还牙。对仇恨记仇，对战争开战！（激动）

　　基督说过"你们要彼此相爱"，你们知道这是什么意思吗？这是在对全世界进行裁军，这是医治人类的良药，这是真正的赎罪。让我们相爱吧。比起对敌人挥舞拳头，也许向敌人伸出双手更能有效地解除武装。这是上帝的命令，让我们来履行这个好建议。我们这些人，将和基督同道，作家和使徒同道，沉思的人和有爱心的人同道。（喝彩）

　　来吧！让我们发出文明的呼唤！不！不！不！我们既不要穷兵黩武的野蛮，也不要兴师动众的霸道。一切杀戮都是残忍而荒唐的。刀剑是荒谬的，匕首是愚蠢的。我们都是精神的斗士，我们要阻止物质的斗争，我们要永远投身在物质和精神这两支军队的中间。生命的权利是不可侵犯的。即使有皇冠，我们也看不见，我们只看得见脑袋。宽恕便可制造和平。当伤心的时刻来临，我们恳求国王们顾及人民的安危，也恳求共和国照顾帝王们的生命。（鼓掌）

　　今天，我为了一个君王在此恳求人民，希望能对国王使用流亡权。今天，对于一个流亡者来说，是美好的一天。我们哲人的全部使命都在于调和、和解。各位科学界、诗歌界、艺术界的朋友们啊，思想将促进文明的发展，让我们来见证它的强大威力吧。人们每向和平迈向一步，我们都感到由衷的高兴。我们为自己有益的付出感到光荣和满足。真理是独一无二的，它只有一个同义词，那就是公正。理性也是唯一的。不可能存在两种诚实、明智和正确的方法。《伊利亚特》的辉煌和《哲学词典》^①所折射的光芒是一致的。这束灿烂永恒的光线以飞箭般的

---

　　①《哲学词典》是伏尔泰 1764 年的著作。

正直和曙光般的纯洁穿越世纪，它将战胜黑暗，打败对抗和仇恨。这是伟大的文学奇迹，没有比它更美的奇迹了。武力在权利面前惊慌失措、呆若木鸡，精神逮捕战争。伏尔泰啊，这是智慧征服暴力；荷马啊，这是密涅瓦①一把揪住阿喀琉斯的头发！（长时间的鼓掌）

现在我的话就要结束了，请允许我在此立下一个心愿，这心愿不是对某个政党说的，而是对每个人的心灵说的。

各位先生，有个因执着而闻名的罗马人，他说：我要消灭迦太基！我，我也有一个魂牵梦萦的愿望，这就是，我们要消灭仇恨。如果说人类的文学只有一个目的，那就是这个目的。"更有人性的文学"。先生们，消灭仇恨最有效的方法是宽恕。啊！但愿这伟大的一年能收获最终的安定，能收获明智和真诚，能在熄灭外战之后熄灭内战。这是我们由衷的心愿。此刻，法国向全世界显示了它的好客，愿法国也能向全世界表现出它的宽厚。宽厚！让我们把这顶王冠戴在法国的头上！任何节日都是充满友爱的节日，如果某个节日里有人没有得到原谅，它就不是节日。（十分激动。一再喝彩）公众欢乐必然需要大赦。但愿这就是美好而庄严的世界博览会的结果。调和！和解！当然，这是一次人类一切努力的聚会；这是工业和劳动奇迹般的约会；这是各种杰作之间的相互尊敬、相互对照、相互比较；这是庄严的景象。然而，还有更加庄严的景象，那就是，祖国向站在地平线上的流亡者张开拥抱！（长时间欢呼，整个大厅一再响起鼓掌声。台上环绕在演讲者四周的法国代表和外国代表上前向他祝贺，和他握手）

6 月 17 日

---

① 指的是罗马神话里的智慧女神。

八十岁生日时的演讲

人们隆重庆祝维克多·雨果的八十岁大寿。二月二十五日晚，总理朱尔·费里拜访并赠贺礼。二月二十七日一整天，雨果的住宅门前的官方列队和群众游行络绎不绝。当巴黎市议会代表团停在窗下时，雨果做了如下演讲。

巴黎的朋友们：

我向巴黎致敬。

我向这座浩瀚的城市致敬。

我向它致敬，并非以我个人的名义，我个人是微不足道的；我以世上一切有生命、在思考、有思想、有爱心的人们的名义向它致敬。

城市是神圣劳动的场所，它应受到祝福。人类的集体劳动创造了神圣的劳动。如果是个人的劳动，就还停留在人的劳动阶段；但是一旦劳动是集体的，一旦劳动的目的超越劳动者本身，就上升为神圣的劳动。田间的劳动是人的劳动，而城市的劳动是神圣的劳动。

历史不时地给一些城市做上独一无二的标记。四千年来，历史共标出了三座城市，这三座城市浓缩了人类文明的全部努力。今天巴黎

220

在欧洲、美洲和文明世界的地位就是古希腊时期雅典的地位，古罗马时期罗马的地位。它既是一个城市，也代表着整个世界。谁对巴黎讲话，那他就是对全世界讲话。"对巴黎并对全世界。"

所以，我这微不足道的过客享有和各位一样的权利，我将以城市的名义，以一切城市的权利，以欧洲城市、美洲城市和文明城市的名义，从雅典到纽约，从伦敦到莫斯科、罗马，以你的名义，柏林，以你的名义，我深情的颂扬这座城市，我向你致敬，巴黎。